D1722642

Peter Schönau

Die blinde Göttin

Roman

Literareon · München

Die Deutsche Bibliothek –
CIP-Einheitsaufnahme
Ein Titeldatensatz für diese Publikation ist
bei Der Deutschen Bibliothek erhältlich

© 2001 · Peter Schönau

Lektorat: Klaus Middendorf
Satz und Layout: Herbert Utz

Literareon
im Herbert Utz Verlag GmbH · München
Tel. 089-307796-93 · Fax 089-307796-94

ISBN 3-8316-1014-2

Jeder hat seine eigene, geheime, persönliche Welt. Es gibt in dieser Welt den besten Augenblick, es gibt in dieser Welt die schrecklichste Stunde; aber dies alles ist uns verborgen.

Und wenn ein Mensch stirbt, dann stirbt mit ihm sein erster Schnee und sein erster Kuß und sein erster Kampf ... all das nimmt er mit sich.

Was wissen wir über die Freunde, die Brüder, was wissen wir schon von unserer Liebsten? Und über unseren eigenen Vater wissen wir, die wir alles wissen, nichts.

Die Menschen gehen fort ... Da gibt es keine Rückkehr. Ihre geheimen Welten können nicht wieder entstehen. Und jedesmal möchte ich von neuem diese Unwiederbringlichkeit hinausschreien.

Jewgenij Jewtuschenko

Die Oberfläche des Systems soll den Nutzern einen orts– und zeitbezogenen Zugang zu themenspezifischen Informationsbeständen ermöglichen.

Die integrierte Zeitreisefunktion ermöglicht eine zeitvariable Darstellung der Szenerie, wodurch städtebaulicher Wandel und historische Veränderungen der Alltagskultur nachvollzogen werden können.

Informationsgeber für die historischen Daten sind Archive, Museen und Bibliotheken, die zeitgeschichtliche Informationen zum gewählten thematischen Fokus anbieten.

Aus „Zeitreisen für Stadtplaner"

Prolog

Eine Gruppe von Menschen macht sich im Jahre 1850 von Galway an der Westküste Irlands im Zwischendeck einer Dreimastbark auf den Weg in die Neue Welt

Schon lange waren die blauvioletten Twelve Bens, die grünen Hügel und die braungrauen Kliffs im Dunst verschwunden, und vor kurzem hatte die *Jamestown* Inishmore, die letzte der Aran–Inseln, passiert. Als die Segel eines Hookers, der sie als letztes Signal der Heimat auf den ersten Stunden ihrer Reise begleitet hatte, am Horizont verschwanden, krampfte sich ihr Herz zusammen und löste in der Magengrube ein Ziehen aus.

Sie standen auf dem Achterdeck und froren im Ostwind, der die *Jamestown* vor sich hertrieb und eine schnelle Reise versprach.

Es waren insgesamt dreizehn Personen, aber in Wirklichkeit nur elf, die den Blick von der grauen Linie, hinter der sich ihre Heimat verbarg, nicht lösen konnten, denn zwei von ihnen waren noch zu klein, um zu verstehen, was sie bewegte: Der einjährige John und die dreijährige Mary, die Kinder von Theo und Stephanie Craven. Den Hund nicht eingerechnet, Susy, eine undefinierbare Promenadenmischung.

Wer waren die anderen?

Setzerlehrling John Guthrie, war ein vierzehnjähriger junger Mann mit melancholischen braunen Augen und einem schmalen, blassen Gesicht, der nach dem Tod seiner Eltern, die beide der grassierenden Typhusepidemie zum Opfer gefallen waren, zusammen mit seiner vier Jahre älteren Schwester Nancy den Entschluß gefaßt hatte, in Amerika einen neuen Anfang zu wagen.

Charles Eytinge hätte eigentlich dieses Jahr in das Trinity College eintreten sollen, wenn die Cholera nicht kurz vorher seine Eltern dahingerafft hätte. Seine wasserblauen Augen unter einer im Wind flatternden blonden Mähne waren auf den Strich fixiert, hinter dem, immer weiter achteraus fallend, Galway lag, die Stadt in der er geboren wurde und aufgewachsen war.

Peter Levitt war sechzehn und wollte die Enge einer Ordensschule und den in den Eingeweiden fressenden Hunger hinter sich lassen. Außerdem hatte er schon im Novizenalter festgestellt, daß seine Neigung zu weltlichen Freuden ihn für das Priesteramt ungeeignet machten, was im übrigen auch mittlerweile seine Oberen eingesehen hatten.

Die zwölfjährige schwarzhaarige Mary Seward befand sich nur zufällig in dieser Gruppe, Ihre Mutter und ihr Vater waren unter Deck geblieben, und natürlich hätte niemand vorhersehen können, daß sie zehn Jahre später sich mit Chas Eytinge, dem jüngeren Bruder von Charles Eytinge, verloben würde; sie war schlank und hatte ein regelmäßig geschnittenes Gesicht, in dem die Nase etwas groß geraten war.

Nancy Guthrie war eher eine aparte als eine im landläufigen Sinne hübsch zu nennende Erscheinung. Ihre mandelförmigen schwarzen Augen und die etwas vorstehenden Wangenknochen verliehen ihr mit ihren schwarzen, kurz gelockten Haaren ein fremdländisches Aussehen.

Theo Craven war als erster Offizier auf einem Schoner gefahren, bis die schwere Wirtschaftskrise den Reeder in Konkurs und schließlich in den Freitod getrieben hatte. Er war zweiunddreißig und hatte sich geschworen, dem Teufelskreis von Arbeitslosigkeit, Armut und Hunger zu entfliehn. Er war seit drei Jahren mit der sechsundzwanzigjährigen Stephanie verheiratet.

Obwohl Stephanie das damals übliche Los der Hausfrau trug, war sie Mitglied in einer Reihe von literarischen und musikalischen Zirkeln gewesen.

Taylor Guthrie war der ältere Bruder von John Guthrie und zu diesem Zeitpunkt 23 Jahre alt. Eigentlich hatte er Anwalt werden sollen, doch der plötzliche Tod der Eltern war für seine Zukunftspläne zu einem unüberwindlichen Hindernis geworden. Er mußte sein Studium abbrechen, um sich am Schluß mit Gelegenheitsarbeiten über Wasser zu halten, so arbeitete er unter anderem als Schreiber bei einem Anwalt, der seine Dienste jedoch nach einem Streit über seine Entlohnung nicht weiter in Anspruch nahm. Taylor Guthrie hatte ein aufbrausendes Naturell, das ihn auch später noch in Schwierigkeiten bringen sollte.

Der um zwei Jahre jüngere Bruder von Charles Eytinge, Chas, hatte bereits auf einer Bootswerft seine Lehre als Schiffsbauer begonnen, als der Tod der Eltern beide Brüder zwang, ihren vorgezeichneten Lebensweg zu verlassen. Chas war eine Frohnatur, ein geborener Optimist, der aus jeder Situation das Beste zu machen versuchte, eine Eigenschaft, die ihm das Leben in der neuen Welt in den ersten Jahren erleichtern sollte.

Gourdin Young war erst acht Jahre alt und hatte sich heimlich von seinen Eltern entfernt und an Oberdeck geschlichen. Sein Verschwinden versetzte die Eltern in Angst und Schrecken, so daß sie das ganze Schiff nach ihm durchsuchten.

Der dreizehnjährige Thomas M. Wagner (M. stand für Martin), ein Junge mit langen, sich im Nacken kräuselnden schwarzen Haaren und wachen Augen, sollte nach den ehrgeizigen Plänen seiner Eltern in Amerika eine zu Höherem befähigende Bildung genießen, weswegen sie ihn schon darauf vorbereitet hatten, daß er gleich nach ihrer Ankunft wieder die Schulbank drücken müsse. Doch im Augenblick war Thomas für die Wendung, die sein Dasein genommen hatte, ganz dankbar.

Erste Lesung

Leutnant John Guthrie war 25 Jahre alt; ein ernst dreinblickender junger Mann, dunkelhaarig mit melancholischen, aber aufmerksamen Augen und einem schmalen, blassen Gesicht, das auch die salzige Seeluft nicht dauerhaft zu bräunen vermochte. Wenn er lächelte, wirkte er verkrampft, als ob es ihm eigentlich nicht erlaubt sei zu lächeln. Seine schmalen Lippen paßten zu seinen wachen Augen, sein Mund war jedoch für sein Gesicht etwas zu groß geraten und verlieh seinem asketischen Aussehen trotz allem einen sinnlichen Akzent. Wenn er lächelte, zeigte er dieses für ihn typische verkrampfte Lächeln, das ihn wie einen Jungen aussehen ließ, der gerade dabei ertappt wird, wie er in der Speisekammer eine Scheibe von einem Laib Brot abschneidet, der noch für die ganze Woche reichen soll.

Wir liegen immer noch im Hafen von Messina vor Anker. Gerade haben wir die Nachricht vom Fall Gaetas erhalten, wonach die Zitadelle vom kommandierenden General der sardinischen Truppen aufgefordert wurde, sich zu ergeben. Angeblich hat General Fergola, der Kommandant der Zitadelle, dieses Ansinnen kategorisch zurückgewiesen.

Vor einigen Tagen traf eine große sardinische Fregatte unter dem Stander von Admiral Pesaro ein und ging außerhalb des Hafens vor Anker. In der folgenden Nacht traf auch General Cialdini aus Gaeta ein und bezog im königlichen Palast von Messina Quartier. Am Tag darauf wurde General Fergola erneut aufgefordert, sich zu ergeben, er antwortete darauf genauso ablehnend wie vorher und fügte hinzu, daß er die Zitadelle, die der König von Neapel seiner Obhut anvertraut habe, bis zum äußersten verteidigen werde. Daraufhin begann General Cialdini, in einiger Entfernung von der Zitadelle mit Erdarbeiten zur Vorbereitung von Geschützstellungen. Am Morgen des 28. Februar lief die sardinische Fregatte *Victor Emanuel* im Hafen ein und landete ein 1.500 Mann starkes Truppenkontingent. Am Nachmittag erhielten die verschiedenen konsularischen Vertreter vor Ort eine Mitteilung von General Fergola, daß General Cialdini durch seine Angriffsvorbereitungen und die Vorbereitung von Geschützstellungen eine frühere Vereinbarung gebrochen habe und er deswegen 24 Stunden nach Erhalt dieses Schreibens die Feindseligkeiten eröffnen werde.

Alle Bemühungen der ausländischen Konsuln, den Status ante wiederherzustellen, scheiterten, und auch eine Bitte um Verlängerung der Frist blieb erfolglos.

Am nächsten Tag verließen einige französische Kriegsschiffe und einige Handelsschiffe den Hafen. Die meisten blieben jedoch. Kurz vor 6 Uhr abends feuerte die Zitadelle vier schwere Geschütze auf den Südteil der Stadt ab, und heute morgen wurde ein sardinischer Dampfer beschossen, als er die Batterie am Leuchtturm passierte.

Es besteht Übereinstimmung darüber, daß General Fergola in einer guten Position ist, um die Stadt von der Zitadelle aus unter Beschuß zu nehmen.

Tagsüber waren wir damit beschäftigt, Amerikanern und anderen Neutralen unsere Hilfe anzubieten, und zur Zeit ist der Hafen von Schiffen frei, mit Ausnahme der *Richmond* und der englischen Fregatte *Terrible*.

Da wir direkt zwischen den Geschützbatterien und der Stadt liegen, fühlen die Bewohner sich etwas geschützt, aber sobald von den Höhenzügen im Rücken der Stadt mit dem Feuer begonnen wird, wozu General Cialdini jeden Augenblick den Befehl geben kann, wird das Duell der Kanonen beginnen.

Ich weiß nicht, wie lange wir nach Ablauf der Frist noch im Hafen bleiben können, da aber die Batterien der Zitadelle wahrscheinlich nicht feuern werden, solange General Cialdini ruhig bleibt, sind wir der Schutz für die Stadt und geben den Bewohnern mehr Zeit, sich selbst und ihr Hab und Gut in Sicherheit zu bringen.

Heute ist Sonntag, der 3. März. Wir liegen noch immer im Hafen vor Anker, wo wir bleiben werden, so lange in unserer Nähe keine Gefahr eines Beschusses von beiden Seiten droht. In der Nähe des Leuchtturms, etwa 3 Meilen von Messina entfernt, ankert jetzt eine große Zahl sardinischer Schiffe, und gerade wird berichtet, daß drei weitere mit Truppen an Bord eingetroffen sind.

Nachdem ein Transporter von General Cialdini durch Beschuß von der Zitadelle gesunken ist, wurde der Wunsch von General Fergola abgelehnt, zwei Emissäre mit dem Postdampfer nach Rom zu entsenden, um in bezug auf das Schicksal der Festung den Willen des habsburgischen Monarchen Franz Joseph II. zu erkunden.

Dadurch ist der Ausbruch der Feindseligkeiten immer näher gerückt. Wir lichteten deswegen Anker und verließen den Hafen um 14.00 Uhr. Am folgenden Tag, dem 5. März, kam Post aus Civitavecchia an, aber nicht aus Rom. Es ist offensichtlich, daß es die Absicht von Franz Joseph II. ist, die Festung preiszugeben und seine Soldaten, die bisher treu zu ihm gestanden haben, zu opfern. Wir gingen ca. zwei Meilen von der am nächsten gelegenen Batterie entfernt erneut vor Anker.

In den folgenden Tagen wehte ein stürmischer Wind mit viel Regen, der militärische Operationen verhinderte. Heute morgen hat sich das Wetter gebessert, und um halb zwei eröffnete die Zitadelle auf die Batterien von General Cialdini das Feuer und hat seitdem mit dem Beschuß nicht aufgehört. Die Geschützbatterien von General Cialdini haben das Feuer erwidert, aber nicht sehr tatkräftig, da man noch nicht vorbereitet ist.

Das Geschützfeuer von der Zitadelle wurde Tag und Nacht ohne große sichtbare Wirkung fortgesetzt. Am frühen Morgen des 12. lichtete Admiral Pesaro, der Befehlshaber der sardinischen Seestreitkräfte auf der Fregatte *Maria Adelaide*, Anker und nahm, in Begleitung eines Linienschiffes und der Fregatte *Victor Emanuel*, Kurs auf die Zitadelle, um gegen 7.30 Uhr das Feuer auf den südwestlichen Teil der Festung zu eröffnen. Gegen Mittag legte auch General Cialdini seine Geschützbatterien frei, vier in der Nähe des Klosters Noviciata, etwa 1.800 Meter von der Zitadelle entfernt, und eine weniger als 1.000 Meter weit von der Bastion Di Blasco, einem starken Vorwerk der Zitadelle. Die Batterien in der Nähe des Klosters Noviciata bestehen aus 36 Geschützen, und da sie hoch über der Zitadelle liegen, schießen sie direkt in die Festung hinein; ihr Feuer hat die Neapolitaner schnell von ihren Geschützen vertrieben, gleichzeitig hat das Feuer der in ihrer Nähe plazierten Geschütze die meisten Kanonen der Bastion Di Blasco unbrauchbar gemacht.

Ein stürmischer Wind blies das Linienschiff und die Fregatte *Victor Emanuel*, die nur über einen schwachen Dampfantrieb verfügen, schnell außerhalb ihrer Schußweite, doch die *Maria Adelaide* setzte ihr Feuer in einer Entfernung von 500 Metern von der Zitadelle ohne Unterbrechung fort und vertrieb damit auf der Seeseite alle Geschützmannschaften, die sich in die Kasematten flüchteten. Um 16.00 Uhr setzte das Geschützfeuer einige Lagerräume in der Zitadelle in Brand, und eineinhalb Stunden später wurden in der Festung vier weiße Flaggen gehißt, worauf Admiral Pesaro das Feuer einstellte und in den Hafen lief. Wir setzten sofort ein Boot aus, um unsere ärztliche Hilfe für die Verwundeten anzubieten. Nach Rückkehr des Bootes wurden wir informiert, daß die Zitadelle es abgelehnt habe, sich zu ergeben und daß die Feindseligkeiten sofort wieder aufgenommen werden würden. Admiral Pesaro verließ den Hafen mit seinen Schiffen und war kurz davor, einen Nachtangriff zu beginnen, als General Fergola mitteilen ließ, daß er sich bedingungslos ergeben wolle, was er auch um 22.00 Uhr tat. So ergab sich eine der stärksten Festungen Europas nach nur fünfeinhalbstündigem Beschuß mit ihrer mehr als 4.000 Mann starken Garnison ihren Eroberern.

Erstaunlicherweise hat es in der Zitadelle keine Toten gegeben, nur sieben Verwundete. Auf der *Maria Adelaide* wurden durch ein von der Zitadelle abgefeuertes Schrapnell mehrere Seeleute verwundet. Am folgenden Tag blies immer noch ein stürmischer Wind, der uns nicht erlaubte, den Hafen anzulaufen. Doch am folgenden Tag kehrten wir in den Hafen zurück. Auch alle Handelsschiffe waren wieder eingelaufen, und alles machte einen friedlichen und ruhigen Eindruck. Glücklicherweise ist die Stadt kaum beschädigt worden.

Da ein Teil unserer Maschinenanlage noch immer an Land in Reparatur ist, benutzte ich unseren Aufenthalt in Messina, der sich noch etwas hinziehen wird, heute zu einem Landausflug. Ich begleitete Taylor, der in der Stadt dienstlich zu tun hatte. Unser Rundgang bestätigte meine Annahme, daß die Stadt kaum Schaden genommen hat, und ihre Bewohner scheinen sich von den Ereignissen in ihrer Geschäftigkeit nicht beeindrucken zu lassen.

John und Chas

Chas war müde. Die Vorlesungen am Vormittag hatten ihn geschlaucht. Er lag in seinem Zimmer auf dem Bett und starrte gegen die Decke. Trotzdem hatte er seine tägliche Lesestunde mit John nicht ausfallen lassen. Das war eine Verpflichtung, der er sich nie entziehen würde. Selbst wenn er an dem Unfall, der seinen Freund John Guthrie das Augenlicht gekostet hatte, nicht schuld war. Der Unfall lag jetzt zwei Monate zurück und war nach einer Fete außerhalb des Campus passiert. John hatte das Pech gehabt, im Auto eines Freundes zu sitzen, der in einer scharfen Linkskurve die Kontrolle über den Wagen verlor. Der bejahrte Chevy wurde schließlich von einer Betoneinfriedung gestoppt. Zurück blieben ein Schrotthaufen und die vier glücklicherweise nicht lebensgefährlich verletzten Insassen des Autos. John jedoch hatte eine Kopfverletzung davongetragen, deren Folge eine Sehstörung auf beiden Augen war, eine temporäre Erblindung, wie die Ärzte sagten. Aber diese alles entscheidende Einschränkung war im Moment nur eine Hypothese. Keiner wußte in Wirklichkeit, ob und wann und in welchem Umfang John seine Sehkraft wiedererlangen würde.

John war schon immer eine eher schwermütige Natur gewesen, ein schlecht gelaufener Test oder ein grauer Herbsttag konnten ihn in ein düsteres Stimmungstief stürzen. Aber jetzt, mit dieser Ungewißheit zu leben, war etwas, was selbst einen Optimisten depressiv machen konnte. Vielleicht waren sie deswegen so lange befreundet, schon seit der High School, denn Chas, dieser nordische Siegfried mit den blitzenden blauen Augen, in denen immer der Schalk lauerte, und dem breiten Mund in einem breitflächigen Gesicht, das mit seinen hohen Wangenknochen irgendwie slawisch wirkte – obwohl Chas' Vorfahren alle nachweislich aus Irland stammten –, und dessen Lächeln die Mädchenwelt auf dem Campus in Verzückung versetzte, dieser Chas war das genaue Gegenteil von John, äußerlich und charakterlich.

Manchmal hatte Chas Angst, daß John sich in einem dunklen Augenblick etwas antun könnte, aber dann wies er diesen Gedanken wieder von sich, eigentlich mehr darüber beunruhigt, daß er auf eine derartige Idee gekommen war, als daß er sie tatsächlich für realistisch hielt. John hatte eine große Willenskraft, er würde sein Leben trotz aller Schwierigkeiten nicht wegwerfen. Aber manchmal war sich Chas nicht sicher, wie weit die Belastbarkeit eines Menschen gehen konnte. Doch jedesmal, wenn ihm solche Zweifel kamen, verbannte er sie wieder schlechten Gewissens.

Die Bruderschaft

Die Bruderschaft hieß Kappa Sigma. Ihre Charta sagte, daß ihr Zweck die Förderung von Literatur und Kunst sei. Doch sie war eher ein elitärer hedonistischer Männerbund, wie die meisten dieser Vereinigungen. Am aktivsten war sie darin, Feten zu organisieren, auf denen um die Wette getrunken wurde, und in der Einschüchterung der Erstsemester durch Initiierungsriten, oft sexistisch gefärbte grobe Scherze, die von einem Teil des Lehrkörpers als Dummejungenstreiche abgetan und von den anderen als grober Eingriff in die Privatsphäre gebrandmarkt wurden. Trotzdem florierten sie. Am Emerson College gab es mehr als ein Dutzend solcher Bruderschaften. Auch John Guthrie und Chas Eytinge gehörten ihr an, obwohl Chas sich an ihren Aktivitäten stärker beteiligte.

Der Bruderschaft gehörte ein altes Gebäude außerhalb des Campus, was unter anderem den Vorteil hatte, daß der Alkoholgenuß auf den Parties ohne lästige Kontrollen durch die Campusaufsicht ungehemmter erfolgen konnte. Der Bau war ein rotes Backsteingebäude aus der zweiten Hälfte des neunzehnten Jahrhunderts. Ein vermögender Vater hatte es der Bruderschaft zur unentgeltlichen Nutzung überlassen.

Einmal in der Woche war Gruppenabend, das hieß Anwesenheitspflicht für alle. Es gab für das, was auf einem Gruppenabend besprochen wurde, nie eine schriftliche Tagesordnung, jeder konnte zu jedem Thema einen Beitrag liefern, der dann diskutiert wurde. Eventuelle Beschlüsse mußten mit Stimmenmehrheit der Anwesenden gefaßt werden.

An diesem Donnerstagabend wurde die Einstudierung eines neuen Theaterstücks besprochen. Es handelte sich um die dramatische Fassung des Romans *1984* von George Orwell. Die Bühnenbearbeitung war ein Werk von Taylor Guthrie, Johns älterem Bruder, der im Hauptberuf Dozent am College für die Geschichte des Mittelalters war, aber literarische Ambitionen hatte. Sein Bruder John hielt sich deswegen bei der Diskussion zurück und überließ es Peter Levitt, der mit Chas ein Apartment teilte, den Vorschlag, den eigentlich Gourdin, ein Erstsemester, gemacht hatte, zu verteidigen.

Und Peter Levitt machte seine Sache gut.

„Ich habe das Stück gelesen." Peter hielt ein maschinengeschriebenes Konvolut mittleren Umfangs in die Höhe.

„Hört, hört!" rief jemand.

Peter erkannte, daß Thomas Wagner der Zwischenrufer war.

„Von der ersten bis zur letzten Seite", bekräftigte Peter. „Und ich muß sagen, es ist eine spannende und bühnengerechte Bearbeitung, und es kommt nach meinem Urteil all das rüber, was Orwell in seinem Roman am Herzen lag."

„Woher weißt du denn, was ihm am Herzen lag?" fragte grinsend Charles Eytinge, der zum Ärger von Peter immer alles ins Lächerliche ziehen mußte.

Allgemeines Gelächter.

Peter Levitt überging jedoch seine Bemerkung, und alle fanden seine Antwort ein geradezu diplomatisches Meisterstück. „Du wirst das bald genauso feststellen wie ich, Charles, denn in dem Stück ist eine Rolle, die dir geradezu auf den Leib geschrieben ist."

„Hört, hört!" rief wieder jemand.

Charles drehte sich suchend um, um den Zwischenrufer ausfindig zu machen. Denn ihm schien, diese Bemerkung sollte seine Qualifikation für eine solche Aufgabe anzweifeln, und sobald er diesen Eindruck hatte, war es für ihn eine Frage der persönlichen Ehre, jede Rolle, die ihm angeboten wurde, zu übernehmen, nur um zu beweisen, daß er ihr gewachsen war. Danach war die Diskussion ein Selbstläufer. Alle waren schließlich für den Vorschlag, und so wurde beschlossen, die nächste Spielzeit mit *1984* von George Orwell beziehungsweise Taylor Guthrie zu eröffnen.

Mary Seward

Dienstag war der Tag der Woche, an dem sich Chas abends mit Mary im *Border Café* traf. Das *Border Café* war ein beliebter Downtowntreffpunkt für Studenten des Emerson College, dort hatten sie sich auch kennengelernt, das war jetzt gerade ein halbes Jahr her, überlegte Chas. Mary Seward hatte große, dunkle Augen, die etwas von der unauslotbaren Tiefe eines Bergsees vermittelten. Ihr Lachen klang wie das dunkle Grummeln eines Vulkans, dessen glühende Lava sich in ihren Augen als funkelnder Widerschein spiegelten. Und als würde sie darüber erschrecken, nahm sie dann fast jedesmal verunsichert eine Hand vor den Mund.

Mary lebte nicht wie Chas auf dem Campus des Emerson Colleges. Im Gegensatz zu vielen ihrer Kommilitonen, die in dem Wohnblock auf dem Unigelände wohnten, wohnte sie mit ihrer Freundin ungestört in einem kleinen zentral gelegenen Apartment. Trotzdem schlief sie erst seit kurzem mit Chas. Chas' bisherige Beziehungen zu Mädchen waren immer nur kurz aufgeblüht. Doch mit Mary verhielt es sich anders, sie war ihm bisher noch nie langweilig geworden. Manchmal fragte er sich, ob er sie tatsächlich liebte. Doch eine Antwort darauf vermied er, bestenfalls war sie ein Ja-Aber.

Heute suchte er Mary vergebens, sie hatte sich verspätet. Doch er erkannte seinen älteren Bruder, Charles, der an der Bar stand und gelangweilt ein Bierglas zwischen den Fingern hin und her drehte.

„Hallo, Charles."

Charles grinste. „Hallo, Bruder, du suchst bestimmt Mary."

Chas nickte.

„Ich weiß, wo sie ist", sagte Charles schließlich.

„Was heißen soll?"

„Sie ist im Deli–Laden gegenüber. Ich soll dir sagen, daß du auf sie warten sollst, sie würde sich etwas verspäten, aber nicht lange."

Chas schüttelte den Kopf. „Möchte nur wissen, wieso sie sich gerade dich dafür ausgesucht hat."

Charles versuchte beleidigt auszusehen, aber wie gewöhnlich gelang es ihm nicht. „Na hör mal, immerhin bin ich ein Blutsverwandter von dir."

Chas grunzte vielsagend. Er drehte sich gerade noch rechtzeitig zur Tür, um mitzubekommen, wie Mary das Lokal betrat. Sie sah ihn und winkte ihm zu. Chas winkte zurück und fand es albern, daß ihn bei ihrem Anblick ein seltsames Prickeln durchfuhr.

15

Der schwarze Prinz

John Guthrie hatte etwas Flammendes an sich, kaltes Feuer, das Löcher in Gletscher frißt. Er war hochgewachsen, hatte einen dunklen Teint, eine hohe Stirn und zu einem Pagenschnitt verkürzte schwarze Haare, die sich im Nacken kräuselten und etwas an Prinz Eisenherz erinnerten. Manchmal glaubte Chas Eytinge, daß die Freundschaft mit John einen verbrennen konnte wie eine Motte, die sich zu dicht an eine starke Glühlampe wagt. Wegen seiner Haare, seines dunklen Teints und seines schwarzen Outfits nannte man John den „schwarzen Prinz".

Manchmal spürte Chas John gegenüber eine Art Dopplereffekt, ein Angezogen– und Abgestoßenwerden. Was ihn anzog, konnte er nicht genau definieren. Vielleicht spürte er in ihm eine Überlegenheit, die nach einem ebenbürtigen Partner suchte. Sicher, es gab konkrete Übereinstimmungen zwischen ihnen. Sie gehörten beide der Bruderschaft an und arbeiteten gemeinsam in der Theatergruppe mit. Sie würden beide eine radikale linke Partei wählen, gäbe es sie, doch es gab Augenblicke, in denen er das Gefühl hatte, daß sie mehr verband, wenn er auch das Wort Seelenverwandtschaft nie in den Mund genommen hätte, weil ihm Pathos fremd war.

Das Erstsemester

Gourdin Youngs Vater hatte übrigens der Bruderschaft das alte Backsteinhaus überlassen. Er war ein höheres Tier in Washington, wie Gourdin sagte, wenn er auf seinen Vater angesprochen wurde. Doch was er genau tat, sagte er nie.

Gourdin Young erlebte sein erstes Semester im College. Er wohnte auf dem Campus, und ab und zu bekam er Besuch von seinem Vater. Sie sahen sich beide sehr ähnlich.

Mit seiner blonden Mähne, die wie Ährengold in der Sonne flimmerte, den blauen Augen über einem vollen Mund und einem gespaltenen Kinn, den breiten Schultern, über denen sich das Jackett spannte (das er nur trug, wenn sein Vater ihn besuchte), und den kräftigen Händen sah er wie eine arische Blut– und Bodengestalt aus, wie sie Rodin für seine Skulpturen bevorzugte.

Sein Vater lud ihn immer in das gleiche Restaurant ein, das *Harvest* in

Cambridge, in der Brattle Street. Ein Restaurant, wo man im Dekor der siebziger Jahre entspannt sein Dinner genießen konnte. Es wurde viel von der Harvard– und MIT–Szene frequentiert.

Sie redeten nie über bedeutende Dinge, jedenfalls nicht über Dinge, die für Gourdin wichtig waren, sondern hielten zwischen den kalten und warmen Antipasti und den Tagliolini al Salmone einsilbige Monologe über das Leben auf dem Campus des Emerson Colleges, über den Smog in Washington und daß sein Vater es vorziehen würde, in Boston zu arbeiten.

Nach dem Lunch setzte sein Vater ihn meistens in der Third Street ab, und Gourdin winkte ihm noch einmal zu, bevor er in die klimatisierten Kaufhausetagen der Galleria eintauchte. Nach dem Dinner fuhr er ihn gewöhnlich bis zur Lechmere–Station der Metro.

An einem kalten Novembertag trat Chas, die Hände in die Taschen seines Dufflecoats vergraben, aus der Galleria und schlug auf dem Broadway den Weg in Richtung Lechmere–Metrostation ein. Feiner Nieselregen legte sich wie Tau auf seine Haare und perlte in großen Tropfen seine Wangen hinab. In der Metro sah Chas auf seiner Fahrt zur North Station, wie der Nieselregen in Regenböen überging, die, vom Meer kommend, über Boston hinwegfegten und die Spitzen des Hancock Towers und des Prudential Building hinter tiefhängenden Wolken verschwinden ließen.

Charles und Nancy

Nancy Guthrie war drei Jahre älter als ihr Bruder und arbeitete als Bibliothekarin in der Collegebibliothek. Sie war noch ledig, und ihr Lächeln hatte etwas von der Arroganz aristokratischer Vorfahren, von denen allerdings niemand in ihrem Stammbaum etwas wußte, und bestärkte besonders die jungen Männer, denen sie tagtäglich in der Bibliothek begegnete, in ihrem bereits von ihren Freundinnen genährten Vorurteil, daß sie arrogant und eingebildet sei, gleichwohl niemand ihre überdurchschnittliche Intelligenz bestritt. Doch dieser Ruf hatte Charles Eytinge nicht davon abhalten können, ihre Bekanntschaft zu suchen. Vielleicht fand er es zuerst nur einen Versuch wert, ihre offensichtliche Gleichgültigkeit und Nichtachtung, mit der sie ihn behandelte, zu erschüttern. Er kam jetzt häufiger in die Bibliothek als früher, was natürlich auch Nancy auffiel. Als seine unter einer hohen Stirn liegenden wasserblauen Augen, die straff nach hinten gekämmte blonde Haare beherrschten, sich in ihren schwarzen Augen verhakten, begann sie irgendwann, sein Lächeln zu erwidern und sich dabei zu ertappen, ganz unemanzipiert zu erröten. Doch es dauerte länger als einen Monat, bevor es Charles gelang, sie zu einem gemeinsamen Besuch von *Legal Seafoods* am Kendall Square zu überreden, wo der nächste *Burgerking* seinem Budget doch weitaus angemessener gewesen wäre.

Danach ging alles erstaunlich schnell, sie begannen gemeinsam ins *Border Café* zu gehen, machten gemeinsame Ausflüge, besuchten die gleichen Parties, und bald wurde jeder als des anderen Fixpunkt angesehen. Mit der Zeit verlor Nancy im Umgang mit Charles jene Überheblichkeit, die ihre Freundinnen genervt und die Männer davon abgehalten hatte, um sie zu werben. Immer mehr stellte sich heraus, daß sie eher ein Schutzwall gegen unerbetene Annäherungsversuche als eine tatsächliche Charaktereigenschaft gewesen war, selbst ihre Freundinnen nahmen ihre Veränderung mit Erstaunen und Verblüffung zur Kenntnis. Natürlich war ihrem Bruder die Beziehung zwischen Nancy und Charles Eytinge nicht lange verborgen geblieben, und eines Tages hatte er seinen besten Freund Chas darauf angesprochen.

„Ich hoffe nur, Charles meint es ernst", hatte Chas darauf geantwortet. „Ich meine, er sollte sie nicht nur als eine Trophäe behandeln."

John Guthrie hatte ihn etwas verwundert angesehen. „Traust du deinem Bruder das zu?"

„Charles bestimmt ein ausgeprägtes Besitzdenken. Nancy ist im übrigen nicht seine erste Eroberung. Aber es kann sein, daß es ihn diesmal tatsächlich erwischt hat, es geschehen schließlich immer noch Zeichen und Wunder."

Die Antwort hatte John Guthrie nicht sonderlich befriedigt. Doch bisher schien die Beziehung zwischen seiner Schwester und Chas' Bruder unter einem guten Stern zu stehen. Sie arbeiteten sogar beide in der Theatergruppe mit.

Der Dekan

Theo Craven hatte sein Büro im *Main*, im alten Hauptgebäude, ein lachsfarbener Ziegelbau mit rosa Ecksteinen, dessen einzelne Ziegelreihen durch cremefarbene Bänder abgesetzt waren und der in seiner Mischung aus Campanile und viktorianischem Stil als architektonisches Wahrzeichen galt. Er war Inhaber des Lehrstuhls für Creative Writing und außerdem das Bindeglied zwischen dem Lehrkörper und der Bruderschaft Kappa Sigma. Er war 42 Jahre alt und sah weder jung noch alt aus. Er sah so aus, als ob er mindestens noch die nächsten zwanzig Jahre so aussehen würde. Vielleicht lag das daran, daß seine Existenz dem Verlauf einer Geraden zwischen zwei Punkten glich. Er hatte nie Zweifel an seinem Berufsziel gehabt und war auch noch nie – in seinem bisherigen Leben jedenfalls – aus der Bahn geworfen worden. Er hatte nie etwas übereilt, alles sorgsam abgewogen und war mit sich selbst zufrieden. Vielleicht war es dieser Umstand, der ihn immer mit sich selbst im Einklang fand und ihn dadurch vor der Gesundheit unzuträglichem Streß bewahrte. Auch wenn ihm der Collegealltag manchmal dröge wie ein Stück altes Brot vorkam, so gestattete er sich doch immer wieder Ausflüge in das Reich der Phantasie und stellte sich als Bühnenbildner der Theatergruppe der Bruderschaft zur Verfügung. Die Theaterleidenschaft begleitete ihn seit seiner Zeit auf der High School, und als Bühnenbildner konnte er seiner Leidenschaft, dem Maskenspiel, frönen. Er liebte es, sich zu Halloween zu verkleiden und ließ es sich nicht nehmen, die Masken für die ganze Familie selbst herzustellen.

Stephanie Craven war eine Rubens–Figur, und nur durch mühevolles regelmäßiges Fasten gelang es ihr, ihre Linie einigermaßen zu halten. Ihr Gesicht hatte etwas typisch Angelsächsisches, großflächig und grobknochig: das Bild einer herben Schönheit.

Der elfjährige John Craven war ein aufgeweckter Junge. Er war hoch aufgeschossen und dünn wie ein Hering. Sein rötliches Haar wies auf seine irische Abstammung. Er hatte etwas eng zusammenstehende Augen und eine Nase, die für sein längliches Gesicht etwas klein geraten war, und wenn er lachte, blitzte in seinen blauen Augen der unverhohlene Schalk.

Die dreizehnjährige Mary hatte eine abwägende, jedes Für und Wider sorgfältig bedenkende Natur, die sie manchmal phlegmatisch erscheinen ließ. Es dauerte lange, bevor sie sich zu etwas entschied, darin war sie ihrem Vater ähnlich. Ihr Gesicht war sehr ebenmäßig geschnitten, alles stand im richtigen Verhältnis zueinander, ihre Augenwimpern waren lang und seidig. Sie ließ bereits jetzt die junge Frau ahnen, der die jungen Männer eines Tages scharenweise den Hof machen würden.

Zweite Lesung

An Bord *US–Prise Nightingale*

Wir sind heute mit der *Nightingale* in New York eingetroffen, 32 Tage nach unserem Auslaufen aus Monrovia, Liberia, am 13. Mai, wo wir 801 Sklaven an Land gebracht haben. Die *Nightingale* wurde in der Nacht vom 20. April, gegen Mitternacht, beschlagnahmt, als sie dabei war, die Sklaven zu übernehmen.

Ich bedaure, daß es zwei Tage später zwei Mitgliedern der Besatzung gelungen ist, zu entkommen. Einer der Flüchtlinge ist ein Amerikaner mit dem Namen Francis Brown, und der andere Valentino Cortina, ein Spanier. Sie entkamen während meiner Deckwache, als ich für kurze Zeit auf das Vordeck gegangen war, um mich um einen Kranken unter den Sklaven zu kümmern. Wahrscheinlich haben sie sich am Heck des Schiffes an einem Seil heruntergelassen. Der Amerikaner war vor der Beschlagnahmung der Kommandant der *Nightingale* gewesen.

Wir verließen Kabenda in Richtung Monrovia am 23. April. An den ersten Tagen begleitete uns ununterbrochen ein leichter Regen und Windstille, während wir auf dem zweiten Teil unserer Reise mit böigem Gegenwind und schweren Regenschauern zu kämpfen hatten; das schlechte Wetter war wahrscheinlich auch die Ursache für die Zunahme der Sterbefälle unter den Schwarzen. An Bord trat das afrikanische Schiffsfieber auf, und mehrere Mitglieder der Prisenbesatzung sowie Leutnant Hays und ich selbst wurden davon befallen.

Am 3. Mai starb John Edwards (Matrose). Seine sterblichen Überreste wurden dem Meer übergeben. Wegen der Ansteckungsgefahr hielt ich es für richtig, auch sein Kojenzeug über Bord zu werfen. Am 7. Mai gegen 22.00 Uhr gingen wir vor Monrovia, Liberia, vor Anker und landeten am nächsten Tag die Sklaven. Der liberianische Präsident bot uns jede mögliche offizielle und private Hilfe an, und dank seiner Unterstützung konnten die Sklaven in kurzer Zeit an Land gebracht werden. Nachdem wir unsere Wasservorräte aufgefüllt und das Schiff einer Reinigung unterzogen hatten, verließen wir Monrovia am 13. Mai um 16.00 Uhr nach New York. Unsere Besatzung war durch das Klima, die harte Arbeit und Krankheit so geschwächt, daß sich die Handhabung eines Schiffes dieser Größe (1.066 t) als sehr schwierig erwies. Zu einem bestimmten Zeitpunkt waren nur sieben Besatzungsmitglieder dienstfähig, drei gingen eine Wache und vier die andere. Am 17. Mai starb Michael Redmond

(Marineinfanterist). Und am 20. Mai starb Henry Nagle (Matrose), ihre sterblichen Überreste wurden dem Meer übergeben. Beide Fälle waren ansteckend. Danach ging das an Bord grassierende Fieber zurück, und dies sind alle Ausfälle, die ich leider zu berichten habe.

Die restliche Reise verlief ohne besondere Vorkommnisse. Um 0.30 kam letzte Nacht in einer Entfernung von ungefähr 17 Meilen in Peilung NW das Leuchtfeuer von Barnegat in Sicht. Um 2.30 kam ein New Yorker Lotse an Bord. Einige Stunden später, um 10.30 Uhr, enterte der Quarantäneoffizier die *Nigthingale*, und wir verholten in unsere Quarantäneposition.

Die anderen

Die anderen, sie wurden bereits erwähnt, aber noch nicht mit der Pedanterie ihrer Vorgänger beschrieben. Wobei die pedantische Beschreibung nichts aussagt über die Ambiguität ihrer Beziehungen zu– und untereinander.

Taylor Guthrie, der ältere Bruder von John Guthrie und Dozent für die Geschichte des Mittelalters am College, wurde schon an anderer Stelle erwähnt. Er ähnelte seinem Bruder überhaupt nicht und war sowohl vom Äußeren als auch charakterlich geradezu sein Gegenteil. Sein aufbrausendes Naturell hatte ihn schon manches Mal in Schwierigkeiten gebracht. Dabei war er nicht nachtragend, so schnell wie gekommen, verrauchte sein Zorn auch wieder. Er war etwas untersetzt, seine schwarzgefärbten Haare kontrastierten zu seinem frischen, pausbäckigen Gesicht. Über seiner Nase, direkt zwischen den Augen, hatte sich eine senkrechte Falte gebildet, die ihm etwas stets Nachdenkliches verlieh. Das täuschte allerdings: er war eher ein Mann schneller, manchmal übereilter Entschlüsse.

Er machte kein Geheimnis daraus, daß er sich zu literarischem Ruhm berufen fühlte, und als sein Bruder ihn einmal darauf hinwies, daß viele sich berufen fühlten, doch nur die wenigsten auserwählt seien, sprach er mit ihm trotz seines eher zur Vergebung neigenden Charakters mehrere Wochen kein Wort mehr. Natürlich war er hocherfreut, als er hörte, daß die Theatergruppe von Kappa Sigma die Absicht hatte, seine Dramatisierung des Romans *1984* von George Orwell in ihr Programm aufzunehmen.

Student am Emerson College und Mitglied von Kappa Sigma war auch Thomas M. Wagner, 23 Jahre alt, hochgewachsen, dunkler Teint, hohe Stirn. Er hatte dünne, asketische Lippen und ernst in die Welt blickende

Augen. Ein Mann, der zu Opfern bereit war, wenn er von einer Sache voll überzeugt war.

Student, Trunkenbold und Frauenheld, diese Dreieinigkeit verklärter Studentenromantik paßte auf Peter Levitt wie die berühmte Faust aufs Auge. Er war er ein gutaussehender, großgewachsener Junggeselle mit kastanienbraunem, stets frisch gefönt wirkendem Haar, das zu einem Mittelscheitel geschnitten war. Die Haarfarbe paßte zu seinem gebräunten Gesicht, das seine Farbe dank einer intensiven Höhensonnenpflege auch im Winter nicht verlor.

Da er wohlhabende Eltern hatte, bezeichnete er sich manchmal scherzhaft als Student im Nebenberuf. Mit seinem Abschluß hatte er es daher auch nicht eilig.

Und damit erschöpft sich die Zahl der vorzustellenden Akteure, jedenfalls derer, die für den weiteren Verlauf der Ereignisse von Bedeutung sind.

Dritte Lesung

An Bord *C.S.S Shenandoah*

Ich hatte Befehl erhalten, zum Kaperkrieg in den Pazifik auszulaufen, dorthin, wo sich die große Walfangflotte von Neuengland tummelte, eine Quelle des Reichtums für unsere Feinde und wichtig für ihre Versorgung. Man hoffte, daß ich in der Lage sein würde, dieser Flotte großen Schaden zuzufügen und sie zu zerstreuen. In Anbetracht der riesigen Entfernungen, der notwendigerweise unvollständigen Ausrüstung des Schiffes und meiner Isolierung von der Heimat wären spezifische Anweisungen für mich kaum sinnvoll gewesen. Alle Einzelheiten über die Zusammensetzung meiner Besatzung und die Änderungen, die am Schiff selbst vorgenommen werden mußten, damit es seine Geschütze aufnehmen konnte, die Aufbewahrung der Munition, die generelle Durchführung der Reise und meine Beziehungen zu neutralen Mächten wurden meinem Urteil und Ermessen überlassen, weil ich mich ständig wechselnden Bedingungen und Umständen gegenübersehen würde sowie unvorhersehbaren Schwierigkeiten, für die man mir die glückliche Eingebung des gewissenhaften Offiziers wünschte.

Daran dachte ich, als ich meine Instruktionen las. Ich wußte noch nicht, welche Offiziere mich begleiten würden und welche Erfahrungen und Fähigkeiten sie haben würden.

Ich hatte den Vorteil, daß mir meine Vorgesetzten in allen Dingen in Verbindung mit meiner Reise mit ihrem Rat und ihrer Erfahrung zur Seite standen, um die Schwierigkeiten, auf die ich wahrscheinlich treffen würde, möglichst schon bei ihrer Planung zu entschärfen. Der Weg für meine Operationen war so gut vorbereitet worden, daß ich wenig mehr tun mußte, als ihrem Rat zu folgen. Es mußten die Mittel bestimmt werden, die mir zur Verfügung gestellt werden sollten, sowie Vorkehrungen für ein sicheres Rendezvous und die Übernahme der Waffen und Vorräte vom Versorgungsschiff auf den Kreuzer getroffen werden, außerdem mußte über die Art des Vertrages nachgedacht werden, der die Seeleute verlockte, in die Dienste der konföderierten Marine einzutreten. Abgesehen davon erforderte die Reise zu meinem eigentlichen Einsatzgebiet das sorgfältige Studium von Karten und der Handbücher über den Pazifischen Ozean und seine zahlreichen Inseln.

Eigentliches Ziel meiner Reise war die Zerstreuung oder Vernichtung der Walfangflotte Neuenglands, wie es in dem Memorandum des Marineministers stand. Das unter meinem Befehl zu stellende Schiff war erst vor kurzem von seiner ersten Reise nach Bombay zurückgekehrt und als Truppentransporter geplant worden. Mit geräumigen Zwischendecks und großen Luftluken war es für den Umbau zu einem Kaperschiff gut geeignet. Die Logbucheintragungen seiner Hin- und Rückreise wiesen es als ein schnelles Schiff unter Segeln aus, und sein Dampfantrieb war mehr als nur ein Hilfsantrieb, er erlaubte ihm eine Marschgeschwindigkeit von 9 Knoten. Das Schiff war vor Beginn der Reise zur Überprüfung seines einwandfreien Zustands eingedockt worden. In jeder Abteilung (außer im Logis des Zahlmeisters) wurden reichliche Vorräte für einen fünfzehnmonatigen Aufenthalt auf See gestaut.

Ich verließ Liverpool an Bord des konföderierten Versorgers *Laurel* am 9. Oktober, einem Sonntagmorgen, nach Funchal, Madeira, mit allen Offizieren meines Kommandos an Bord, außer einem.

Einige wenige aus der Besatzung der früheren *C.S.S. Alabama* ausgesuchte Männer begleiteten mich und bildeten den Kern der neuen Mannschaft, die ich am Rendezvousort würde zusammenstellen müssen. Zu ihnen gehörte George Harwood, erster Bootsmannsmaat auf der *Alabama*, ein guter Seemann und erfahrener Soldat, von dem ich annahm, daß er seinen Einfluß auf eine Besatzung geltend machen konnte, die ausschließlich aus Engländern bestand. Sobald das Schiff die britischen Hoheitsgewässer verlassen hatte, ernannte ich ihn zum Bootsmann und erläuterte ihm meine Absicht, England zu verlassen. Ich glaubte, er würde mich dabei unterstützen, die für das Schiff als Besatzung vorgesehenen Männer vom Eintritt in die Dienste der konföderierten Marine zu überzeugen.

Der Versorger erreichte Madeira und ging in der Nacht vom 16. Oktober in der Bucht von Funchal in der Nähe von Loo Rock auf einer Wassertiefe von 16 Faden vor Anker. Am folgenden Tag wurde der Befehl ausgegeben, die Kommunikation mit den Stellen an Land auf die Kontakte mit dem Zoll und die Versorgung der *Laurel* mit Kohle zu beschränken. Es wurde ein Ausguck eingerichtet, der alle vor dem Hafen in Sicht kommenden und sowohl am Tag als auch nachts einlaufenden Schiffe melden sollte.

Der Versorger wurde schnell bekohlt und seefertig gemacht, seine Papiere dem Zoll übergeben.

Auf der ersten Wache kam in einer klaren, ruhigen Nacht im Mondlicht in geringer Entfernung von unserem Ankerplatz ein langsame Fahrt machender Dampfer in Sicht, der seine Signallichter gesetzt hatte. Er kam südlich des Hafens schnell außer Sicht und kehrte kurz darauf wieder in die Richtung zurück, aus der er aufgetaucht war. Er hatte noch immer seine Signallichter gesetzt. Für uns war es in diesem Augenblick unmöglich, den Hafen zu verlassen, um mit dem fremden Dampfer Verbindung aufzunehmen, da wir unsere Papiere noch nicht vom Zoll zurückerhalten hatten.

Der schwarze Dampfer verschwand in nördlicher Richtung in der Nacht. Seine Erscheinung hatte unter dem Teil der Besatzung, der sich an Oberdeck aufhielt, eine lebhafte Diskussion entfacht.

Als er wieder auftauchte, um darauf endgültig in der Dunkelheit zu verschwinden, sagte jemand: „Das ist sie." Es klang nach der Anspannung der letzten Tage etwas wie Erleichterung darin mit, als er wiederholte: „Das ist sie."

Nachdem der schwarze Dampfer sich entfernt hatte, verbreitete sich die Nachricht, daß es sich wahrscheinlich um das Schiff handelte, mit dem unser Rendezvous geplant war, wie ein Lauffeuer durch die Decks. Die allgemeine Erregung ebbte erst allmählich ab. Jetzt hieß es, bis morgen warten, bis die Papiere unseres Schiffes vom Zoll zurückkamen. Die Papiere eines Schiffes werden in der Regel kurz nach dem Einlaufen beim Zoll hinterlegt, als eine Art Garantie für die Zahlung von Zoll– und Hafengebühren.

Das Tageslicht kam, und die Sonne stieg wie ein roter Feuerball aus dem Wasser. Ein Boot legte zum Zoll ab, um einen Zollbeamten mit den Schiffspapieren an Bord zu bringen. Als das Boot wieder auf uns zukam, begleitet von den Booten der Händler, die dem armen Seemann noch den letzten Penny aus der Tasche ziehen wollen, kam wieder der fremde schwarze Dampfer, diesmal im Norden, in Sicht. Er hatte seine Flagge gehißt, und wir setzten ebenfalls unsere Flagge. Schon bei Tagesanbruch waren unsere Kessel angefeuert worden, und wir konnten unter Dampf gehen. Aus der Ankerkette wurde die Lose genommen, und wir warteten darauf, daß der Zoll und alles, was nicht zur Besatzung gehörte, das Schiff verließ. Um 10.00 Uhr lichtete die *Laurel* Anker und folgte dem Dampfer, dessen Maschinen auf kleine Fahrt gegangen waren, damit wir schnell zu ihm aufschließen konnten.

Der 19. Oktober war ein schöner Tag. Die Luft war rein und klar, und der Wind blies aus Südwest. Sobald die *Laurel* dem Heck des Dampfers ausreichend nahe war, sah ich die drei Worte in großen weißen Buchstaben *Sea King – London*. Ein Gedanke zuckte durch mein Gehirn: ob sie die Meere tatsächlich beherrschen würde, wie ein König? Ich ließ der *Sea King* telegrafieren, sie solle der *Laurel* folgen, und suchte Schutz auf der Nordseite von Las Desertas, wo ich eine ruhige See und eine gute Ankermöglichkeit vorfand. Leutnant William C. Whittle hatte die Reise auf der *Sea King* ab London als Zahlmeister mitgemacht, und alle Maaten an Bord waren Unteroffiziere der konföderierten Marine.

Die *Shenandoah* wurde am 19. Oktober, unter Lee und auf der Nordseite der als Las Desertas bekannten Inseln, nur wenige Meilen vor Madeira, in Dienst gestellt. Sie warf in 18 Faden tiefem Wasser Anker, und die *Laurel* kam längsseits und wurde mit ihr vertäut. Unser kleines Versteck war ruhig, der Tag hell und freundlich, und ich fühlte, daß unsere Reise erfolgreich verlaufen würde. Innerhalb von dreizehn Stunden hatte die *Laurel* alle Güter, die für die *Shenandoah* bestimmt waren, umgeladen und wartete nur noch auf ihre Besatzung für die Rückreise. Ich fühlte, daß ich ein gutes und schnelles Schiff unter meinen Füßen hatte, aber es wartete noch viel Arbeit auf uns, und dafür war eine Besatzung erforderlich. Meine Absicht war, so viele Mitglieder wie möglich von der Besatzung der ehemaligen *Sea King*, jetzt *Shenandoah*, und der *Laurel* zu übernehmen. Ich ließ die Männer auf dem Achterdeck der *Shenandoah* antreten, teilte ihnen den veränderten Charakter der *Sea King* mit, las ihnen meine Bestallung als Kommandant vor (das war meine erste Rede in meinem Leben), malte ihnen in leuchtenden Farben eine aufregende Reise aus und forderte sie auf, in die Marine der Konföderierten Staaten von Amerika einzutreten.

Nur dreiundzwanzig von fünfundfünfzig Männern waren bereit, dieses Abenteuer zu beginnen, und eine große Mehrheit von ihnen wollte sich nur für sechs Monate verpflichten. Diejenigen, die es ablehnten, auf der *Shenandoah* zu dienen, wurden aufgefordert, sich an Bord der *Laurel* zu begeben. Meine schwache Besatzung erhielt Befehl zum Ankerlichten, doch der Anker erwies sich als zu schwer. Die Offiziere zogen ihre Jacken aus und halfen mit, den Anker bis zum Bug hochzuziehen. Damit begann die neue Karriere der ehemaligen *Sea King*. Die Flagge entfaltete sich zu den Hurrarufen einer Handvoll beherzter Männer unter dem auffrischenden Wind, und die *Shenandoah* begann die Reise so stolz, als ob sie sich der auf sie wartenden Herausforderung mehr als gewachsen fühlte, begleitet von den Hurrarufen der Besatzung der *Laurel*, die ihre Heimreise antrat, um zu Hause von der Indienststellung eines weiteren konföderierten Kaperschiffes zu berichten.

Nun war ich Kommandant eines als Handelsschiff vom Stapel gelaufenen Dampfers von 1.100 t, der sich unter meinem Kommando in ein aktives Kriegsschiff verwandelt hatte und in der Lage war, eine Batterie von Geschützen zu tragen, für die er nicht gebaut worden war. Bevor die Geschütze auf ihren Lafetten montiert werden konnten, mußte das Deck von allen Vorräten geräumt, die Geschützluken ausgesägt und Geschütztaljen vorbereitet werden. Alle Arbeiten, die auf einer Werft durchgeführt werden, bevor ein Schiff in Dienst gestellt wird, mußte ich auf hoher See erledigen, ohne auch nur eine geringe Hoffnung auf eine erfolgreiche Verteidigung oder einen freundlich gesinnten Hafen zu haben, wo wir Schutz suchen konnten.

Der Schiffszimmermann fand niemanden, der ihm behilflich sein konnte. Er war deswegen mit der Durchführung der notwendigen Änderungen auf sich gestellt, und natürlich gingen die Arbeiten nur langsam voran. Neben den schon erwähnten Arbeiten ging es darum, die Bordwände zu verstärken, weil sie für ein geladenes Geschütz nicht widerstandsfähig genug waren. Die nächste wichtige Aufgabe bestand in der Suche nach einem geeigneten Ort für die Einrichtung eines Pulvermagazins.

Der Laderaum und das Logis der Mannschaft waren voll mit Kohle, und da kein anderer Ort verfügbar war, wurde schließlich der vordere Laderaum für den Bau eines Pulvermagazins ausgesucht. Vorerst wurde das Pulver unter Planen in meiner Steuerbordkajüte verstaut. Zu diesem Zeitpunkt gab es für das Pulver keinen sichereren Platz.

Der einzigartige Charakter meiner politischen Stellung brachte mich mehr in Verlegenheit als die Schwäche meines Kommandos. Grundsätzlich sollte ich mich als Seemann verhalten, aber meine Anweisungen machten mich zu einem Richter auf einem neuen Gebiet, wo das Gesetz auch für die Anwälte nicht eindeutig war. Ein Schiff in stürmischem Wetter und den Gefahren des Meeres ausgesetzt zu führen, war etwas, mit dem ich seit meiner Jugend vertraut war; der Kampf war ein Beruf, für den ich vorbereitet worden war, aber jetzt mußte ich ein Schiff führen, kämpfen und Fragen des internationalen Rechts entscheiden, über die Anwälte mit allen Büchern vor sich zerstritten waren. Ich mußte in allen Dingen schnell handeln, ohne mich beraten zu können. Doch meine umsichtigen Instruktionen und das Gefühl für Ehre sowie der Patriotismus, der jedem Mann des Südens eigen ist, der für die Konföderation kämpft, gaben mir die Hoffnung, diese Schwierigkeiten erfolgreich zu meistern und meiner Verantwortung gerecht zu werden. Die Bücher, außer den Navigationshilfen, über die ich verfügte, waren Phillimores *Gesetze der Nationen* und die Werke von Wheaton und Vattel über internationales Recht, die ich alle gelesen hatte. Ich hatte auch die fundamentalen Rechtsgrundsätze studiert. Die meiste Freizeit opferte ich Phillimore, er war mir ein guter Freund, der jedoch ein hartes Studium verlangte.

Die Party

„Ich glaube an die Wiedergeburt. Glaubst du an eine Wiedergeburt, nachdem alles vorbei ist?"

Charles Eytinge stand schwankend vor Peter Levitt und hielt mit der rechten Hand krampfhaft ein Glas umklammert, aus dem er jetzt einen ausgedehnten Schluck Tullamore Dew nahm.

„Ich bin Agnostiker", antwortete Peter Levitt mit einem breiten Lächeln.

Charles hielt in seiner schwankenden Bewegung für einen Augenblick inne. Man merkte ihm an, wie es hinter seiner vom Alkohol umnebelten Stirn arbeitete und seine Augen das Glas in seiner Hand fixierten, um sich besser konzentrieren zu können.

„So, so, Agnostiker", sagte er.

„Agnostizismus ist die Lehre von der Unerkennbarkeit des wahren Seins sowie des Göttlichen und Übersinnlichen."

Charles drehte sich langsam um, bis sein Blick auf John Guthrie fiel, der auf einem Kissen auf dem Boden saß und ein Glas Erdbeerbowle schlürfte. Charles stieß den Zeigefinger seiner freien linken Hand in Johns Richtung.

„Du bist der Rufer in der Wüste", deklamierte er laut. Dann drehte er sich wieder zu Peter Levitt um. „Das heißt doch nur, daß du nichts weißt."

„So ist es, Charly."

Charles mochte es nicht, wenn man ihn Charly nannte, schon gar nicht,

wenn ihn Peter Levitt so ansprach, den er aus ihm selbst nicht ganz ein-
leuchtenden Gründen nicht leiden konnte.

„Dann bist du auch kein Christ", schlußfolgerte Charles messerscharf.

„Das Christentum lehrt die Auferstehung, nicht die Wiedergeburt.
Aber ich bin kein Christ, das stimmt."

Charles musterte Peter Levitt, als sähe er ihn heute abend zum ersten
Mal. „Du bist also ein Gottloser." Er hob drohend den Zeigefinger seiner
rechten Hand.

„Aber ich glaube daran", sagte John Guthrie laut und vernehmlich.

„An was?" Charles Eytinge wirkte durch die Wendung, die das Gespräch plötzlich genommen hatte, etwas konsterniert. Aber das war nur
die Folge seines alkoholisierten Zustands, denn wenn er nüchtern war, arbeitete sein Verstand hervorragend.

„An die Wiedergeburt", ergänzte John. „Im übrigen beinhaltete für die
Urchristen die Auferstehung auch die Wiedergeburt. Für sie war es die
Auferstehung des Fleisches."

„Dann bist du ein Christ?" Charles Stimme klang aggressiv verschlif-
fen. Niemand verstand im übrigen, was ihn an dieser Frage so faszinierte,
daß er sich in sie verbiß wie ein Hund, der seinen Knochen nicht herge-
ben will.

„Nicht unbedingt." John Guthrie nahm einen Schluck von der Erdbeerbowle. „Ich glaube aber, daß wir mehr als ein Leben haben."

„Du meinst, wie eine Katze, die angeblich sieben Leben hat?" mischte
sich Nancy Guthrie ein. Sie kicherte und sah sich beifallheischend in der
Runde um.

John Guthrie hielt diesen Vergleich zwar für unpassend, aber trotzdem
nickte er mit dem Kopf.

Charles sah seine Freundin bewundernd an. „Nancy, du bist ein Schatz.
Du bringst die Dinge immer auf den Punkt."

Er fühlte auf einmal, wie ihn das dringende Bedürfnis überkam, sich zu
übergeben, und er spurtete zur Toilette.

Chas hatte sich neben John gestellt und sah ihn forschend an. „Ich habe
gar nicht gewußt, daß du esoterischen Gedanken nachhängst. Glaubst du
etwa an das Karma?" Seine Worte klangen halb scherzhaft und halb ernst
gemeint.

John Guthrie sah ihn nicht an. „Vielleicht. Vielleicht deshalb, weil ein
Blinder mehr über die Verbindung zwischen Vergangenheit, Gegenwart
und Zukunft weiß als ein Sehender."

„Vielleicht hast du recht, wer weiß."

„Eben." John nickte mit dem Kopf. „Wer weiß?"

Die Bibliothek

Das Gebäude, in dem die Collegebibliothek untergebracht war, wirkte wie ein freudloser Würfel in einer feindseligen Umgebung.

Innen war es in seinen drei Stockwerken vollgestellt mit Bücherregalen und Sitzgruppen, wo die Studenten ihre Studien betrieben.

Die Bibliothek war komplett computerisiert, und die einzelnen Terminals verfügten über Internetzugang.

An einem der Helpdesks saß Nancy Guthrie. Ihre Hauptaufgabe bestand in der Katalogisierung des neu in die Bibliothek aufgenommenen Buchbestandes, daneben beantwortete sie Fragen der Studenten und suchte für sie auf ihrem Computer nach Referenzmaterial zu den gewünschten Themen.

Wenn Charles Eytinge die Bibliothek aufsuchte, ging er zuerst in den zweiten Stock, wo das Reich von Nancy lag.

Es war der Tag nach der Party, und Charles fühlte auch nach den drei Aspirintabletten, die er am Morgen geschluckt hatte, noch starke Kopfschmerzen, die wie die Brandung des Ozeans auf ihn zurollten, um anschließend – wie die Wellen am Strand – wieder zu verebben. In der letzten Stunde waren die Kopfschmerzattacken etwas abgeflaut. Trotzdem fühlte er sich miserabel, weil er wußte, daß er gestern abend mehr getrunken hatte, als ihm guttat, und die Kontrolle über sich verloren haben mußte. Zwar hatte er fieberhaft versucht, sich die Diskussion auf der Party in ihren Einzelheiten ins Gedächtnis zu rufen, aber es war ihm nicht gelungen.

„Hallo." Nancy sah ihn mitleidig an.

„War es schlimm, gestern abend?"

Sie schüttelte den Kopf. „Nein, abgesehen davon, daß du die Toilettenschüssel vollgespuckt und dummes Zeug geredet hast."

Er wischte sich mit dem Handrücken über den Mund. „Dummes Zeug geredet, was meinst du damit?"

„Oh, über Auferstehung und Wiedergeburt. Du hast gesagt, du glaubst an sie."

Charles sah sie einen Moment verständnislos an. „Ah, du meinst an die Wiedergeburt."

„Ja, so hast du dich jedenfalls geäußert. Etwas, was du bisher vor mir sorgfältig geheimgehalten hast."

Charles setzte ein gequältes Lächeln auf. „Es war so eine Bemerkung. Vor einigen Tagen habe ich, warum weiß ich selbst nicht mehr, das Stichwort *Wiedergeburt* eingegeben und im Internet danach gesucht."

„Und?"

„Nun, darunter habe ich über 20.000 Einträge gefunden. Das fand ich erstaunlich. Einige Einträge habe ich gelesen. Manches war interessant, manches aber auch hanebüchener Unsinn."

Nancy lächelte etwas nervös. „Ich hoffe, du glaubst nicht wirklich an … an diesen Unsinn."

Charles malte mit dem Zeigefinger seiner rechten Hand Kreise auf ihren Schreibtisch. „Weißt du, ich bin nicht überzeugt davon, daß das tatsächlich alles Unsinn ist. Aber wahrscheinlich ist es eine Sache des Glaubens."

„Ja, wahrscheinlich", stimmte Nancy zu, und beide waren erleichtert, für dieses so wirklichkeitsferne Thema einen gemeinsamen Nenner gefunden zu haben.

Charles trug sich in die Liste der Wartenden für einen Internetplatz ein.

Er meldete sich als OGRE in einem der zahlreich versammelten Superhirne an. Dann gab er die Benutzer–ID und das Paßwort für den E–Mailanschluß eines Freundes auf der anderen Seite des Globus ein. Es war ein seltsames Gefühl, die Post eines anderen kontrollieren zu können. Es war auch das Gefühl, Macht auszuüben. Die Idee, daß er damit einen Vertrauensbruch beging, kam ihm nicht einmal. Aber die Post an Zain, ein Student, der im letzten Semester seinen Abschluß gemacht und nach Indien zurückgegangen war, betraf nur SPAM, überflüssige Abonnements, Werbung, zwei Irrläufer und ein Hinweis auf das jüngste Gericht, bei dem eine Sekte versprach, ein gutes Wort für ihn einzulegen, wenn er sich ihr anschloß. Er beförderte alles in den Papierkorb.

Vierte Lesung

An Bord *CSS Shenandoah*

Die *Shenandoah* war ein Kompositbau, das heißt, ihre Spanten bestanden aus Eisen, und ihr Rumpf war aus 6 Zoll starkem Teakholz. Ihre Masten und die Rahen sowie der Bugspriet waren aus Rundeisen. Ihr Dampfantrieb war 180 PS stark. Unter den günstigsten Umständen erreichte sie eine Geschwindigkeit von 9 Knoten pro Stunde. Ihre Zylinder befanden sich 5 Fuß und ihre Kessel 18 Zoll über der Wasserlinie. Sie konnte 550 Gallonen Frischwasser am Tag kondensieren und verbrauchte pro Tag

18–22 t Kohle. Unter Segeln war sie sehr schnell und im übrigen ein hübsches Schiff. Die Toprahen waren so schwer, daß ich nicht glaube, daß die Besatzung sie ohne die Winschen hätte bewegen können. Die gesamte verfügbare Kraft reichte dafür gerade aus. Taljen und Blöcke waren so beschädigt, daß sie erneuert werden mußten. Ein Seemann wird sein Schiff nie vernachlässigen, nur weil ihn vielleicht gutes Wetter erwartet, deshalb ordnete ich eine allgemeine Überholung an.

Ich überlegte, welche Aufteilung der Arbeiten zwischen den Decksleuten und dem Maschinenpersonal für das gute Einvernehmen zwischen dem einen und dem anderen Teil der Besatzung am besten war. Und weil es wichtig war, das Schiff so schnell wie möglich von unserem Rendezvouspunkt zu entfernen und für unsere Operationen einen weniger stark wehenden Wind und eine ruhigere See zu suchen, beschloß ich, die *Shenandoah* am Tage unter Dampf fahren zu lassen und die Maschinen nach Einbruch der Dunkelheit abzustellen und Segel zu setzen und den Kurs für die Nacht zu ändern. Ich ging auf Südkurs, und da der Wind abends auffrischte, machte das Schiff unter Segeln beinahe so viel Geschwindigkeit wie tagsüber unter Dampf. Während der Nacht wurde die Besatzung selten gestört, da nur wenige Segel gesetzt waren, um zu vermeiden, daß sie für irgendwelche Manöver an Deck gerufen werden mußte.

Der Dampfer hatte Enfield–Flinten, Entermesser und Revolver an Bord, und auf Deck waren in großen Kisten die Geschütze und die Lafetten verstaut. Obgleich wir ungeduldig darauf warteten, daß sie ihren Platz einnahmen und ihre Mündungen grimmig durch die Bordwand schoben, fragte ich mich, welchen Nutzen sie für die Verteidigung eines so verwundbaren Schiffes haben konnten. Sicher, sie würden einen unbewaffneten Gegner von unüberlegten Handlungen abhalten, aber einem regulären Kriegsschiff wären wir nicht gewachsen.

Ich beschloß, sofort in die Offensive zu gehen. Das Deck wurde von allem geräumt, was unter Deck gehörte, und die Kisten mit den Geschützen wurden dort, wo in der Bordwand die Geschützluken gesägt werden sollten, verlascht. Mit Hilfe der Enfield–Flinten konnte ich die Nationalität eines Fremden untersuchen und ihn erforderlichenfalls für eine Durchsuchung gefügig machen. Die Besatzung war für die leichte Handhabung des Schiffes nicht groß genug, und wenn ich die feindlichen Schiffe nicht fand und es mir nicht gelang, sie nicht nur zu kapern, sondern zumindest Teile ihrer Besatzungen auch zu bewegen, die Prisen zu bemannen, konnte meine eigene Besatzung schnell den Mut verlieren und der Kaperkrieg ein Fehlschlag werden. Arbeit ist nicht unbedingt die Sache des Seemanns, er neigt eher zum Müßiggang, und ich befürchtete, daß gefangene Seeleute, die an Bord kamen, von ihnen auf den Zustand des Schiffes schließen würden und ein schlechter, schwer zu behebender Eindruck entstehen könnte. Aber ich konnte mich darauf verlassen, daß meine Männer die Unentschlossenen hart genug anfassen würden, und ich war sicher, daß es in der Besatzung jeder Prise mindestens ein oder zwei Abenteuerlustige gab, die die Gelegenheit zum Wechsel in der Hoffnung auf ein ansehnliches Prisengeld gerne ergriffen.

Am 22. Oktober, vier Tage nach Indienststellung des Schiffes, waren alle Geschütze auf ihren Lafetten. Die Offiziere, die die Männer anleiteten, waren mit gutem Beispiel vorangegangen und hatten sie damit um so mehr angespornt, sozusagen Gleiches mit Gleichem zu vergelten. Der Zimmermann hatte einen Mann entdeckt, der ihm an die Hand gehen konnte, und auf jeder Seite des Decks wurden zwei Luken in die Bordwand geschnitten und weitere Luken gesägt. Doch man konnte die Geschütztaljen nicht finden, und bald hatte es den Anschein, als ob sie nie an Bord gekommen wären. Es war jede Menge Tauwerk vorhanden, aber keine für Geschütztaljen geeigneten Blöcke. Damit war die Geschützbatterie vollkommen nutzlos, und ich stellte fest, daß mir nichts anderes übrigbleiben würde, als das, was uns fehlte, von unseren Feinden zu beschaffen.

Die Geschütze waren auf ihren Lafetten und wurden vorne und hinten provisorisch mit Stropps auf dem Deck festgezurrt.

Wir hatten die Arbeiten an Deck so weit wie möglich vorangetrieben. Jetzt hatten wir Zeit, eine allgemeine Bestandsaufnahme vorzunehmen, das heißt zu überprüfen, was an Bord gekommen war, bevor ich die *Shenandoah* übernahm. Das Ergebnis war ziemlich niederschmetternd. Mehrere Offiziere mußten an Deck schlafen, weil für sie keine Kojen vorhanden waren; anstelle nicht vorhandener Waschbecken mußten Eimer benutzt werden. Das Mobiliar in meiner Kajüte bestand aus einem beschädigten Lehnstuhl mit Plüschbezug. Keine Koje, kein Schreibtisch, keine Schränke, um mein Zeug zu verstauen, kein Waschbecken, nicht einmal eine Wasserkanne war vorhanden. Den Boden bedeckte ein verschlissener Teppich, der nach Hund oder Schlimmerem roch. Es war der freudloseste und unwirtlichste Raum, in dem ich je gezwungen war zu logieren. Die den Offizieren zugewiesenen Kajüten befanden sich kaum in einem besseren Zustand, außer dem Raum für den ersten Offizier, der komfortabel eingerichtet war. Das Quartier für das Steuermannspersonal war mit Blechbehältern gefüllt, die Brot enthielten, aber ansonsten bar jeden Mobiliars.

Doch alle diese Erschwernisse und Beeinträchtigungen unseres Wohlbefindens sorgten eher für Heiterkeit als daß sie Traurigkeit hervorriefen. Ich schien der einzige an Bord zu sein, dem etwas beklommen zu Mute war. Ich spürte die Verantwortung, die auf mir lastete, und meine Nachdenklichkeit wurde glücklicherweise, wenn auch nur für kurze Zeit, häufig von einem der Offiziere unterbrochen, der während seiner vierstündigen Wache von seinen Erfahrungen mit dem Schiff berichtete. Doch danach dachte ich wieder an die *Shenandoah*, und was im Ernstfall, was auch immer darunter zu verstehen war, passieren würde. Auf meine Männer muß ich oft den Eindruck eines ungeselligen Sonderlings gemacht haben. Aber es war mein erstes Kommando, und von der Richtigkeit meiner Berechnungen und meiner Führung des Schiffes hingen Erfolg oder Mißerfolg unserer Mission ab. Den Erfolg würden alle mit mir teilen, aber den Mißerfolg? Der Erfolg hat viele Freunde, aber was bleibt dem Verlierer?

Am 25. Oktober wurde das Pulver in einem kleinen Raum unter meiner Kajüte verstaut, dessen Boden sich etwas unterhalb der Wasseroberfläche befand, und der vom Achterdeck durch ein starkes und festes Lattengeflecht getrennt war, das obendrein durch schweres Segeltuch, das an der Trennwand befestigt war, noch sicherer gemacht worden war. Dort war das Pulver weniger gefährdet als an dem Ort, wo es sich vorher befunden hatte, doch es befand sich immer noch an einem wenig sicheren Platz, und es mußten eine Reihe von Vorkehrungen getroffen werden, um es gegen jede Explosionsgefahr zu schützen.

Zu unserer wenig Vertrauen einflößenden Lage trug ein Maschinenschaden bei, der jedoch in wenigen Stunden behoben werden konnte. Aber er hinterließ in mir Zweifel hinsichtlich der Leistungsfähigkeit und des einwandfreien technischen Zustands der Antriebsanlage.

Am 26. Oktober war genug Kohle zur Versorgung der Kessel aus dem Mannschaftsdeck zur Füllung der seitlichen Bunker umgeschaufelt worden. Nach dieser Arbeit war im Deck ausreichend Platz zur Unterbringung der Mannschaft vorhanden, und die Kohle, die in den seitlichen Bunkern keinen Platz fand, wurde hinter dem Mannschaftsquartier gestaut. Nach Überprüfung des Mannschaftsdecks stellte ich fest, daß dort ausreichend Platz für 200 Männer war. Auf jeder Seite des Decks befanden sich Lüftungsschlitze zum Laderaum und sorgten für den Zutritt frischer Seeluft zum Mannschaftsquartier.

Das Schiff hatte einen niedrigen Breitengrad erreicht, und wir wurden von schweren Regenfällen und böigem Wind heimgesucht. Zu unserem Schrecken stellten wir fest, daß die Decks wie Siebe leckten und daß die Nähte des Schiffsrumpfs rissig waren und, wenn ein Schwall sie traf, feine Gischt eindrang. Leutnant Chew, ein intelligenter und vielversprechender junger Offizier, entfernte die Buchstaben des früheren Namens, *Sea King*, vom Heck der *Shenandoah*.

Der Dekan und das Problem

Die Campuspolizei hatte ihn informiert. Theo Craven lief in seinem Zimmer nervös auf und ab. Vier Studenten, alles Mitglieder von Kappa Sigma, waren seit heute vormittag wegen einer Überdosis der Designerdroge GHB in Behandlung. Alles ging anscheinend auf eine Party außerhalb des Campusgeländes zurück. Das war das einzig Positive an diesem Vorfall: Es hatte sich um kein offizielles Fest der Bruderschaft gehandelt.

Doch das Problem war, daß die vier den Genuß von GHB und Alkohol auch noch nach ihrer Rückkehr in das Wohngebäude fortgesetzt hatten. Morgens hatte die Freundin von einem der vier jungen Männer ihren Freund in einem komaähnlichen Zustand vorgefunden und den Notruf verständigt.

Theo Craven war der Vorfall peinlich. Die vier Studenten waren Gourdin Young, Thomas Wagner, Charles Eytinge und Peter Levitt. Natürlich, dachte er, bei so einer Geschichte konnte Peter Levitt nicht fehlen. Andererseits war er der einzige, dem er einen derartigen Fehltritt zutraute. Die drei anderen waren bisher nie wegen übermäßigen Alkoholgenusses oder Drogenmißbrauchs aufgefallen.

Er hatte sich das medizinische Lexikon geholt, um sein Wissen aufzufrischen. GHB oder Gammahydroxidbutyrat war ein Antidepressivum, das euphorische Zustände, Halluzinationen und Tiefschlaf verursachen konnte.

Natürlich mußten sie disziplinarisch gemaßregelt werden. Bisher war noch keiner von ihnen auffällig geworden, außer vielleicht Peter Levitt. Aber auch bei ihm konnte man noch ein Auge zudrücken. Deswegen würde er sich dafür einsetzen, daß es bei einem Verweis blieb. Eine Suspendierung oder gar ein Ausschluß vom College wäre nicht nur für die Betroffenen eine schwerwiegende Maßnahme. Es wäre auch schlecht für das Ansehen der Bruderschaft. Außerdem, und das lag Theo Craven besonders am Herzen, würden die drei bei der Einstudierung der dramatischen Fassung von *1984*, dem Roman von George Orwell, fehlen. Wo doch das Drehbuch von Taylor Guthrie stammte, einem Mitglied des Lehrkörpers, und außerdem der ältere Bruder eines Studenten, der immer noch an den Folgen eines Unfalls litt, der ebenfalls nach einer Fete außerhalb des Campus passiert war.

Solche Dinge waren negative Werbung für Kappa Sigma, wo man bestrebt war, gerade auf die Erstsemester einen guten Eindruck zu machen, bewirkte deren Eintreten in die Bruderschaft auf die Spendenfreudigkeit der Väter oft doch wahre Wunder.

Er hatte Thomas Wagner rufen lassen, der schon aus dem Krankenhaus entlassen worden war.

Es klopfte.

„Herein. Hallo, Thomas."

Thomas Wagner stand unschlüssig vor ihm und strich sich einige Strähnen seines schwarzen Haares aus dem Gesicht.

„Hallo, Sir", antwortete er.

„Setz dich", sagte der Dekan schnell.

Thomas Wagner zupfte sich nervös einen nicht vorhandenen Fussel von seinen verwaschenen Jeans und setzte sich.

„Geht es besser?" fragte Theo Craven mitfühlend.

Thomas Wagner wollte erst grinsen, besann sich aber noch rechtzeitig eines Besseren. „Danke, Sir, es geht schon wieder."

„Ich hoffe, es war nicht nur eine schmerzhafte, sondern auch eine lehrreiche Erfahrung. Abgesehen von dem Lustgewinn natürlich." Er sah Thomas Wagner scharf an, der anscheinend nicht wußte, was er auf diese Bemerkung antworten sollte. „Ich meine, hat dir dieses Erlebnis neue Erkenntnisse gebracht?"

Thomas Wagner zögerte. „Es war eigentlich eine Idee von Peter gewesen, er sagte, es würde uns helfen, in die Zukunft zu sehen. Halluzinogene fördern so etwas angeblich."

„Und? Hast du eine Offenbarung gehabt?"

Thomas Wagner wischte sich verlegen seine Hände an seiner Jeans ab und rieb sich die Augen. „Nun ja, jeder von uns hat wirres Zeug geträumt. Ich fand mich zurückversetzt in den Bürgerkrieg. Auf der Seite der Konföderierten, wo ich als Artillerieleutnant eine Geschützbatterie vor Fort Sumter befehligte." Er brach seine Schilderung plötzlich ab.

Theo Craven war verwundert, so verwundert, daß er beschloß, sich – sobald er dazu die Zeit fand – etwas genauer mit den Vorfahren von Thomas M. Wagner zu befassen. Die Geschichte wies so spezifische Einzelheiten auf, daß man sie nicht einfach als erfunden abtun konnte, und sie sprach seinen Sinn für das Phantastische an.

Er machte eine wegwerfende Handbewegung, als wollte er sagen: Alles nur eine Fata Morgana. „Interessant, interessant. Trotzdem würde ich es nicht an die große Glocke hängen. Verstehst du?"

Thomas Wagner nickte.

„Im übrigen werde ich darauf achten, daß ihr alle Vier mit einem blauen Auge davonkommt. Das bedeutet einen schriftlichen Verweis, der aber keine weiteren Folgen haben wird."

Der junge Mann wirkte erleichtert.

Theo registrierte dies und hob warnend die Hände. „Glaub nicht, daß ich es nur euretwegen tue. Nein, ich denke auch und nicht zuletzt an das Image der Bruderschaft und", nun mußte er doch lächeln, „an *1984.*"

„Ja, Sir."

„Gut." Der Dekan sah auf die Uhr. „Es ist Zeit für mich, du kannst gehen."

Thomas M. Wagner war anzumerken, daß er mit einer unerfreulicheren Unterredung gerechnet hatte. Er erhob sich sofort, brachte noch ein gepreßtes „Danke, Sir", hervor und beeilte sich, das Zimmer des Dekans zu verlassen.

Die Geschwister

Es gibt das Wort von der Haßliebe unter Geschwistern. Das Verhältnis zwischen John Craven und seiner Schwester Mary konnte man dagegen als wohlwollende Neutralität bezeichnen.

Für John waren Mädchen noch ziemlich geschlechtslose Wesen, die aber den – im Augenblick – nicht auszugleichenden Nachteil hatten, daß man sie weder als Spielkameraden in Anspruch nehmen noch ihnen ein Geheimnis anvertrauen konnte, denn Mädchen galten allgemein als klatschsüchtige Petzen.

Glücklicherweise hatte jeder sein eigenes Zimmer, so daß sich ihre Berührungspunkte auf die täglichen Mahlzeiten beschränkten und den Streit um das Fernsehprogramm. Ein Streit, der meistens von ihrem Vater geschlichtet wurde, der salomonisch entschied, daß heute der Programmtag von John, morgen aber der von Mary sei.

Während John noch auf sein sexuelles Erwachen wartete, war Mary sich schon der Tatsache bewußt, im Schönheitswettbewerb mit ihren Mitschülerinnen einen der ersten Plätze einzunehmen.

John bemerkte mißtrauisch eine Veränderung im Verhalten seiner Schwester, es waren die ersten Anzeichen einer backfischartigen Koketterie, und eine ihrer Auswirkungen bestand darin, daß seine Schwester morgens das Bad länger benutzte, als nach seinem Verständnis nötig war, und ihn dadurch zwang, sich um so mehr zu beeilen.

Aber daß es zwischen ihnen selten einen echten Streit gab, war vor allem dem phlegmatischen Temperament von Mary zu verdanken. John war bereits im zarten Alter von 11 Jahren sowohl zu Hause als auch in der Schule wegen seiner Wutanfälle gefürchtet. Sein Vater führte dies auf den Erbteil seiner irischen Vorfahren zurück und meinte, John müsse lernen, sich zusammenzunehmen, später könne er seine Probleme jedenfalls auch nicht durch Wutanfälle lösen, schließlich müsse er damit rechnen, auf Verhältnisse oder Menschen zu stoßen, die stärker seien als er, und dann gelte es eben, sich zu arrangieren.

John rümpfte über eine so defätistische Einstellung zwar die Nase, behielt aber seine abweichende Ansicht wohlweislich für sich.

Schon im Alter von 11 Jahren hatte er beschlossen, eines Tages Irland, das Land seiner Väter, zu besuchen, und Galway, den Ort, von dem seine Familie im Jahre 1850 in die Neue Welt aufgebrochen war. Er spürte, daß zwischen ihm und der Vergangenheit eine geheimnisvolle Verbindung bestand. Es war, als ob eine innere Stimme ihm sagte, daß man an den Anfang zurückkehren muß, um das Ende zu erkennen.

Katzenjammer

Nach der bewußten Party war es für die vier Übeltäter, Gourdin Young, Thomas Wagner, Charles Eytinge und Peter Levitt, wie von Theo Craven angekündigt, bei einer schriftlichen Verwarnung geblieben. Sie hatten das Gefühl, noch einmal davongekommen zu sein, und erleichtert aufgeatmet. Nicht, daß sie eigentlich bereuten, was sie getan hatten. Das nächste Mal würde man es geschickter anstellen.

Jeder hatte dem anderen seinen Traum erzählt, den er in jener Nacht gehabt hatte.

Thomas Wagner sagte, er könne sich genau an einen Tag im April des Jahres 1861 erinnern. Er habe ganz deutlich das Geschützfeuer der Verteidiger von Fort Sumter und die Antwort der Mörserbatterie von Fort Moultrie, die unter seinem Befehl stand, gehört. Aus den zu Trümmern geschossenen Gebäuden von Fort Sumter stieg dicker, schwarzer Rauch auf, aber der Feind feuerte aus seinen Kasematten weiter. Der Fahnenmast der Verteidiger wurde abgeschossen, doch sie hißten eine neue Flagge, und das Geschützfeuer, das kurz abgeebbt war, wurde wieder heftiger. Es war am frühen Nachmittag des Tages, als neben der Flagge ein weißes Tuch hochgeholt wurde. Daraufhin wurde das Feuer eingestellt. Noch am Nachmittag des gleichen Tages hätten sich die Verteidiger von Fort Sumter ergeben.

„Das war's, im Zeitraffer sozusagen, aber weitere Einzelheiten glaubte ich, uns ersparen zu können."

Charles Eytinge schob sich ein paar Haarsträhnen aus dem Gesicht und ging unruhig auf und ab. „Auch ich werde versuchen, meinen Traum zusammenzusetzen. Wenn ich auch nicht glaube, daß es mir so detailliert gelingen wird, wie Thomas es gerade geschafft hat. Denn ich fand schon, daß er in die Einzelheiten gegangen ist.

Also, Ich befinde mich an Bord eines Schiffes. Es ist Nacht. Alles ist ruhig. Plötzlich taucht auf unserer Steuerbordseite ein Schatten auf, der direkt auf uns zuhält. Alles läuft auf die Gefechtsstation. Ich weiß, daß wir dem Zusammenstoß nicht mehr ausweichen können, und unmittelbar darauf rammt ein fremder Dampfer unser Heck. Gleichzeitig feuert er eine Salve Gewehrfeuer auf uns ab, ich höre auch das Krachen seines Buggeschützes. Holz splittert. Ich sehe, wie bewaffnete Boote auf uns zukommen. Wir werden geentert. Männer laufen auf mich zu. Einige sind mit Entermessern bewaffnet, die anderen tragen Gewehre mit aufgepflanztem Bajonett, einer trägt die Uniform eines Leutnants. Einige der Männer schwingen Entermesser. Der Leutnant hebt seine Pistole ..." Charles schwieg erschöpft. „Dann verschwand alles im Nebel. Jedenfalls habe ich den Rest des Puzzles nicht zusammensetzen können."

Nach einer kleinen Pause erzählte Peter Levitt, er habe geträumt, in einem New Yorker Hotel in der 4th Avenue von einer Armeestreife verhaftet worden zu sein, weil er nach einem Wirtshausbesuch angeblich versucht haben sollte, einen US-Soldaten zu überreden, zu den Konföderierten überzulaufen. Er selbst war ein von seinem Orden ausgeschlossener katholischer Priester, der sich mit Religionsunterricht über Wasser hielt. Allerdings hielt er sich hauptsächlich in Wirtshäusern auf, dabei hatte er mehreren Frauen gleichzeitig die Ehe versprochen, was seine häufigen Ortswechsel erklärte.

Thomas Wagner grinste. „Weißt du, in deinem Fall finde ich bestätigt, daß Träume nicht lügen. Im Traum bist du so sehr du selbst, daß kein Irrtum möglich ist."

Peter Levitt nahm ihm diese Bemerkung nicht übel, im Gegenteil, man konnte den Eindruck gewinnen, daß die Äußerungen seines Freundes ihm eher schmeichelten. „Nun", erklärte er seufzend, „ich meine es mit jedem Mädchen ehrlich, ich habe einer nie etwas vorgemacht. Das Problem war jedoch häufig, daß sie vor lauter Liebe blind waren."

„Wer's glaubt, wird selig", Gourdin Young konnte sich diesen Seitenhieb nicht verkneifen, bevor er seinen Traum zum besten gab.

„Ich war ein junger Fähnrich an Bord des Kanonenbootes *Cayuga* und an der Eroberung von New Orleans beteiligt. Wir fuhren flußaufwärts, und mir ist ein seltsames Detail gegenwärtig: Wir hatten die Bordwände mit Schlamm beschmiert, um für den Feind trotz der nächtlichen Dunkelheit noch unsichtbarer zu werden, und die Kessel hatten wir mit Hängematten und Sandsäcken gegen Beschuß geschützt.

Der Mississippi war wie ein schwarzes Loch, über dem nur das Mündungsfeuer der Geschütze von Fort St. Philipp uns zeigte, wo unser Ziel lag. Plötzlich hörte ich jemand schreien, ich sah auf der Steuerbordseite einen Brander, ein in Brand gesetztes Floß, der sich auf uns zubewegte. Die *Cayuga* versuchte, ihm auszuweichen, dabei liefen wir auf Grund. Das brennende Floß traf uns mittschiffs, und plötzlich umgab mich ein Feuerball. Danach weiß ich nichts mehr." Gourdin Young wischte sich mit der rechten Hand über die Augen.

Die anderen sahen ihn forschend an.

„Wer weiß", Gourdin versuchte ein schüchternes Lächeln, „vielleicht bin ich damals einer derjenigen gewesen, die auf der Verlustliste gelandet sind, oder man hat mich als vermißt registriert, weil das Feuer mir zu einer kostenlosen Seebestattung verholfen hat."

„Vielleicht", antwortete Thomas Wagner nachdenklich. „Aber es müßte eine Möglichkeit geben, den Wahrheitsgehalt unserer Träume zu überprüfen, schließlich gibt es tonnenweise Material über den Bürgerkrieg."

„Natürlich", schaltete sich Peter Levitt in die Diskussion ein. „Aber wo anfangen? Das ist die Frage."

Doch auch wenn sie noch einige Minuten über diese Frage grübelten, schien Gourdin Young als einziger entschlossen, das Geheimnis zu lüften. „Es muß eine Möglichkeit geben. Als erstes sollte jeder von uns seinen Traum aufschreiben. Inzwischen werde ich mich erkundigen, wo man am besten mit dem Quellenstudium beginnt."

Sie waren sich einig, daß ein methodisches Vorgehen am meisten Aussicht auf Erfolg versprach, und so erhielt Gourdin Young stillschweigend den Auftrag, einen Ausflug in ihre persönliche Vergangenheit zu unternehmen, in eine Vergangenheit, die schon lange Geschichte war.

Fünfte Lesung

Die Trent–Affäre

An Bord *U.S.S San Jacinto*

Um 13.20 Uhr ging ich neben dem britischen Postdampfer *Trent* in einem bewaffneten Kutter in Begleitung des zweiten Ingenieurs und eines Bootsmanns längsseits.

Ich enterte die *Trent* allein und ließ die zwei anderen Offiziere im Boot zurück, mit dem Befehl, erst einzugreifen, wenn es sich als notwendig erweisen sollte, Gewalt anzuwenden.

Der erste Offizier wies mir den Weg zum Achterdeck, wo ich auf den Kapitän traf. Ich sagte ihm, wer ich sei, und bat um seine Passagierliste. Er lehnte es ab, sie mir zu zeigen. Ich sagte ihm, daß ich Informationen dahingehend besäße, daß sich die Herren Mason, Slidell und Eustis in Havanna bei ihm eingeschifft hätten, und daß ich mich darüber vergewissern wollte, ob sie sich an Bord befänden, bevor ich dem Dampfer die Weiterfahrt erlaubte. Herr Slidell, der seinen Namen offensichtlich gehört hatte, kam zu mir und fragte mich, ob ich ihn zu sehen wünschte. Bald darauf kamen Herr Mason, Herr Eustis und Herr Macfarland dazu, ich informierte sie über den Zweck meines Besuchs. Der Kapitän der *Trent* widersetzte sich jeder Durchsuchung seines Schiffes, er weigerte sich auch, mir die Schiffspapiere oder die Passagierliste zu zeigen. Auch die vier erwähnten Herren protestierten gegen ihre Festnahme und die Verbringung auf ein US–Schiff.

Die Diskussion wurde laut, was die beiden Offiziere, die ich im Kutter zurückgelassen hatte, in Begleitung von sechs bis acht bewaffneten Männern an Bord brachte. Nach mehreren erfolglosen Versuchen, Herrn Mason und Herrn Slidell davon zu überzeugen, mich freiwillig zu begleiten, beriet ich mich mit unserem zweiten Ingenieur und befahl ihm, zum Schiff mit der Information zurückzukehren, daß die oben erwähnten vier Herren sich an Bord befänden und daß man sie nur unter Zwang dazu bringen würde, sich auf die *U.S.S San Jacinto* zu begeben.

Die Aufregung auf dem Achterdeck wuchs weiter, was zum Erscheinen des Bootsmanns mit weiteren Bewaffneten führte. Ich war jedoch der Meinung, daß die Anwesenheit bewaffneter Männer unnötig und nur dazu angetan war, die an Bord anwesenden Frauen zu beunruhigen. Deswegen wies ich den Bootsmann an, wieder seinen Platz auf dem

Deck unter uns einzunehmen.

Es muß weniger als eine halbe Stunde nach meinem Betreten der *Trent* gewesen sein, als der zweite bewaffnete Kutter unter Leutnant Greer längsseits ging. Nachdem die an Bord befindlichen Marines vor der Hauptkajüte Aufstellung genommen hatten, in die die vier Herren zurückgegangen waren, um ihre Sachen zu packen, versuchte ich erneut, sie zu bewegen, mich an Bord zu begleiten. Als sie sich weiter weigerten, mir freiwillig zu folgen, rief ich vier oder fünf Marines zu Hilfe. Zu zweit packten wir Herrn Mason an den Schultern und übergaben ihn an Leutnant Greer, damit er ihn in den Kutter setzte.

Ich wendete mich Herrn Slidell zu, der mir klarmachte, daß er mir nur unter Anwendung von Gewalt folgen würde. Mit der Hilfe von mindestens drei Marines wurde auch er an Leutnant Greer übergeben. Die Herren Macfarland und Eustis enterten den Kutter schließlich freiwillig.

Als wir Herrn Slidell in Gewahrsam nahmen, gab es unter den Passagieren erhebliche Unruhe, was Leutnant Greer veranlaßte, die Marines in die Kajüte zu schicken. Aber ich befahl ihnen, sofort wieder ihre frühere Position vor der Kajüte einzunehmen.

Abschließend möchte ich betonen, daß ich meinen Auftrag ausgeführt habe, ohne mehr Zwang anzuwenden, als ich hier beschrieben habe.

Der Postmeister, ein pensionierter britischer Marineoffizier, schien einiges zur Korrektheit meines Vorgehens zu sagen zu haben, aber ich vermied absichtlich jeden offiziellen Meinungsaustausch mit ihm.

Während der gesamten Operation spürte ich die feindselige Haltung von Besatzung und Passagieren.

Es fielen Worte wie „Piraterie", „Dafür werden die Yankees bezahlen" und ähnliches. Die Sympathien lagen eindeutig auf der Seite des Südens.

PS. Nach Protesten Großbritanniens, Frankreichs und Preußens gegen unser Vorgehen und nach langem Tauziehen wurden die Herren Mason und Slidell freigelassen und am Neujahrstag des Jahres 1862 in Provincetown, Cape Cod, auf einem Kriegsschiff seiner britannischen Majestät der Obhut der britischen Krone übergeben.

Die schwarze Messe

Es begann mit einer E–Mail, die bei Chas aus heiterem Himmel eintraf, von jemand, der sich als „Necromancer" vorstellte:

Sei gegrüßt Suchender, seid gegrüßt, ihr nach dem in der Dunkelheit verborgenen Wissen strebenden Wesen!

Ich widmete mein Wissen zuerst der Theorie, habe aber doch schon einige kleine Rituale begonnen und möchte jetzt nächste Woche ein großes Ritual starten.

Wenn du möchtest, kann ich dir andere Rituale verraten. Neue, stärkere und nicht so komplizierte. Aber als Gegenleistung möchte ich ein paar Informationen von dir.

Wenn du, nach Erkenntnis und Kraft dich sehnender Mensch in unserem Zirkel mitarbeiten willst, so schreibe mir.

Also bis bald und mögen die Mächte der Finsternis dir beistehen.

Heil Satanus!

Asrael alias Necromancer

Chas druckte die Nachricht kopfschüttelnd aus und zeigte sie Mary.

„Ein Spinner", sagte sie, nachdem sie den Text gelesen hatte.

„Ja, aber schwarze Messen sind der neueste Hit. Würde mir Spaß machen, an einer teilzunehmen. Nur so, aus Neugier."

Mary sah ihn zweifelnd an. „Ohne mich", sagte sie sehr bestimmt.

Doch der Gedanke ließ Chas nicht los. Zuerst sprach er mit seinem Bruder Charles und dann mit Peter Levitt und Thomas Wagner über seine Idee und zeigte allen die Nachricht von Asrael alias Necromancer.

„Allein würde ich bei so einer Sache nicht mitmachen. Doch wenn ihr mitgeht."

„Wo finden solche Messen denn überhaupt statt?" fragte Peter Levitt.

Alle sahen sich unwissend an.

„Ich glaube, auf Friedhöfen", sagte Charles.

„Ja, davon habe ich gehört", sagte Thomas Wagner und berichtete von einem Zeitungsartikel über schwarze Messen.

„Von mir aus", meinte Charles achselzuckend, „setz dich mit Necromancer wieder in Verbindung und sag ihm, wir könnten uns vorstellen, seine Jünger zu werden und würden gern an einer schwarzen Messe teilnehmen."

Sie lachten, aber es lag etwas Nervosität darin. Schließlich kannte man schon die eine oder andere blutrünstige Schilderung derartiger Rituale aus Fernseh– oder Zeitungsberichten, in denen von sadomasochistischen Orgien, Gruppenvergewaltigung und Tieropfern die Rede war. Angeblich sollten die Teilnehmer sogar ihre Exkremente essen und ihren Urin trinken müssen.

In seiner nächsten Nachricht zeigte sich Necromancer sehr erfreut über das Interesse von Chas und seinen Freunden und nannte Ort und Datum der nächsten schwarzen Messe. Das Ganze sollte in der Vollmondnacht vom 20. auf den 21. des Monats auf dem Mount–Auburn–Friedhof stattfinden.

Mit diesen Informationen bewaffnet verabredeten sie sich in einer Bar am Harvard Square.

Nach dem ersten Bier sagte Charles: „Wir haben A gesagt, jetzt müssen wir auch B sagen."

„Und sollte uns das, was wir sehen, nicht gefallen, können wir das Feld immer noch räumen", meinte Peter Levitt.

„Gut", faßte Chas die Diskussion zusammen. „Dann ist es also beschlossen, wir gehen gemeinsam dorthin und sehen uns die Vorstellung als interessierte Zuschauer an."

„So ist es", bekräftigten die anderen, und ihre Unterhaltung driftete zu anderen Themen ab, wie dem Soziologietest, bei dem Charles glaubte, etwas daneben gelegen zu haben, und der Rollenverteilung für *1984*.

Der Mount–Auburn–Cemetery war ein riesiges Gelände, mit imponierenden Grabstätten aus Granit und Marmor, mit einer Unzahl Skulpturen und Engeln und Jünglingen aus Alabaster, die Chas jedoch eher an Hermaphroditen erinnerten, sowie zahlreichen Kuppelbauten und Mausoleen im griechischen Tempelstil – alles in allem eine Ansammlung des kitschigen Nachweltgeschmacks der letzten hundertfünfzig Jahre.

Die Messe fand auf einem Hügel vor einem der Mausoleen im griechischen Tempelstil statt.

Als die vier Freunde sich dem Hügel näherten, umschloß ihn bereits eine Gruppe von Teilnehmern, die Chas auf mindestens fünfzig bis sechzig Personen schätzte. Sie stellten sich in die letzte Reihe, und Chas musterte die Umstehenden verstohlen. Die Teilnehmer waren überwiegend junge Leute, unter denen wiederum die Mädchen in der Minderheit waren.

Ein Mann im schwarzen Talar stand auf dem höchsten Punkt des Hügels.

„Der Hohepriester", flüsterte Chas.

Der Hohepriester läutete eine kleine Glocke. Dann wandte er sich in alle vier Himmelsrichtungen und rief: „Oh Satanus, Fürst der Finsternis, erscheine!" Und er rief ihn mit vielen infernalischen Namen, die dem Herrn der Finsternis gefallen und ihn für die Anliegen, die er ihm vortragen würde, wohlgesinnt stimmen sollten.

Ein Kelch machte die Runde, aus dem alle trinken mußten.

Chas sah sich um. Alle tranken. Schließlich gelangte der Kelch auch zu ihnen. Doch Chas und seine Freunde taten nur so, als ob sie aus ihm trinken würden, und reichten ihn weiter.

Chas war sich nicht sicher, aber die Flüssigkeit, deren Farbe er im Dunkeln nicht erkennen konnte, hatte den etwas süßlichen Geruch von Blut.

„Das war Blut", bestätigte Peter Levitt seinen Verdacht und verzog widerwillig den Mund.

Bisher hatte sich das ganze Ritual in vollkommener Stille vollzogen, abgesehen von den satanischen Beschwörungen des Mannes im schwarzen Talar, dessen Gesicht eine Maske verdeckte, in die nur Löcher für Augen, Nase und Mund geschnitten waren.

Seine Silhouette war jedoch im Mondlicht klar und deutlich wie ein Scherenschnitt zu erkennen. Er war ein großer hagerer Mann, dessen Stimme tief aus dem Bauch zu kommen schien. Seine Bewegungen wirkten linkisch, marionettenhaft, und plötzlich hatte Chas den Verdacht, daß es sich tatsächlich um eine Puppe handelte.

Der Kelch war wieder in die Hände des Hohenpriesters zurückgewandert. Er stellte ihn auf einem kleinen tuchverhangenen Altar ab, der vor ihm stand, und begann die Reinigung des Raums mit dem magischen Schwert. In beiden Händen hielt er ein Schwert mit einem als Kreuz ausgebildeten Griff, dessen Klinge im Mondlicht silbern blitzte, und schwenkte es in die vier Himmelsrichtungen. Danach stach er das Schwert vor sich in die Grasnarbe und wandte der Gemeinde für einen Augenblick den Rücken zu. Als er sich umdrehte, hielt er in seiner Rechten einen übergroßen Phallus, mit dem er sich im Kreis drehte und alle Anwesenden segnete.

Chas hatte ihn aufmerksam beobachtet. Außer seinen linkischen Bewegungen war ihm noch etwas aufgefallen: die Füße des Mannes.

„Sieh dir seine Schuhe an!" flüsterte Chas Charles zu.

„Was ist damit?"

„Siehst du nichts? Der trägt viel zu große Schuhe. Das sind Siebenmeilenstiefel."

Sein Bruder kniff angestrengt die Augen zusammen. „Und wenn er wirklich abnorm große Füße hätte?"

Chas dachte nach. „Wir müßten nach jemand suchen, der mindestens Schuhgröße fünfzig hat, und das ist unwahrscheinlich."

Charles kicherte. „Also eine Art Ablenkungsmanöver. Aber warum sollten wir nach ihm suchen?"

Chas schwieg.

Der Hohepriester legte den Phallus wieder auf den Altar zurück. Damit schien der erste Teil der Messe beendet zu sein.

Chas begann, von einem Bein auf das andere zu treten, um seinen Blutkreislauf anzuregen. Es war schon nach Mitternacht und ihn fröstelte.

Plötzlich hob der Hohepriester in einer segnenden Bewegung beide Hände. Das schien für die Anwesenden ein Zeichen zu sein. Anscheinend konnten die Mitglieder der Gemeinde jetzt schriftlich oder mündlich ihre Bitten vortragen.

Ein Mann vor Chas bat darum, daß seinen Nachbarn der Schlag treffen möge. Ein anderer bat um die Gnade, einen Pakt mit dem Fürsten der Finsternis schließen zu dürfen.

Alle Bitten wurden vom Hohepriester wiederholt und mit einem von einem Gongschlag begleiteten „Heil Satan" der Anwesenden angenommen. Anschließend wurde eine mystische Formel gesprochen, die weder Chas noch seine Freunde verstanden.

„Das ist Henochisch", flüsterte Chas.

Charles sah ihn erstaunt an.

„Habe ich nachgelesen", erklärte Chas.

Mit den Worten „Es ist vollbracht! Es ist vollbracht!" und dem abermaligen Läuten des Glöckchens beendete der Hohepriester die Messe.

Die Menschen zerstreuten sich. Chas fiel auf, daß sich keine Grüppchen bildeten, keiner sprach mit dem anderen. Alle hatten anscheinend nichts Eiligeres zu tun, als diesen Ort der Anbetung Satans zu verlassen.

Auch Chas und seine Freunde machten sich auf den Rückweg.

Inzwischen hatte der Hohepriester seine Stellung auf dem höchsten Punkt des Hügels verlassen und sich unten an den Weg gestellt, der für alle die einzige Möglichkeit war, den Friedhof zu verlassen.

Der große hagere Mann in dem schwarzen Talar wartete, die Hände über der Brust verschränkt, den Kopf etwas nach vorn geneigt, bis auch der letzte seiner Gemeinde an ihm vorbeigegangen war.

Als Chas seinen Blick kreuzte, schien es ihm, als ob die Augen des Hohenpriesters einen Augenblick auf seinem Gesicht ruhten.

„Die Gnade Satans sei mit dir, ich hoffe, wir werden uns wiedersehen, Bruder."

Chas wandte sein Gesicht von ihm ab und beschleunigte seine Schritte. Die anderen drei hatten Mühe, ihn einzuholen.

„Was hat er gesagt?" fragte Charles ihn atemlos.

„Er hat gesagt, er hofft, uns wiederzusehen."

Charles sah ihn verständnislos an. „Wie kommt er denn darauf? Übrigens, ich habe das Gefühl, ihm schon mal begegnet zu sein."

Chas sah ihn lange stumm an.

Eine Wolke hatte sich vor den Mond geschoben, und Thomas Wagner stolperte in der Dunkelheit. Im letzten Augenblick griff er Halt suchend nach Peter Levitt, der sich erschrocken umdrehte.

„Ich habe Friedhöfe nie gemocht", sagte er. „Vielleicht, weil sie einen an das endgültige Ende erinnern. Machen wir, daß wir von hier wegkommen."

Nachlese

Chas wartete im *Border Café* auf Mary. Nach seinem okkultistischen Abenteuer gestern Nacht hatte er Sehnsucht nach etwas Handfestem, zum Beispiel den festen Schenkeln und spitzen Brüsten von Mary und ihrem Mund, der immer nach Erdbeeren schmeckte.

Es war das übliche Zeremoniell, daß sie zuerst im *Border Café* etwas tranken und aßen und danach zu ihr gingen. Gott sei Dank hatte sie ihr eigenes kleines Zweizimmerapartment.

Chas nippte an einem *Samuel Adams* und dachte über den Mann nach, der gestern bei der schwarzen Messe als Hohepriester aufgetreten war. Charles hatte das Gefühl gehabt, dem Mann schon einmal begegnet zu sein. Doch er hatte ihn weder einem bestimmten Ort noch einem zeitlichen Ablauf zuordnen können. Sonst wäre die Aufgabe leichter zu lösen gewesen. So blieb das frustrierende Gefühl zurück, daß einem etwas auf der Zunge lag, ohne daß man es aussprechen konnte.

Er wandte sich wieder seinem Bier zu, als er Mary sah, wie sie das Lokal betrat. Er winkte ihr zu, und sie setzte sich zu ihm an den Tisch.

„Na, wie war euer Ausflug zu den Satansanbetern?" Sie sah ihn mit einer Mischung aus Spott und Mitleid an. Wie man mit einem Kind Mitleid hat, das sich gerade die Finger an einem heißen Ofen verbrannt hat und dem man trotzdem sagen muß, daß ihm dies eine Lehre sein soll.

Chas lächelte gequält und berichtete ihr vom gestrigen Abend.

„Und?" fragte sie zum Schluß.

„Eigentlich habe ich mich nicht so sehr über das Ritual gewundert, als darüber, daß verhältnismäßig so viele Leute gekommen waren."

„Oh, das ist unter jungen Leuten eine Art Kult. Satansanbeter, Nekrophile und Nekromanten sind schließlich Nachfahren des Marquis de Sade. Das ist doch schick, oder?" sagte sie schnippisch. „Ein bißchen Speed dazu, und du kriegst den richtig großen Kick."

„Mag sein", seufzte Chas. „Charles hat übrigens behauptet, dem Mann, der die Messe zelebrierte, schon einmal begegnet zu sein."

„Wie kommt er darauf?"

„Sicher, es war Nacht, außerdem war der Mann verkleidet, und sein Gesicht versteckte eine Maske. Mir sind besonders seine Füße aufgefallen, oder besser gesagt: seine Schuhe."

Mary sah ihn verwundert an. „Seine Schuhe?"

„Ja, seine Schuhe. Ich habe noch nie einen Menschen mit so großen Füßen gesehen. Man kann natürlich unterstellen, daß er seine Schuhe einige Nummern zu groß gewählt hat, sozusagen als Teil seiner Verkleidung, aber er muß trotzdem verdammt große Füße haben."

Mary stützte nachdenklich das Kinn auf. „Laß mich nachdenken, vielleicht fällt mir etwas ein."

„Dir?" fragte Chas fast belustigt.

„Ja, wieso nicht? Ich habe mindestens ein so gutes Personengedächtnis wie du."

„Schön, sag mir Bescheid, wenn dir etwas einfällt, aber bis dahin werde ich versuchen, nicht mehr an die Geschichte zu denken."

Die Erscheinung

Frauen waren in Taylor Guthries Leben bisher immer ein Rätsel geblieben, zu dessen Lösung ihm auch heute noch, mit 33 Jahren, der Schlüssel fehlte.

Vielleicht traf es nicht den Kern der Wahrheit, würde man sein Verhältnis zu Frauen als gestört bezeichnen. Es war wahrscheinlich richtiger zu sagen, daß er Forderungen an sie stellte, die sie nicht erfüllen konnten. So hatte er sich inzwischen eigentlich schon damit abgefunden, sein Leben eines Tages unbeweibt zu beenden. Doch diese Einstellung hinderte ihn nicht daran, kurzlebige Beziehungen zum anderen Geschlecht anzuknüpfen, besonders zu den weiblichen Mitgliedern des Lehrkörpers.

Als es am Mittwochnachmittag an der Tür seines Appartements klingelte, machte er sich gar nicht die Mühe, die Identität des Besuchers zu überprüfen, weil er genau zu diesem Zeitpunkt eine Verabredung mit Patricia hatte, der Sekretärin des Dekans der Fakultät der Wirtschaftswissenschaften.

Um so verständlicher war seine Überraschung, als er die Tür öffnete und ein Mann vor ihm stand. Er war großgewachsen und hager, trug einen schwarzen Trenchcoat und einen dunkelbraunen Hut, den er etwas ins Gesicht gezogen hatte, so daß sein Gesicht nur undeutlich zu erkennen war.

Taylor Guthrie musterte ihn säuerlich und sagte abwehrend: „Ich kaufe nichts, weder Lebensversicherungen noch Staubsauger. Ja, wenn Sie eine Eintrittskarte zum nächsten Spiel der Boston Celtics hätten, das wäre etwas anderes." Er stieß ein glucksendes Lachen aus, weil er glaubte, eine scherzhafte Bemerkung gemacht zu haben, die er sich im übrigen vornahm, nicht zu vergessen; vielleicht konnte er sie in dem Roman gebrauchen, an dem er gerade schrieb.

„Oh nein", der Besucher hob abwehrend die Hände, „damit wir uns nicht mißverstehen: Ich verkaufe keine Lebensversicherungen. Ich verkaufe Versicherungen gegen den Tod." Er lächelte. „Die Lebenden gehen, aber die Toten bleiben", sagte er, ohne eine Miene zu verziehen. „Henry Wadsworth Longfellow." Die Iris seiner stechenden Augen leuchtete gelbgrün. „Sie sollten sich mein Angebot anhören."

Taylor Guthrie fröstelte. Unwillkürlich zog er seine Schultern zusammen und kreuzte die Arme vor der Brust, als müsse er sich gegen etwas schützen. Er senkte seinen Blick auf den Boden, wobei ihm die Füße seines Besuchers auffielen. Der Mann lebte zweifellos auf großem Fuß. „Ich bin noch nicht bereit", stammelte er und schlug die Tür zu.

Er hörte noch, wie der ungebetene Besucher durch die geschlossene Tür rief: „Ich komme wieder!".

Er ging an die Bar und mixte sich einen steifen Whisky Soda. Irgendwie war er wütend auf sich. Wie konnte er sich von einem offensichtlich Verrückten so in die Defensive drängen lassen? Er, der Mann von Welt, das (verkannte) literarische Genie.

Dabei fiel ihm ein, was einer seiner Kritiker einmal von ihm gesagt hatte: Die Personen, die er beschrieb, wüßten nie, ob sie ein Haus betreten oder vor der Tür stehenbleiben sollten.

Als es wieder an der Tür klingelte, sah er diesmal durch den Spion.

Er atmete erleichtert auf: Es war Patricia.

Laterna magica

Manchmal fragte sich Gourdin Young, ob es normal sei, daß sein Sexualtrieb sich so wenig rührte. Seine Kommilitonen masturbierten entweder oder hatten eine Freundin. Bei ihm war sowohl das eine als auch das andere eher die Ausnahme.

Es war später Nachmittag und die Lounge war leer. Auf seinen Knien lag ein hektographierter Text über die Rolle des IWF im Zeitalter der

Globalisierung. Doch im Augenblick interessierte ihn stärker das Fernsehprogramm, das die letzten Sportereignisse kommentierte. Bis vor kurzem hatte Linda ihm Gesellschaft geleistet. Linda war anstrengend. Sie redete wenig, weshalb er sich um so mehr verpflichtet fühlte, ein Gespräch mit ihr in Gang zu halten. Linda war ein Erstsemester, genau wie er. Manchmal hatte er das Gefühl, daß sie von ihm etwas erwartete, zum Beispiel, daß er sie zum Essen einlud oder zu einer Party. Sie sagte wenig und ließ ihn reden, dabei sah sie ihn so durchdringend an wie eine Schlange, die ein Kaninchen hypnotisiert. Bisher hatte er alles vermieden, was in ihr den Eindruck erwecken konnte, daß er an ihr interessiert war. Obwohl sie nicht schlecht aussah. Darüber hinaus wußte er von ihr wenig. Sie war das jüngste Kind einer typischen amerikanischen Mittelklassefamilie, der Vater war Ingenieur und arbeitete für einen Elektronikkonzern, ihre Mutter war Nurhausfrau. Sie war die jüngste von drei Geschwistern und hatte noch zwei ältere Brüder, die beide das College besuchten.

Mitten in seinen Gedanken betrat ein Mann den Raum. In der linken Hand trug er eine bunte Laterne. Sie war von innen erleuchtet und sah aus wie ein chinesischer Lampion. Verwundert beobachtete Gourdin Young, wie er sich suchend umsah, als wolle er einen geeigneten Platz für die Laterne finden.

„Eine Laterna magica", sagte er erklärend an Gourdin gerichtet.

Der Mann war groß und hager und dunkel gekleidet. Man hätte ihn für einen katholischen Priester halten können.

„Man kann mit ihr in die Vergangenheit und in die Zukunft sehen", sagte der Mann. Als er Gourdin Youngs ungläubiges Gesicht bemerkte, beeilte er sich zu versichern: „Ein Scherz, junger Mann, ich habe nur einen Scherz machen wollen." Er hielt die Laterne weiter unschlüssig in der Hand. „Nein, nein, sie soll für Licht sorgen. Jemand hat behauptet, wir hätten einen Stromausfall. Doch ich sehe, das stimmt nicht." Er neigte seinen Kopf über die Laterne und pustete die Kerze aus. „Es müßte ein Gesetz geben, daß es verbietet, seine Spiele mit so ernsten Dingen wie der Vergangenheit und der Zukunft zu treiben. Finden Sie nicht auch?"

„Ich weiß nicht", sagte Gourdin unsicher. Der Mann war ihm unheimlich. Wenn er redete, blieben seine Gesichtsmuskeln völlig starr.

„Er gibt zu, er kennt das Gesetz nicht, und behauptet gleichzeitig, schuldlos zu sein. Entschuldigung, ich will mich nicht mit fremden Federn schmücken. Das ist aus einem Dialog zwischen K. und seinen Wächtern aus *Der Prozeß* von Franz Kafka. Aber er hat durchaus recht, so ist es oft, nicht nur in seinem Roman, sondern auch im wirklichen Leben.

Gourdin Young wurde immer unwohler in seiner Haut. Er stand auf und sah auf die Uhr. „Es tut mir leid", sagte er, „aber ich muß gehen. Sonst komme ich zu spät zu einer Verabredung."

„Oh, gehen Sie nur", sagte der Mann, „wir werden uns sicher wiedersehen."

Dieser Satz sollte Gourdin Young nicht mehr aus dem Kopf gehen.

Sechste Lesung

An Bord der *CSS Shenandoah*

Am 27. Oktober sichtete die *Shenandoah* ihre erste Beute, sie nahm die Verfolgung auf, und es gelang ihr, den fremden Dampfer, der sich als die *Mogul* aus London herausstellte, schnell einzuholen. Kurz darauf kam ein zweites Schiff in Sicht, ebenfalls ein Brite, mit dessen Geschwindigkeit die *Shenandoah* leicht mithalten konnte.

Der Seemann ist von den Qualitäten seines Schiffes unter Segeln erst überzeugt, wenn er sich mit anderen Schiffen messen kann. Die *Shenandoah* war fraglos ein schnelles Schiff. Ich war beruhigt: Sie zu schlagen, würde jedem anderen Schiff schwerfallen.

Die Besatzungen der Schiffe, die wir überholten, beeilten sich, dreimal die rote englische Flagge zu dippen, worauf wir mit dem Gruß der Flagge des Südens antworteten.

Wir hatten jetzt eine Position erreicht, wo wir wahrscheinlich auf Schiffe auf Westkurs treffen würden, und unsere Aussichten auf eine Prise verbesserten sich in dem Maße, wie wir uns diesem stark befahrenen Schifffahrtsweg näherten.

Die *Mogul* aus London war ein in Amerika gebautes Schiff und hatte wie viele amerikanische Schiffe aufgrund des Krieges ihren Eigner gewechselt. Es mochte sein, daß sie in gutem Glauben verkauft worden war. Soweit es ihre Papiere anging, war der Verkauf in Ordnung, aber das ist nicht unbedingt ein sicherer Beweis.

Am 30. Oktober jagten, erbeuteten und versenkten wir die amerikanische Bark *Alina*, die unterwegs mit einer Ladung Eisenbahnschienen nach Buenos Aires war. Es war ihre erste Reise. Sie machte nach dem Bericht des Offiziers, der auf ihr an Bord ging, einen gutausgerüsteten und sehr sauberen Eindruck. Sie war eine wertvolle Beute und lieferte uns die Blöcke für die Geschütztaljen, laufendes Gut, das wir an Bord gebrauchen konnten, und Baumwolltuch, das so gut für das Nähen von Segeln geeignet ist. Die Offiziere versorgten sich zum Teil mit Waschschüsseln, Krügen, Messegeschirr, Messern, Gabeln usw. Für mich fiel eine gefederte Matratze ab, und ein kleiner Teil der Vorräte wurde von der *Shenandoah* übernommen. Die Gefangenen retteten all ihr Gepäck, ahnten aber in ihrer neuen Lage nichts Gutes. Sie irrten wie Ratten im Käfig herum. Die Besatzung versuchte, mit ihnen ins Gespräch zu kommen, auch um sie auf unsere Seite hinüberzuziehen, und tatsächlich musterten fünf Matrosen und ein Heizer auf der *Shenandoah* an. Damit stieg die Anzahl der Besatzung auf neunundzwanzig Männer. Ich hatte Glück, daß ich meine erste Prise versenken konnte, ohne sie in Brand zu setzen, denn die Position des Dampfers war gut, und ein Feuer hätte alle Yankees innerhalb von 30 Meilen alarmiert. Außerdem hätte auch ein nahes Kriegsschiff des Nordens vom Feuerschein wie eine Motte vom Licht angelockt werden können. Der Wert der *Alina* wurde mit $ 95.000 angenommen – keine schlechte Prise.

Die Art, wie eine Prise zerstört wird, hängt von ihrer Fracht ab. Trug sie eine Fracht wie die *Alina*, war es besser, in ihre Seite einige Fuß unter der Wasserlinie von innen ein Loch zu schlagen. Das Schiff sinkt schnell und hinterläßt nichts weiter als einige Deckspanten und Luken, die auf der riesigen Wasseroberfläche treiben. Es kommt häufiger vor, daß eine Prise zu ihrer Zerstörung in Brand gesetzt werden muß und man nicht darauf verzichten kann, wie sehr man diese Methode auch verurteilen mag. Es ist immer noch besser, als die Prise zwar unbrauchbar gemacht, doch als Gefahr für die Schiffahrt zurückgelassen zu haben. Während das Feuer brennt, teilt es den anderen Seefahrenden die Gefahr mit, und zurück bleibt nur ein kleiner Teil des Kiels und des Rumpfs, was allerdings für ein schnellaufendes Schiff immer noch eine große Gefahr darstellt. Wir waren im übrigen gezwungen, unsere Prisen zu zerstören, weil es uns nicht erlaubt war, sie zur Versteigerung in einen neutralen Hafen zu bringen.

Diese Beute rief eine spürbare Veränderung in der Stimmung meiner Besatzung hervor. Die Arbeit war auch weiterhin nicht leicht, aber die Männer erhielten jetzt Unterstützung durch die Abwerbung von Seeleuten von feindlichen Schiffen; der Ruf „Segel ahoi!" wurde immer mit Begeisterung begrüßt. Und wer in seiner Freizeit Ablenkung suchte, versammelte sich auf den Seitengängen zu Tanz, Gesang oder zum Spinnen eines Garns, bei dem der Erzähler der Held war. Der Seemann ist leicht zu unterhalten und gutgläubig.

Wir hielten immer noch südlichen Kurs unter der wärmenden Sonne, die hinter den Wolken hervorkam, um unser Zeug zu trocknen. Der Seemann sagt, Regenwasser sei sehr naß. Diese Bemerkung spielt auf die ge-

gensätzliche Wirkung eines Bades in Salzwasser an, von dem man nie eine Erkältung bekommt.

Am 5. November jagten, erbeuteten und verbrannten wir den amerikanischen Schoner *Charter Oak*, der mit gemischter Ladung auf der Reise nach San Francisco war. Er hatte eingemachte Früchte und andere Vorräte an Bord, die wir gebrauchen konnten. Unter anderem wurden zweitausend Pfund Tomaten in Dosen an Bord gebracht. Kapitän Gilman, seine Frau, ihre Schwester (eine Witwe) und ihr Sohn belegten meine Steuerbordkajüte. Ihre persönlichen Sachen hatten sie behalten dürfen, und sie aßen mit mir am Tisch in der Offiziersmesse, denn ich hatte immer noch keinen Tisch in meiner Kajüte. Die Witwe hatte ihren Mann in Harper's Ferry verloren. Er war Sergeant in der US–Armee gewesen. Der Kapitän sagte, er hätte nur 200 Dollar in Gold, ich glaubte, daß er die Wahrheit sagte, und als seine Frau an Bord kam, übergab ich ihr in Anwesenheit von Fähnrich Mason das Geld, unter der Bedingung, daß sie nichts davon ihrem Mann gäbe, womit sie einverstanden war. Das war natürlich nur ein Vorwand, mir tat die Frau leid. Schließlich würde man sie irgendwo, wer wußte schon wo, an Land setzen, und ich wollte einer Frau nicht noch zusätzliches Ungemach bereiten.

Ich habe später einen Bericht von Kapitän Gilman in einer New Yorker Zeitung über die freundliche Aufnahme gelesen, die man ihm als Gefangener bei uns an Bord erwiesen hat.

Die Besatzung der *Charter Oak* bestand aus einem Maaten und drei Portugiesen, und bei der Durchsuchung ihres Gepäcks wurden US–Uniformmäntel entdeckt. Es kam nach und nach heraus, daß sie Deserteure der US–Armee waren. Ein Säbel, den wir an Bord fanden, war die einzige Trophäe, die ich behielt. Von dieser Prise erhielten wir keinen Mannschaftszuwachs.

Ich sah belustigt dem Treffen zwischen den zwei gefangenen Kapitänen zu. Sie trafen zum ersten Mal unter seltsamen Umständen als Gefangene zusammen, und ihre Gedanken gingen in die gleiche Richtung.

„Was hat er mit Ihnen gemacht?" fragte der Kapitän der *Alina* und meinte damit natürlich das Schicksal seines Schiffes.

„Er hat sie verbrannt", war die Antwort von Kapitän Gilman.

Sie schlossen keine besondere Freundschaft. Der Mann aus San Francisco empfand den anderen als grob und unfreundlich, und Kapitän Staples, der Skipper der *Alina*, hatte mit seinem Schiff viel Geld verloren. Für seine Haltung konnte man vielleicht Verständnis aufbringen.

Die *Charter Oak* wurde am späten Nachmittag in Brand gesetzt, und um mich davon zu überzeugen, daß sie tatsächlich in Flammen gehüllt unterging, blieben wir bis in die Nacht in ihrer Nähe. Es wehte ein leichter Wind, und die hellen Flammen, die sich vom Mast durch jedes Segel fraßen, waren weit zu sehen und entweder das Zeichen einer Havarie oder das Werk eines konföderierten Kreuzers, und alle Schiffe, die ihren Ausguck besetzt hatten, würden vermuten, daß hier etwas nicht in Ordnung war. Und sollte ein Yankee die Flammen sehen, würde er nicht weiter über ihre Ursache nachdenken, sondern eher einen Kurs in entgegengesetzter Richtung einschlagen. Ich führte die *Shenandoah* in Lee des brennenden Wracks, weit genug von ihr entfernt, um nicht Gefahr zu laufen, selbst Feuer zu fangen. Ein Kriegsschiff in diesem Seegebiet würde sehr wahrscheinlich unter Segeln laufen und konnte von Lee nicht schnell genug herankommen, um das Feuer zu untersuchen; unter Dampf dagegen würde es versuchen, sich dem Wrack in Luv zu nähern, was mir den Vorteil geben würde, es zuerst zu Gesicht zu bekommen und die Gelegenheit zu ergreifen, mich aus dem Staub zu machen.

Die Geschützluken waren inzwischen alle ausgesägt, die Geschütze in Stellung gebracht und warteten nur auf ihre Bemannung; es waren genug Männer für ein Geschütz und das Pulvermagazin vorhanden.

Wir waren auf alles vorbereitet.

Die Scherzfrage

„Bin ich eine Frau, die man heiratet? Würdest du mich heiraten, Charles?"

Charles Eytinge sah Nancy in einer Mischung aus komischem Entsetzen und Verlegenheit an, während sein Gesicht urplötzlich die Farbe einer reifen Tomate angenommen hatte. Er räusperte sich und stand von dem Bett auf, auf dem er gesessen hatte. Sie befanden sich auf Charles' Zimmer im *Dorm*, wie das Wohngebäude kurz genannt wurde.

„Aber Nancy, wie kommst du gerade jetzt auf eine solche Frage?"

Nancy Guthrie sah ihn nachdenklich an. „Ich bin 28, Charles, ich möchte mein Leben nicht als alte Jungfer in einer staubigen Bibliothek beenden. Aber ich kann dich beruhigen, im Augenblick war es nur eine Scherzfrage. Trotzdem könnte es nicht schaden, wenn du rechtzeitig über eine ernsthafte Antwort nachdenkst."

Charles schluckte. „Sicher", sagte er. „Aber ich dachte bisher, das sei kein Problem, das uns auf den Nägeln brennt, oder?"

Nancy seufzte. „Nein, das nicht. Aber wer weiß, wie lange wir es noch vor uns herschieben können?"

Charles spürte einen Kloß im Hals. „Heißt das etwa …?"

Nancy lachte, „Aber nein, um Gottes willen. Nein, das ist es nicht."

Charles atmete erleichtert auf. Ein Kind, das würde die Dinge komplizieren. Obwohl er sich schon manchmal gefragt hatte, was er in einer solchen Situation tun würde.

„Auf jeden Fall hoffe ich nicht, daß du mir einen Heiratsantrag machst und mir dann etwas Ähnliches passiert wie das hier." Nancy tippte auf einen Artikel in der neuesten Ausgabe der Collegezeitung.

Charles sah sie fragend an.

„Ich les dir den Artikel vor:

Mann versucht, seine Freundin in einem Häcksler zu töten und bringt sich selbst dabei um.

Ein Mann hat angeblich versucht, seine Freundin umzubringen, indem er sie letzten Mittwoch in eine Häckselmaschine hineinzuziehen versuchte.

Der Mann starb in der Maschine.

Die Polizei sagt, Rafael Rodriguez habe Lucia Lopez, 28, offensichtlich einen Heiratsantrag gemacht. Die Frau habe diesen Antrag angenommen. Daraufhin sagte der Mann, er wolle ihr etwas zeigen.

Sie gingen zu einem Gartenbauunternehmen, wo Rodriguez arbeitete. Lopez sagte, Rodriguez habe sie aufgefordert, ihre Augen zu schließen und sich auf das Förderband einer Häckselmaschine zu legen. Sie sagte, er hätte die Maschine dann gestartet und sei mit ihr auf das Förderband gesprungen.

Sie war etwas erschrocken, und er sagte zu ihr: ‚Keine Angst, leg dich nur hin und schließ die Augen.'

Er legte sich neben sie, und das nächste, was die Frau sah, war Rodriguez, der schon in der Maschine war und versuchte, auch sie an ihren Handgelenken in die Maschine zu ziehen.

Der Häcksler schaltete sich automatisch ab. Rodriguez, der Verletzungen am Kopf und an den Armen erlitt, starb noch am Ort des Geschehens."

Charles schüttelte sich, dann grinste er und umfaßte Nancys Taille. „Grauenhaft, aber die Idee war jedenfalls ganz originell. Allerdings erinnert sie mich etwas an Franz Kafkas *Strafkolonie*."

Nancy zog die Augenbrauen hoch: „Ich glaube kaum, daß Rodriguez Kafka gelesen hat."

„Nun, dann war er tatsächlich ein origineller Typ."

„Und die arme Frau, ist die dir etwa gleichgültig?"

„Na ja." Charles überlegte kurz. „Aber er ist tot und sie lebt." Dabei sah er sie mit einem unschuldigen Lächeln an.

Abrakadabra

John fragte sich, wie alt Huckleberry Finn gewesen sein mochte, als er die Witwe Douglas um die Erlaubnis bat, zu rauchen. Worauf die Witwe entgegnete, das sei ein schlimmes Laster, und es ihm verbot. Dabei stellte Huckleberry Finn für sich fest, daß die Witwe selbst schnupfte. Aber weil sie es tat, war es in Ordnung, und John Craven fand, daß ein solches Verhalten für die Erwachsenen typisch war.

Er legte die *Abenteuer von Huckleberry Finn* beiseite und widmete sich einem Problem, das weniger allgemein war, ihm aber dafür um so mehr auf den Nägeln brannte. Vorgestern hatte er es zum ersten Mal bemerkt, als er im Bad in den Spiegel sah. Er mußte eigentlich zweimal hinsehen, aber es war keine Einbildung. Er hatte auf der Haut seiner Oberlippe einen ganz leichten, rötlichen Flaum festgestellt. Er hatte natürlich schon genug Erwachsene mit einem Bart gesehen, es waren auch einige darunter, die noch sehr jung waren. Aber niemand von ihnen war so jung wie er. Es war zwar nur der feine Flaum des ersten Bartwuchses, aber er war so rötlich wie seine Haare. Es würde nicht mehr lange dauern und auch andere würden es bemerken. Er stand dieser ersten Erscheinung seiner Pubertät fassungslos gegenüber. Schließlich konnte er nicht schon jetzt anfangen, sich zu rasieren. Das Ganze war ein übler Scherz der Natur. Seine Mutter entdeckte den Bartflaum als erste, als sie sich über ihn beugte, um ihm einen flüchtigen Gutenachtkuß zu geben. Sie dachte, daß John wirklich ein frühreifer Junge war und dies frühe sexuelle Erwachen gar nicht zu ihm paßte, wenn man seinen Vater als Maßstab nahm.

Die nächsten Tage und Wochen beobachtete John mißtrauisch seinen Bartwuchs und betastete jedes einzelne Härchen. Aber zu seiner erheblichen Erleichterung schien sein Bart nur äußerst langsam zu wachsen, so daß große Hoffnung bestand, sich erst spät eines Rasierers bedienen zu müssen, um seiner Umwelt auch weiterhin sein knabenhaftes Äußeres erhalten zu können.

Als er zwölf wurde, schenkte seine Mutter ihm einen Rasierapparat. Das blaue Geschenkpapier verriet natürlich nichts über seinen Inhalt, und als John sah, was darunter steckte, wurde er zuerst feuerrot im Gesicht und warf seiner Mutter einen eher verletzten als wütenden Blick zu, doch die Befürchtung, einen seiner jähzornigen Ausbrüche zu erleben, erwies sich als unbegründet. John verschwand auf sein Zimmer und betete mit geschlossenen Augen inbrünstig zehn Abrakadabras, damit dieser Alptraum vorüberginge. Anschließend schaute er im Bad in den Spiegel. Aber gegen seinen Bartwuchs schien auch ein Zauberwort machtlos zu sein.

Licht am Ende des Tunnels

Eine vorübergehende Sehstörung hatten die Ärzte es genannt. Das war vor ungefähr drei Monaten, überlegte John Guthrie. Sie hatten aber auch zu verstehen gegeben, daß es keine Garantie für eine Rückkehr seines Augenlichtes gebe.

John Guthrie glaubte, ihm bliebe das Herz stehen, als er eines Morgens aufwachte und ihn ein dünner Lichtstrahl wie ein Blitz in dunkler Nacht traf. Er richtete ein Stoßgebet gen Himmel, daß dies nur der Anfang seiner baldigen vollständigen Gesundung sein möge.

Als er Chas diese Neuigkeit berichtete, fiel diesem mehr als nur ein Stein vom Herzen. Wie oft hatte er doch darüber nachgedacht, was geschehen würde, sollte John tatsächlich für den Rest seines Lebens blind bleiben.

„Das ist die beste Nachricht, die ich seit langem gehört habe!" Chas fuchtelte aufgeregt mit den Händen vor Johns Gesicht herum. „He, kannst du mich denn schon erkennen?"

John Guthrie lächelte. „Nicht direkt, aber ich sehe Schatten, wie jemand, der sich in einem dunklen Zimmer befindet, durch dessen heruntergelassene Rollos vor den Fenstern ein Lichtstrahl dringt."

„Großartig. Es besteht also Hoffnung." Chas sagte dies so inbrünstig, als müßte er noch einen letzten verbliebenen Zweifel auslöschen, als gelte es, die endgültige Heilung seines Freundes durch eine Art Beschwörung zu erzwingen.

„Ja, ich habe oft daran gezweifelt. Du weißt, wenn man so viel Zeit zum Nachdenken hat wie ich, kommt man leicht auf dumme Gedanken. Aber jetzt ..."

„Es ist das Licht am Ende des Tunnels", unterbrach ihn Chas, „ich bin sicher. Es ist nur noch eine Frage der Zeit."

„Und du brauchst nicht mehr den Vorleser zu spielen."

Chas machte eine wegwerfende Handbewegung: „Wenn es nur das ist. Ich tue es gerne", sagte er, und John Guthrie glaubte ihm.

Bratäpfel

Es war Thanksgiving, und die Lounge für die Studenten, dieser Aufenthaltsraum mit dem großen Fernseher in der Ecke, den verschlissenen Sitzgarnituren mit dem rostbraunen Bezug, den flachen Holztischen mit den aufgeschlagenen Zeitschriften und Magazinen, den leeren, nach abgestandenem Zigarettenrauch riechenden Aschenbechern, dem fleckigen blaugrauen Teppichboden und den Postern mit Bildern der Hauptstädte Europas an den Wänden, dieser Raum war jetzt leer.

Thanksgiving war ein Fest der Familie, und der Campus wirkte wie ausgestorben. Erst am kommenden Montag würde wieder die lärmende Aufgeregtheit seiner Bewohner zurückkehren. Bis dahin blieben die wenigen unter sich, die mangels Familie oder schwieriger Familienverhältnisse wegen hiergeblieben waren.

Zu ihnen gehörte Gourdin Young. Sein Vater befand sich noch auf einer Europareise und wurde erst in der nächsten Woche zurück erwartet. Seine Mutter dagegen hatte ihm eine Karte von Hawaii geschickt, wohin sie mit ihrem zweiten Mann geflogen war. Die Scheidung lag schon einige Zeit zurück, aber Gourdin wußte, daß sein Vater darüber immer noch nicht hinweggekommen war. Auch jetzt noch, nach über vier Jahren, vermißte er Judith, und jede Beziehung, die er danach mit einer anderen Frau eingegangen war, war nach kurzer Zeit wieder zerbrochen.

Gourdin saß in einer Sitzecke, und auf seinen Knien lag die neueste Ausgabe des *Boston Globe*. Er war eingenickt. Den Vormittag hatte er in der Bibliothek am Copely Place verbracht. Mehrere Stunden hatte er in den Unterlagen über den Bürgerkrieg zwischen Norden und Süden nach Material gesucht, das einen Bezug herstellte zu den Ereignissen, von denen er, Thomas Wagner, Charles Eytinge und Peter Levitt unter dem Einfluß der Droge geträumt hatten. Doch bisher war er erfolglos geblieben. Trotzdem war er nicht bereit, die Flinte ins Korn zu werfen und diese Träume als haltlose Halluzinationen unter Drogeneinfluß abzutun. Dazu waren die Träume viel zu plastisch gewesen.

Er wurde durch einen seltsamen Geruch wach, der von nirgendwo kam und doch überall war. Er sog den Geruch durch die Nase ein und schnüffelte wie ein Hund. Es war ein Geruch, der ihm nicht fremd war. Doch er mußte in seiner Erinnerung lange zurückgehen, um einen ähnlichen Duft zu finden. Ihm fielen Tage im Herbst ein, die er bei seiner Großmutter verbracht hatte, der Geruch von Bratäpfeln in der Ofenröhre. Seine Großmutter hatte viel von Irland, der großen Hungersnot Mitte des vergangenen

Jahrhunderts und der großen Auswanderungswelle erzählt, mit der auch seine Vorfahren, von Dublin und Galway, der Stadt, aus der ihre Familie stammte, nach Amerika eingewandert waren. Gourdin preßte seine Lippen zusammen. Vielleicht gab es eine Möglichkeit, den Lebensweg irischer Einwanderer nach ihrer Ankunft in Amerika zurückzuverfolgen. Er stand auf und machte sich auf einem Zettel eine entsprechende Notiz. Schon morgen beschloß er, die Bibliothek erneut aufzusuchen, um dieser Spur zu folgen.

Siebte Lesung

Schreiben des US–Konsuls in Tanger
vom 21. Februar an Commander Craven,
Kommandant von *USS Tuscarora*

Ich habe erfahren, daß hier gestern zwei Rebellen an Bord eines französischen Handelsschiffes, *Ville de Malaga*, auf ihrer Reise von Gibraltar nach Cadiz angekommen sind. Einer ist, darüber liegen mir zuverlässige Informationen vor, ein Leutnant des Piratenschiffes *Sumter*. Der andere, Herr Tunstall, war bis im letzten Sommer US–Konsul in Cadiz. Beide sollen in Cadiz Kohle zum Bunkern für die *Sumter* auftreiben.

Diese Tatsachen, zusammen mit anderen zuverlässigen Informationen über die Konspiration dieser Männer gegen die US–Regierung, veranlaßten mich, die erforderlichen Schritte zu ihrer Festsetzung zu ergreifen. Sie befinden sich jetzt im Gewahrsam des US–Konsulats. Ich bitte Sie daher, sich so schnell wie möglich hierherzubegeben, so daß ich Ihnen besagten Tunstall und Leutnant John Smith, alias H. Myers, übergeben kann, damit sie in die Vereinigten Staaten zurückgebracht und dort vor Gericht gestellt werden.

Konsulat der Vereinigten Staaten, Tanger,
24. Februar

Seit dem 20. dieses Monats erwarte ich Sie täglich, aber ich nehme an, Sie können die *Sumter* nicht aus den Augen lassen. Ich kann vom guten Willen des hiesigen britischen Gesandten und des gesamten konsularischen Corps sowie der marokkanischen Behörden berichten. Die Briten sind natürlich streng neutral, trotzdem befinde ich mich in einer sehr unangenehmen Situation. Meine Wachen sind alles Marokkaner, und die Gefangenen haben mehrfach versucht, sie zu bestechen. Zuerst boten sie ihnen eine wertvolle goldene Uhr an und hundert Dollar in Gold. Für halbe Barbaren ist dies sehr verlockend. Schließlich stellten sie ihnen fünftausend Dollar in Aussicht, wenn sie sie entkommen lassen würden. Ich mußte sie in Eisen legen, und Myers konnte sich irgendwie ein Messer beschaffen, sägte die Niete ab, kam von den Ketten frei und sprang aus dem zweiten Stock des Konsulats, aber glücklicherweise noch auf das Konsulatsgrundstück. Er entkam in das Haus eines Marokkaners und wurde wieder in Haft genommen und unter erhöhter Bewachung zurück auf sein Zimmer gebracht.

Ich verstehe, daß in Gibraltar Ihnen und mir gegenüber Ressentiments bestehen. Gegen mich dessentwegen, was ich getan habe, und Ihnen gegenüber wegen einiger Bemerkungen, die Sie gemacht zu haben scheinen. Ich habe noch nicht die Ehre gehabt, Sie kennenzulernen, aber bitte entschuldigen Sie, wenn ich Ihnen rate, ruhig und gelassen zu bleiben und niemanden zu beleidigen. Es ist schwer, denn viele Briten behandeln uns sehr beleidigend, und fast alle stehen auf Seiten der Rebellen. Mir wurde mitgeteilt, daß ein US–Kriegsschiff am 19. in Cadiz eintraf, und sollten Sie mit ihm nicht zusammentreffen, tun Sie mir bitte den Gefallen, dem Kapitän zu telegraphieren, daß er sich sofort hierherbegibt. Es kann passieren, daß die uns feindlich gesonnenen Europäer sich mit den Marokkanern zusammentun und einen Aufruhr anzetteln, um meine Gefangenen freizupressen. Der Kapitän der *Sumter* versucht, dafür in Gibraltar Stimmung zu machen, deswegen sollten diese Personen unbedingt so schnell wie möglich an Bord eines US–Kriegsschiffes gebracht werden. Ich hoffe, Sie verstehen meine äußerst unglückliche Lage und werden mich so bald wie möglich von meinen Gefangenen befreien. Myers ist ein verzweifelter Mann. Er trat am 21. Juni 1854 mit dem Rang eines Leutnants als Zahlmeister in die US–Marine ein. Er ist Bürger von Georgia. Darüber kann kein Zweifel bestehen. Ich fand seinen Namen und seinen Wohnort durch Tunstall heraus und entdeckte im US–Marineregister des Jahres 1861 auf Seite 46 einen Henry Myers als Zahlmeister.

In der Erwartung, bald von Ihnen zu hören, verbleibe ich Ihr ergebener Diener

James Delong, US–Konsul

PS. Ich habe gestern abend gehört, daß etwas im Gange ist. Der Kapitän der *Sumter* streut falsche Behauptungen aus, um ein Komplott gegen uns zu inszenieren. Ich wünsche nichts sehnlicher als das Eintreffen eines US–Kriegsschiffes in der Bucht.

J. Del.
An Bord *USS Ino*

Die *Ino* erreichte die letzte bekannte Position der *Tuscarora* am 24. um 3.00 Uhr morgens, bei sehr schlechtem Wetter. Ich schoß drei Leuchtraketen ab, um die *Tuscarora* über unsere Position zu informieren und zu ihrem Ankerplatz zu verholen. Aber auf meine Signale erfolgte keine Reaktion, ich war gezwungen, so gut ich konnte, meinen Weg in der Dunkelheit zu finden. Doch glücklicherweise ankerte ich schließlich ganz in der Nähe der *Tuscarora*. Am nächsten Morgen ließ ich unsere Erkennungssignale setzen, worauf die *Tuscarora* antwortete. Eine halbe Stunde später kam ein Offizier der *Tuscarora* an Bord. Ich hatte mich etwas hingelegt, stand aber auf, um ihn zu empfangen und übergab ihm einige Zeitungen. Danach frühstückte ich und bereitete meinen Besuch auf der *Tuscarora* vor. Ich ging um 11.00 Uhr an Bord und wurde von Commander Craven empfangen, der mich unter Deck bat.

Nach einigen einleitenden Bemerkungen fragte er, warum ich nicht in Cadiz geblieben sei. Ich war erstaunt und erklärte ihm, seine Depesche nicht erhalten zu haben. Er sagte, es sei wegen der *Sumter*, er wolle nicht, daß sie das Schiff sichte. Während der ganzen Zeit fiel keine einzige Andeutung über die Gefangenen in Tanger (es herrschte Ostwind, der jeden Augenblick drehen konnte, und bei Westwind konnte ich Tanger nicht ansteuern). Nun, das war die Zusammenfassung unseres ersten, in meinen Augen mehr als seltsamen Gesprächs.

Danach begab ich mich an Land, wo ich den US–Vizekonsul traf. In dieser Eigenschaft bat ich ihn, mich dem Gouverneur vorzustellen, was er auch tat, ich hatte ein sehr freundliches Gespräch mit ihm. Anschließend stattete ich in seiner Begleitung dem Admiral einen Höflichkeitsbesuch ab und kehrte danach an Bord zurück.

Am nächsten Tag, am Nachmittag um 15.00 Uhr, erhielt ich zum ersten Mal Besuch von Commander Craven. Ich nahm ihn freundlich auf und hatte ein angenehmes Gespräch mit ihm, in dessen Verlauf ich ihn fragte, was es mit den zwei Gefangenen auf sich habe, von denen es hieß, daß der Konsul sie in Tanger festgenommen habe. Er sah mich fragend an und machte eine ausweichende Bemerkung der Art wie „Ja, ich glaube, dort wurden zwei Männer verhaftet", oder so ähnlich. Ich sagte ihm, aus seiner Depesche vom 22. des Monats hätte ich entnommen, daß meine Anwesenheit hier wichtig sei, andernfalls hätte ich meine Reise dort unterbrochen (an dieser Stelle wollte ich ihn fragen, warum er mir keine entsprechenden Befehle erteilt habe und warum er im Gegenteil telegrafierte, ich solle in Cadiz bleiben. Hätte ich die Straße von Gibraltar am Tag passiert, hätte ich dort, auch aufgrund der Gerüchte, die ich gehört hatte, sicher Station gemacht). An dieser Stelle jedoch gab er unserem Gespräch eine andere Wendung und fragte mich, wie viele Vorräte ich an Bord hätte. Ich teilte ihm mit, daß meine Vorräte für drei oder vier Monate reichten, worauf er sagte, seine Vorräte reichten nur für zwei Wochen, und mir zu verstehen gab, daß er mich Verhandlungen über seine weitere Verproviantierung mit den Spaniern führen lassen wollte, da seine Beziehungen zu ihnen aufgrund gewisser Vorkommnisse ziemlich abgekühlt seien. Es schien, als habe er einmal unter bestimmten Umständen gedroht, auf ein spanisches Kriegsschiff das Feuer zu eröffnen, was zu diplomatischen Verwicklungen führte, die das Eingreifen der jeweiligen Regierungen erforderlich gemacht hatten.

Wir verfolgten dieses Thema nicht weiter (ich kann an dieser Stelle nur nochmals meine Verwunderung über das Verhalten von Commander Craven zum Ausdruck bringen); Commander Craven kehrte an Bord seines Schiffes zurück und kam um 16.00 Uhr mit Anweisungen für mich (siehe unten) und einem Schreiben an James DeLong, unseren Konsul in Tanger, Marokko, zurück, wovon ich eine Kopie an das Marineministerium weitergeleitet habe.

Befehl von Commander Craven, US–Marine, Kommandant *USS Tuscarora*, an Leutnant John Guthrie, Kommandant *USS Ino*, die konföderierten Gefangenen Myers und Tunstall aufzunehmen.

An Bord *USS Tuscarora*
vor Algeciras

Sie erhalten Befehl, mit der unter Ihrem Kommando stehenden *USS Ino* Tanger anzulaufen. Dort werden Sie wegen zweier Gefangener der Rebellen, die sich in seinem Gewahrsam befinden, mit dem US–Konsul, Jas. DeLong, Kontakt aufnehmen und ihm das beigefügte Schreiben übergeben. Der Konsul wird Ihnen die Gefangenen übergeben, die Sie an Bord nehmen und zur Entgegennahme weiterer Befehle hierherbringen werden.

Nach Erhalt dieser Dokumente teilte Commander Craven mir mit, daß er mich auf eine diplomatische Mission schicken wolle. Ich entgegnete, daß ich mich glücklich schätzte, mich auf diese Art und Weise nützlich zu machen und in See stechen würde, sobald genügend Wind vorhanden sei. Ich traf die erforderlichen Vorbereitungen, lichtete Anker und setzte alle Segel. Doch der Wind blieb aus, ich mußte erneut Anker werfen. Um 2.30 Uhr kam glücklicherweise eine leichte Brise aus O.N.O. auf, ich machte einen Schlag nach Norden und konnte die Reise nach Tanger fortsetzen, wo ich im Hafen um 7.00 Uhr morgens Anker warf. Ich legte das Schiff an zwei Anker, mit 50 Faden Kette an jedem, denn es blies ein steifer Wind aus östlicher Richtung. Etwa um 9.00 Uhr kam der Quarantäneoffizier an Bord und erteilte mir die Erlaubnis, an Land zu gehen. Um 10.00 Uhr begab ich mich an Land zum US–Konsulat. Dort trafen wir Herrn DeLong in ziemlicher Aufregung und überglücklich, uns zu sehen, an. Nachdem wir seine Geschichte von der Verhaftung der Piraten gehört hatten und er sich bitter darüber beklagt hatte, daß Commander Craven auf seine Briefe nicht reagiert habe (wieder ein Beleg für das unverständliche Verhalten von Commander Craven), begaben wir uns zur Residenz des Gouverneurs, mit dem ich ein angenehmes Gespräch hatte. Aber erst als wir uns über die Salutformalitäten geeinigt hatten, kamen wir auf den eigentlichen Gegenstand meines Besuchs zu sprechen. Er brachte keine Einwände vor, sondern schien mit allem einverstanden zu sein, abgesehen davon, daß er einen Protest des Kapitäns der *Sumter* gegen ein solches Vorgehen andeutete.

Anschließend kehrten wir in das Konsulat zurück, wo sich in wenigen Minuten eine große Menschenmenge ansammelte. Ein Bediensteter rief Herrn DeLong heraus, der bestürzt die Menge betrachtete und nach wenigen Augenblicken aufgeregt zu uns zurückkehrte. „Mein Gott, meine Herren, was sollen wir tun? Ein Mob hat sich vor dem Gebäude versammelt, um zu verhindern, daß die Gefangenen fortgeschafft werden."

Daraufhin liefen wir alle zur Tür, um zu sehen, was draußen vor sich ging. Wir traten auf den Hof, und als der versammelte Mob uns sah, wich er etwas zurück. Einige von den Versammelten, die fließend Englisch sprachen, riefen laut nach dem Kapitän, wobei sich besonders einer unter ihnen hervortat. Als man auf mich zeigte, kam der Mann auf mich zu und erklärte in forderndem Ton, daß hier 200 Männer versammelt wären, die bereit seien, ein Papier gegen die Fortschaffung der Gefangenen aus Tanger zu unterschreiben. Ich sagte ihm, ich würde sie trotzdem wegbringen.

Ein Chor von Stimmen skandierte ohne Unterlaß „Libertad! Libertad!" Wir kehrten in das Konsulat zurück. Ich schickte eine Mitteilung an Bord mit dem Befehl, 30 Männer, begleitet von meinem ersten und zweiten Offizier, mit Revolvern und Entermessern bewaffnet und mit einer ausreichenden Anzahl Pistolen versehen, in das Konsulat zu entsenden.

Kurz darauf erreichte mich ein Bericht, daß man diese Männer im Zollhaus festgesetzt hatte. Nach Erhalt dieser Information schlug ich sofort vor, den Gouverneur aufzusuchen und ihn aufzufordern, meine Männer unverzüglich freizulassen und ihnen zu erlauben, ihren Weg in das Konsulat fortzusetzen. Zu viert bahnten wir uns einen Weg durch die Menschenansammlung zum Sitz des Gouverneurs. Erst nach einem langen Gespräch und als Herr DeLong damit drohte, daß er das US–Konsulat in Tanger schließen würde, falls unsere Forderungen nicht erfüllt werden sollten, schickte der Gouverneur einen Boten zum Zollhaus, und die Männer von Bord der *Ino* konnten ihren Weg ins Konsulat fortsetzen, wo wir sie nach unserer Rückkehr antrafen. Zu diesem Zeitpunkt sah ich die Gefangenen zum ersten Mal und führte mein erstes Gespräch mit ihnen, das damit begann, daß sie gegen ihre Festnahme protestierten. Ich schnitt ihnen das Wort ab und fragte, ob sie bereit seien, mich freiwillig an Bord der *Ino* zu begleiten. Sie wollten wissen, was ich mit ihnen vorhabe, ich sagte ihnen, es sei meine Absicht, sie nach Algeciras zu bringen, woraufhin Tunstall, ehemals Konsul in Cadiz, andeutete, daß sich dort Commander Craven befinde, und erklärte, Craven sei ein Verwandter von ihm (eine Bemerkung, die mir erneut das seltsame Verhalten des Commanders in Erinnerung rief). Ich verlangte eine Antwort auf meine Frage, und beide erklärten sich bereit, mich zu begleiten. Ich ging zu den anderen zurück und informierte sowohl meine Offiziere und Männer als auch den Konsul über das Risiko, das eine Fortschaffung der Gefangenen für uns bedeutete, doch wir kämpften für eine gerechte Sache, und die Regierung der Vereinigten Staaten erwarte von jedem Mann, daß er seine Pflicht tue, und da es in diesem Fall unsere Pflicht sei, die beiden Rebellen von hier fortzubringen, müßten wir dies tun. Ich sei sicher, daß jeder Mann in diesem Raum mich trotz der Gefahren, die uns erwarteten, dabei unterstützen werde. Als Antwort auf meine kurze Rede erschallte ein dreimaliges kräftiges „Hurra!" aus vollen Kehlen. Ich wußte, daß ich mich auf meine Männer verlassen konnte. Danach richtete auch Herr DeLong einige Worte an die Männer, die mit Beifall aufgenommen wurden.

Um 17.30 Uhr wurden die Gefangenen von jeweils zwei meiner Männer in die Mitte genommen. Offiziere und Männer bildeten eine Doppelreihe, und wir begannen den Marsch zum Anleger. Die Menge wich vor uns zurück, und nach Verlassen des Konsulats wurde kein Versuch unternommen, die Gefangenen zu befreien. Ich kehrte sicher an Bord des Schiffes zurück. Herr DeLong hatte mich an Bord begleitet und kehrte abends an Land zurück, nachdem wir uns für den nächsten Morgen verabredet hatten, um uns voneinander zu verabschieden.

Zu diesem Zeitpunkt war es windstill, aber gegen Mitternacht kam eine leichte ablandige Brise auf, und da es mir keine gute Idee zu sein schien, an diesem Ort zu bleiben, beschloß ich, unseren Ankerplatz sofort zu verlassen. So begannen wir unsere Weiterreise nach Algeciras gegen Mitternacht und warfen dort um 5.00 Uhr morgens Anker. Leider war unser Ankerplatz aufgrund des Liegeplatzes einiger spanischer Schiffe so ungünstig, daß wir ihn nur unter Dampf verlassen können würden. Den ganzen Tag über blies ein frischer Wind, der verhinderte, daß das Schiff um den Anker drehte und wir mit einem der hier auf Reede liegenden Schiffe zusammenstießen. Obwohl meine Männer von der wirklich harten Arbeit ausgelaugt waren und Schlaf brauchten, mußten sie die meiste Zeit des Tages an Deck bleiben, um den Anker einzuholen oder zu fieren, um Probleme und Schaden für das Schiff abzuwenden. Später begleitete Regen den Wind. Mittlerweile hatte ich schon zwei Nachrichten von Commander Craven erhalten, deren Wortlaut mich mehr als nur in Erstaunen versetzte. Er forderte mich in beiden ziemlich unverblümt auf, die zwei Gefangenen an Land zu bringen und freizulassen, mit der Begründung, wir hätten kein Recht, sie in einem neutralen Hafen festzuhalten. Ich schickte ihm durch Boten meinerseits eine Nachricht, in der ich es ablehnte, die Gefangenen aufzugeben, und ihm mitteilte, daß ich deshalb sofort die hohe See aufsuchen würde, um keinerlei Neutralitätsgesetze zu verletzen.

Nachdem er diese Nachricht von mir erhalten hatte, kam Commander Craven zu mir an Bord, um sich über meine Absichten in bezug auf die Gefangenen zu vergewissern. Ich teilte ihm mit, daß ich beabsichtigte, in der Nähe des Felsens von Gibraltar so lange hin und her zu kreuzen, bis ich ein amerikanisches Schiff fand, mit dem ich sie nach Hause schicken konnte, dies bis auf 9° westlicher Länge begleiten und hierher zurückkehren würde. Er schien etwas aufgeregt zu sein, doch es wurden zwischen uns keine unfreundlichen Worte gewechselt.

Dies war im wesentlichen der Inhalt unseres Gesprächs. Ich hatte erwartet, daß der Wind sich gegen Sonnenuntergang legen und mir Gelegenheit geben würde, meinen Liegeplatz zu verlassen. Deswegen setzte ich die Topsegel, doch anstatt abzunehmen, nahm der Wind zu, ich befürchtete, daß eine Bö die *Ino* und einen der spanischen Dampfer erheblich beschädigen und zum Verlust meiner Gefangenen führen könnte, und da ich die hohe See nicht erreichen konnte, veranlaßten mich diese Umstände, Commander Craven zu bitten, mein Schiff an einen sichereren Platz zu schleppen. Ich schickte eine entsprechende Nachricht an ihn, er lehnte es jedoch ab, mir vor dem nächsten Morgen zu helfen. Außerdem wies er darauf hin, daß ich meinen Liegeplatz während des Tages jederzeit hätte verlassen können und er für die Verzögerung nicht verantwortlich sei. Auf meinen Hinweis, daß das Schiff sich zur Zeit an einem unsicheren Ort befinde und es sogar möglich sei, daß es unter diesen Umständen aufgegeben werden müsse, reagierte er nicht.

Nach Erhalt seiner letzten Weigerung schickte ich eine Nachricht an den Kommandanten der spanischen Fregatte, mit der ich durch eine Trosse verbunden war. Er ließ augenblicklich ein Boot, mit 20 seiner eigenen Männer bemannt, zu Wasser, nahm meinen Offizier mit und begab sich zum Schiff des Admirals, um seine Erlaubnis einzuholen, mir zur Hilfe zu kommen. Zu dieser Zeit kam ein sehr schwerer Sturm auf, das Schiff trieb ab, der zweite Anker gab nach, und wir drehten in den Wind, so daß zwischen dem Spinnakerbaum der *Ino* und dem Bug eines anderen Kriegsschiffes gerade noch ein Abstand von einem Fuß blieb. Mein Boot kam erst um 2.30 Uhr morgens zurück.

Bei Tageslicht fragte der Admiral an, ob er mir helfen könne. Ich antwortete, ich wäre ihm dankbar, wenn er mir einige Männer schicken könnte, die mir beim Einholen der Anker helfen würden. Zu diesem Zeitpunkt hatte der Wind stark nachgelassen. Er schickte 60 Mann an Bord, um meine Ankerketten an Bord zu hieven. Doch nach einer Weile gaben sie auf, kehrten zu ihrem Dampfer zurück, heizten die Kessel an und steuerten das Schiff aus meinem Fahrwasser. Dem Dampfer, der auf meiner anderen Seite lag, wurde gleiches befohlen. Das reichte, um für mich den Weg frei zu machen, ich war den Spaniern für ihre rechtzeitige Hilfe sehr dankbar. Trotz Commander Cravens Versicherung, mir am Morgen zu helfen, geschah nichts. In der Tat ließ er sich nicht blicken oder fragte, ob ich Hilfe benötigte. Erst als ich bereits aus den größten Schwierigkeiten heraus war, schickte er eine Nachricht, auf die ich nicht reagierte.

Fünf Tage kreuzte ich unter westlichem Wind vor dem Felsen von Gibraltar. Am 5. März passierte ich unter östlichem Wind die Meerenge und nahm Kurs auf Cadiz, um einige Depeschen zu übergeben, denn ich hatte meine Zweifel, ob die von Algeciras verschickten Depeschen jemals ihr Ziel erreichen würden.

Querab Cadiz traf ich auf die *Harvest Home*, übergab meine Gefangenen und begleitete sie bis Kap St. Vincent, um am 8. nach Cadiz zurückzukehren. Ich verließ Cadiz am 11. und ankerte am 12. vor Tanger. Dort fand ich Herrn DeLong durch meine plötzliche Abreise mit den Gefangenen offensichtlich verärgert vor. Doch die Begründung für mein Verhalten schien ihn zufriedenzustellen. Er teilte mir mit, er habe keine Briefe von mir erhalten, die meine Abreise erklärten. Das hatte ich befürchtet, aber als ich ihm Kopien der Briefe zeigte, die ich ihm von Algeciras geschickt hatte (einschließlich der Briefe von Commander Craven an mich), war auch er der Meinung, daß ich richtig gehandelt hatte. Er erklärte, er würde Commander Craven in Haft nehmen und nach Hause schicken, sobald er in seinen Zuständigkeitsbereich käme.

Als ich Algeciras erreichte, traf ich die *Kearsarge* unter dem Kommando von Kapitän Pickering, der wünschte, daß ich mich auf die Suche nach zwei Dampfern, der *Oreto* und der *Bermuda*, begab, die angeblich nach Palermo unterwegs waren, um dort für den Kaperkrieg ausgerüstet zu werden. Da die *Sumter* Gibraltar kaum verlassen konnte und ich glaubte, daß das Ministerium mit diesem Vorhaben einverstanden sein würde, stimmte ich diesem Wunsch zu und stach am nächsten Tag nach Palermo in See.

Planspiele

Thanksgiving war vorbei, das amerikanischste aller Feste, der Lehrbetrieb lief wieder in seinen normalen Bahnen, und Taylor Guthrie brütete über einem Vorlesungspapier, das sich mit den Ursachen und Folgen der Kreuzzüge befaßte. Er hatte schon die vierte Tasse Kaffee an diesem Nachmittag getrunken. Es begann bereits dunkel zu werden, und er stand auf und schaltete das Licht ein. Dabei mußte er an seinen Bruder John denken, für den es wenig ausmachte, ob in seinem Zimmer das Licht brannte oder nicht. Aber John hatte ihm berichtet, daß er schon wieder Schatten erkenne, schwache Farbunterschiede, die nicht weit reichten und auf einer Skala der Grautöne irgendwo am unteren Ende lagen. Aber es war immerhin ein Hoffnungsschimmer, im wahrsten Sinne des Wortes.

Taylor hatte sich in seinem Papier besonders auf die Rolle der Päpste konzentriert. Seine Vorfahren waren alle katholisch gewesen, er selbst aber gehörte keiner Kirche an. Er hielt die Kirche für eine überholte Institution, die er höchstens noch bereit war, als Ergänzung zur staatlichen Fürsorge zu akzeptieren. Zuständig für die Armen und Zukurzgekommenen dieser Welt, Zuflucht alter Mütterchen und derjenigen, die unbedingt einen Halt brauchten, um im Alltag bestehen zu können.

Er sollte einen Roman schreiben über die Irrungen und Wirrungen der Päpste, überlegte er. Aber historische Romane waren arbeitsaufwendig, sie erforderten viel Recherche, Studien von Einzelheiten, die viel Zeit kosteten. Ein Theaterstück zu schreiben war weniger kompliziert, und wenn man Glück hatte und einen guten Agenten – wer wollte das schon wissen? –: für den Broadway war es jedenfalls noch nicht zu spät. Oder für den Pulitzerpreis. Er seufzte, Hirngespinste, sagte er sich. Er würde nie ein Stück schreiben, das für den Broadway taugte. Allerdings, eine Idee hatte sich in seinem Kopf festgesetzt. Der Auslöser war die Schilderung einiger Studenten über ihre Träume gewesen, die sie unter Drogeneinfluß gehabt hatten. Er hatte bei ihrem Bericht das Gefühl, als hätten sie eher ein Erlebnis denn einen Traum gehabt, als wären sie auf dem Friedhof über die Gräber ihrer Vorfahren gestolpert und hätten diese wieder lebendig werden lassen.

Ein Familienroman, dachte er, darüber sollte ich nachdenken. Wer weiß? Vielleicht lohnt es sich, etwas Ahnenforschung zu betreiben. Seine Vorfahren waren Mitte des 19. Jahrhunderts aus Irland eingewandert. Wie so viele in diesen Jahren der großen Hungersnot und der Krankheiten, die Abertausende dahinrafften. Aber was dann kam, waren Generationen, die für ihn nur ein weißer Fleck auf der Landkarte waren. Hier mußte er ansetzen.

Er war befriedigt, etwas gefunden zu haben, das seinen literarischen Ehrgeiz wieder angestachelt hatte, und widmete sich erneut seinem Vorlesungspapier. Die Päpste mußte er noch etwas dunkler zeichnen. Saladin und Richard Löwenherz würden dagegen bei ihm sehr viel besser wegkommen.

Ein Windstoß fegte durch das Zimmer. Er sah sich erstaunt um, aber Fenster und Tür waren geschlossen. Ein Blatt Papier landete vor ihm auf seinem Schreibtisch. Er nahm es auf und drehte es hin und her. Es war ein Blatt, wie er es für seine Aufzeichnungen benutzte. Es stand nicht viel drauf, nur zwei Sätze:

Abend wird es: Vergebt mir, daß es Abend wird!

Ein Zitat aus *Also sprach Zarathustra*. Das war seine Schrift, er erkannte sie natürlich.

Doch darunter hatte jemand in einer seltsam altmodisch wirkenden geschnörkelten Schrift geschrieben:

Das Beste, das Begehrenswerteste auf der Welt kann man nur mit der eigenen Seele bezahlen.

Sicher, dachte er. Warum nicht? Ich würde auch einen Pakt mit dem Teufel schließen, wenn dafür meine Träume in Erfüllung gingen.

Liebesleid

Der Bildschirm war leer, eine einzige ununterbrochene weiße Fläche. Er liebte weiße Flächen. Sie erinnerten an frisch gefallenen Schnee, Unberührtheit. Er klickte mit der Maus auf ein Symbol, und ein kleiner roter Weihnachtsmann wurde wie aus dem Nichts auf den Bildschirm seines Computers gezaubert. Er vollführte Sprünge, schüttete den Sack mit den Geschenken aus, lief wieselflink von einem Ende des Bildschirms zum anderen. Zerplatzte knallend, um an anderer Stelle frisch und munter wieder zu erscheinen und setzte sich schließlich vor ein Klavier und hämmerte auf die Tasten. *Jingle Bells* ertönte aus dem Lautsprecher. Unwillkürlich warf er einen Blick aus dem Fenster. Draußen war es feuchtkalt. Aber für die nächsten Tage hatte der Wetterbericht Schnee angesagt. Schon vor einigen Tagen war der erste Schnee dieses Winters gefallen, wenngleich sie sich laut Kalender noch im Herbst befanden. Doch die Abgase der Autos, die ansteigenden Temperaturen, die Füße Tausender Fußgänger und der Eifer der Männer der Straßenreinigung hatten ihn schnell in grauen Matsch verwandelt und allmählich ganz verschwinden lassen.

Aus einem anderen Zimmer klang leise plärrend Musik zu ihm hinüber. Er klickte auf „Shutdown Fred", und der Weihnachtsmann verschwand vom Bildschirm.

Chas hing seinen Gedanken nach, die sich einmal mehr um seinen Freund John und Mary drehten. Für John war das schlimmste die Ungewißheit. Niemand konnte mit aller Sicherheit vorhersagen, wann und ob er wieder sein volles Augenlicht zurückbekommen würde, und außer daß Chas ihm einige Besorgungen abnahm und den Vorleser spielte, konnte auch er ihm nicht helfen. Dann trat Mary vor seine Augen, und er fragte sich zum wiederholten Mal, ob er sie liebte. Aber was war Liebe? Vielleicht verwechselte er eine zugegebenermaßen tiefe Zuneigung mit Liebe. Doch vielleicht war eine dauerhafte Zuneigung stabiler als eine heiße Liebe. Das traf jedenfalls für die meisten Ehen zu, die er kannte.

Er runzelte die Stirn. Schließlich war keine Eile. Niemand zwang weder ihn noch Mary, sich heute oder morgen festzulegen. Aber was würde passieren, wenn er noch mit einem anderen Mädchen eine engere Beziehung einginge? Er hatte da jemand Bestimmtes im Auge. Würde Mary ihm die Augen auskratzen, ihm eine Szene machen, sich von der Aussichtsplattform des Hancock Tower in die Tiefe stürzen? Er dachte ernsthaft über alle Möglichkeiten nach. Doch wahrscheinlich würde Mary verletzt schweigen, gar nichts sagen, und sich einfach zurückziehen. Mußten die

Dinge immer so kompliziert sein? Trotzdem, vielleicht sollte er aus der Beziehung mit Mary etwas ausbrechen, nur um sich und auch sie zu testen. Mit diesem Entschluß wandte er sich wieder den Trivialitäten des Alltags zu, die darin bestanden, daß er morgen ein Referat über Emily Dickinson halten sollte und noch keine einzige Zeile angefangen hatte.

Idiosynkrasien

An der Spitze der Wiedergeburt stand die erneute Menschwerdung. Aber nicht jeder erreichte diese Stufe, vielleicht sogar nur sehr wenige. Doch sollte er in seinem nächsten Leben als Tier auf die Welt kommen, hoffte er inbrünstig, daß dies nicht als Maulwurf geschehe. Ihm reichte es, bereits in seinem jetzigen Leben zur Blindheit verdammt zu sein. Wenn auch nur für eine begrenzte Zeit, wie er sich immer wieder sagte wie jemand, der laut pfeifend durch einen dunklen Wald läuft, um sich Mut zu machen. So gesehen war die Idiosynkrasie gegen Maulwürfe verständlich, im Gegensatz zur hochgradigen Abneigung gegen Buchweizengrütze, die er als Kind bei seinen Großeltern in Kentucky, wo sie eine Farm hatten, essen mußte. Solche Antipathien schlossen Menschen natürlich nicht aus, auch wenn er eine tiefe Abneigung eigentlich niemand gegenüber empfand. Der einzige, mit dem er manchmal auf Kriegsfuß stand, war Charles Eytinge. Aber selbst in diesem Fall hätte er seine Vorbehalte gegen ihn rational nicht zu begründen gewußt. Jedenfalls hing es nicht mit der Tatsache zusammen, daß Charles mit seiner Schwester befreundet war. Wenn ihm diese Beziehung mißfiel, dann höchstens deswegen, weil er Charles Eytinge nicht gerade zu seinen besten Freunden zählte. Ihre Kontakte gingen über den üblichen Smalltalk nicht hinaus. Wenn er sich fragte, was ihm an Charles mißfiel, fielen ihm vor allem zwei Dinge ein: Charles hatte eine Neigung, alles ins Lächerliche zu ziehen; ihm war sozusagen nichts heilig. Außerdem lebte er im Konjunktiv. Sein Lieblingswort war „Wenn". In Johns Augen stempelte ihn das zu einem Opportunisten.

Ein typischer Dialog mit Charles verlief etwa so:
Wenn …
Ja, wenn.
Aber es ist nicht so.
Eben.
Doch es hätte so sein können.

Vielleicht.

Wenn …

Immer wenn.

Nun, warum nicht?

Weil es nie dazu gekommen ist.

Aber es hätte dazu kommen können, wenn nicht …

Eben, du sagst es, es ist alles anders gekommen.

Wenn …

Du redest immer im Konjunktiv, du solltest dich an die Tatsachen halten.

Tatsachen sind langweilig.

Vielleicht, aber sie sind wahr. Man kann sie greifen. Und im übrigen: Was ändern Wenn und Aber?

Man müßte alles zurückdrehen können, wie die Zeiger einer Uhr.

Oh, das wäre sicher sehr bequem, doch es ist unmöglich.

Wenn …

Dein Wenn geht mir auf die Nerven. Du redest immer in der Theorie. Auf die Praxis kommt es an. Auf die Wirklichkeit, auf die Gegenwart.

Entschuldige, wenn es dich ärgert: Können wir über etwas anderes reden.

Sicher, es hatte einen solchen Dialog mit Charles nie gegeben, trotzdem war er charakteristisch für ihn. Allerdings mußte er zugeben, daß er mit seiner Abneigung gegen Charles ziemlich allein stand. Charles sah gut aus, war unterhaltsam, widersprach nie auf direktem Weg, sondern antwortete meistens ausweichend mit seinen berühmten Wenn–Sätzen, so daß niemand sich durch ihn beleidigt fühlen konnte. Außerdem war er ein guter Zuhörer und Gesellschafter, besonders in der Gegenwart von Mädchen. Er hatte einen unheimlichen Drang zu gefallen, und John mußte zugeben, daß er besonders bei der Damenwelt in hoher Gunst stand. Seine eigene Schwester war das beste Beispiel, wie er sich zerknirscht eingestehen mußte.

Kamingespräche

Im Gegensatz zu dem schon zur Routine gewordenen Besuch des *Harvest* in der Brattle Street hatte ihn sein Vater diesmal in das *Boston Harbor* eingeladen.

Am Telefon hatte er Gourdin erklärt, daß er weder im *Hyatt* noch im

Royal Sonesta ein Zimmer bekommen habe. Deswegen sei er auf das *Boston Harbor* gekommen, wo ihn jedoch die Sirenen und Nebelhörner der Schiffe störten. „Und vergiß dein Jackett, ein Oberhemd und die Krawatte nicht", ermahnte er ihn am Schluß.

Im *Boston Harbor* herrschte noch eine strenge Etikette. Man durfte Jeans tragen, aber der Rest der Bekleidung mußte den ihm von seinem Vater noch einmal in Erinnerung gerufenen Mindestanforderungen entsprechen.

Das Restaurant schien diese Erwartungen auch optisch noch unterstreichen zu wollen, denn überall blickten von nachgedunkelten Gemälden ernste Gesichter auf die Gäste herab.

„Bisher habe ich immer im *Sonesta* ein Zimmer bekommen", beklagte sich sein Vater und studierte dabei die Speisekarte.

„Wieso hast du es nicht im *Marriott* am Kendall Square versucht?" fragte Gourdin.

Sein Vater rümpfte die Nase. „Ich mag das *Marriott* nicht. Es hat einfach keinen Stil. Aber vielleicht liegt es auch nur daran, daß ich mich so an das *Sonesta* gewöhnt habe."

„Ich nehme an, hier sind die Zimmer noch um einiges teurer." Gourdin sah von der Speisekarte hoch und warf seinem Vater einen fragenden Blick zu.

„Das kann man wohl sagen. Aber ich habe schließlich nicht vor, hier zu überwintern."

Gourdin strich sich eine Haarsträhne aus der Stirn. „Ich hoffe, dann können wir uns das Essen hier leisten."

Sein Vater machte eine weit ausholende Handbewegung und lächelte. Eigentlich lächelte sein Vater selten.

„In einigen Wochen ist Weihnachten, und in diesem Jahr werden wir uns nicht mehr sehen."

Das war es also, dachte Gourdin. Der Weihnachtsbesuch war um einige Wochen vorgezogen worden. Das erste Weihnachtsfest, das er fern von der Familie verbringen würde. Wenngleich das Wort „Familie" in Anbetracht der Tatsache, daß diese zur Zeit nur noch aus seinem Vater bestand, etwas übertrieben klang.

Der Kellner kam und stellte sich erwartungsvoll vor sie hin.

Gourdins Vater bestellte einen *Shrimp Amanda*, ein Shrimp mit einer Mischung aus Krabbenfleisch, Käse und Gewürzen und mit Weißwein übergossen.

Offensichtlich sollte dies so etwas wie ein Weihnachtsessen sein, und deshalb glaubte Gourdin, seine vornehme Zurückhaltung aufgeben zu können. Er war nämlich hungrig, deshalb bestellte er eine Schale mit dampfender *Clam Chowder* und einen *Blackened Dolphin* im *Cajun–Style*. Den Wein bestellte sein Vater, einen vollmundigen, würzigen *Kendall–Jackson*.

„Was Mutter wohl macht?" fragte Gourdin plötzlich.

Sein Vater sah ihn etwas irritiert an.

„Sie hat mir eine Weihnachtskarte geschickt", erläuterte Gourdin fast entschuldigend.

„Sieh einer an." Sein Vater nahm einen Schluck Wein. „Für mich hat es dazu nicht gereicht. Aber ich bin ja auch nur noch ihr geschiedener Mann. Doch ich nehme an, sie wird sich auf Hawaii bestimmt gut amüsieren. Auf jeden Fall wird das Wetter dort besser sein als hier in Boston." Man merkte ihm an, daß er dem Gespräch eine andere Richtung geben wollte. „Hast du hier eigentlich Freunde?"

„Oh ja doch, einige schon. Außerdem, man kann sich über Wert und Unwert der Bruderschaften an Colleges und Universitäten sicher streiten, aber sie helfen einem, schnell Kontakt zu finden."

Sein Vater nickte befriedigt. „Und sie können einem auch später nützlich sein. Ich meine, nach dem College. Viele unserer bedeutendsten Männer sind während ihrer Studienjahre Mitglied einer Bruderschaft gewesen."

Plötzlich spürte Gourdin das Bedürfnis, seinem Vater von seinem seltsamen Traum zu erzählen. Natürlich verschwieg er dessen Begleitumstände, doch davon einmal abgesehen, berichtete er ihn so, wie er ihn auch seinen Freunden geschildert hatte.

„Die Eroberung von New Orleans", sagte sein Vater nachdenklich. „Das war 1862. Eine glänzend durchgeführte Operation kombinierter Land– und Seestreitkräfte. Aber ich möchte wissen, wie du zu diesem Traum gekommen bist."

„Eben", erwiderte sein Sohn bekräftigend. „Deswegen wollte ich dich fragen, ob du etwas von der Geschichte unserer Familie während des Bürgerkriegs weißt."

Sein Vater hatte Gabel und Messer beiseite gelegt. Er schüttelte nachdenklich den Kopf. „Ich müßte Nachforschungen anstellen. Du weißt, unsere Familie ist weit verzweigt, und die ersten Jahre nach der Landung unserer irischen Vorfahren in Amerika liegen ziemlich im dunkeln. Aber ich werde es versuchen."

„Ich habe es schon versucht", erklärte Gourdin. Ich habe in der öffentlichen Bibliothek Nachforschungen angestellt. Doch bis jetzt haben sie mich nicht weitergebracht."

Sein Vater wirkte plötzlich etwas nervös. „Wie auch immer, ein sehr seltsamer Traum", sagte er. „Sehr seltsam."

Gourdin hatte das Gefühl, daß er an etwas Bestimmtes dachte.

Wie aus einer Erstarrung erwachend, trank sein Vater den letzten Rest Wein und sagte lächelnd: „Aber das liegt schon beinahe 140 Jahre zurück. Wir sollten in die Zukunft blicken. Und der nächste Schritt in die Zukunft sollte unser Gang an die Bar sein. Begeben wir uns also ein Stockwerk tiefer. Was meinst du dazu?"

„Eine gute Idee", sagte Gourdin, und er meinte es ehrlich. Nach dem gewürzten Fisch hatte er plötzlich Durst bekommen.

Der Magier

Es war ein kleines Theater in der Washington Street, wo sich die vier trafen, Charles Eytinge, Thomas Wagner, Gourdin Young und Peter Levitt. Der rote Samtvorhang wies im Scheinwerferlicht abgeschabte Stellen auf. Das Gestühl war dringend erneuerungsbedürftig, die Sitzbezüge waren fleckig, und der ehemals grüne Teppichboden war abgetreten und hatte eine Färbung zwischen Gelb und Grau angenommen.

Der Magier, der mit grüßend ausgestreckten Händen und vom lauen Applaus der Zuschauer begrüßt, die Bühne betrat, nachdem der Vorhang sich gehoben hatte, war ein kleines Männchen mit einem dünnen Spitzbart und pomadisiertem Haar. Er trug einen blauen Smoking zu einem weißen Rüschenhemd und einer roten Fliege.

Charles sah sich im Saal um, er schätzte, daß insgesamt zwischen fünfzig bis sechzig Zuschauer gekommen waren, um den Magier zu sehen.

Der kleine Mann auf der Bühne sah ihm nicht nach einem Mann mit übernatürlichen Kräften aus. Aber es hieß von ihm, er sei einer der fähigsten Hypnotiseure des Landes. Auch Polizei und verschiedene psychiatrische Kliniken konsultierten ihn angeblich, wenn es um Probleme ging, die sich mit konventionellen Mitteln nicht lösen ließen.

Nach dem Begrüßungsapplaus blieb es für einige Sekunden still im Saal, bis der kleine Mann auf der Bühne zu reden anfing. In seinem kleinen, zarten Körper steckte eine erstaunlich kräftige, tiefe Stimme, die direkt aus dem Bauch zu kommen schien.

Er kam ohne Umschweife zur Sache.

„Ich werde Sie heute in die Welt der Hypnose entführen. Das ist die Welt, wo sich Unten und Oben treffen, das Bewußte und das Unbewußte, die Welt, die Verborgenes erschließt, Abgründe offenbart, Verdrängtes an die Oberfläche treibt und Vergangenheit, Gegenwart und Zukunft miteinander verbindet." Der kleine Mann machte eine kurze Pause und lächelte. „Aber sie brauchen heute abend keine Angst zu haben, daß ich Ihre Seele bloßlege, so daß Sie vor der Welt mit allem, was Sie sonst so geschickt zu verbergen verstehen, nackt dastehen wie ein offenes Buch und vielleicht zum Gespött Ihrer Mitmenschen oder auch zu ihrem Schrecken werden. Ich werde keinem meiner – ich betone: Kandidaten – peinliche Fragen stellen, zum Beispiel nach Ihrem Einkommen, ob Sie treu und brav Ihre Steuern zahlen oder Ihre Frau betrügen."

Im Publikum flackerten einige verlegene Lacher auf.

„Doch lassen Sie uns jetzt beginnen. Beraten Sie sich ruhig einen Augenblick. Wer zu mir auf die Bühne kommt, muß an meine Kraft glauben und sich nicht gegen sie wenden. Ablehnung ist eine Sperre, die auch ich nur schwer zu durchbrechen vermag."

Sie saßen in der ersten Reihe, und Charles Eytinge fühlte, wie der Blick des Magiers über sie hinwegglitt.

„Nun, wie ist es?" fragte Peter Levitt etwas ungeduldig seine Freunde. „Wir waren uns doch vorher einig."

Sie sahen sich verlegen an.

Schließlich gab sich Charles einen Ruck und stand auf. Nun wollten und konnten die anderen nicht zurückstehen, und alle vier betraten sie die Bühne.

„Schön, schön." Der kleine Mann vor ihnen rieb sich die Hände. „Ich begrüße Sie, meine Freunde. Haben Sie schon einmal eine ähnliche Vorstellung besucht?"

Sie schüttelten den Kopf.

„Um so besser, Sie sind unvoreingenommen und gehen, so hoffe ich jedenfalls, vorurteilsfrei in diese Begegnung. Denn jede Voreingenommenheit gegen meine Kunst ist eine Barriere, die zu überwinden mich zusätzliche Kraft kostet, und auch meine Kraft ist begrenzt." Er machte eine müde wirkende Bewegung mit der Hand, als wollte er etwas von sich abschütteln. „Lassen Sie uns nun in medias res gehen. Stellen Sie sich bitte in eine Reihe nebeneinander. Und jetzt schließen Sie die Augen. Verschränken Sie Ihre Hände, drücken Sie die Finger fest gegeneinander. Ihr Kopf wird leer, Ihre ganze Kraft geht in die Hände." Der kleine Mann sah sie aufmerksam an. „Sie spüren, wie Ihr Kopf leer wird und Ihre ganze Kraft in die Hände geht. Ich sehe, daß Sie es spüren. Ihr Kopf ist leer, Sie denken nicht mehr."

Die Gesichter vor ihm wurden ausdruckslos, die Augenlider waren geschlossen, sie atmeten schwer. Sie hatten jede Kontrolle über sich verloren.

Der Magier schien befriedigt zu sein. „Sie befinden sich in einer anderen Welt, und erst wenn ich dieses Zeichen gebe", er schnippte dreimal, „werden Sie in die Gegenwart zurückkehren. Ich werde Sie jetzt in eine Epoche zurückversetzen, die für den Fortbestand der Vereinigten Staaten von entscheidender Bedeutung war, den Bürgerkrieg zwischen Norden und Süden. Es war ein Kampf zwischen Vater und Sohn, Bruder und Bruder, Freund und Freund. Für den Süden ging es um die Bewahrung seiner Lebensordnung, für den Norden um die Aufrechterhaltung der staatlichen Gemeinsamkeit." Er machte eine kleine Pause. „Sie sind im Krieg. Jeder hat ein Erlebnis, das er nicht vergessen hat. Versuchen Sie sich zu erinnern. Es ist Krieg. Vielleicht stehen Sie auf verschiedenen Seiten. Vielleicht hat der Krieg Ihre Familien auseinandergerissen. Vielleicht sind Sie nur ein Beobachter des großen Schlachtfestes. Aber sicher gibt es ein Erlebnis aus dieser Zeit, das in Ihrer Erinnerung hängengeblieben ist."

Als erster sprach Thomas Wagner, seine Stimme klang abgehackt, als verlese er die Meldung einer Depesche: „Es ist der 13. April des Jahres 1861. Ich höre das Geschützfeuer der Verteidiger von Fort Sumter und die Antwort der Mörserbatterie von Fort Moultrie, die unter meinem Befehl steht. Aus den zu Trümmern geschossenen Gebäuden von Fort Sumter steigt dicker, schwarzer Rauch auf, aber der Feind feuert aus seinen Kasematten weiter. Der Fahnenmast der Verteidiger wird abgeschossen, doch sie hissen eine neue Flagge, und das Geschützfeuer, das für kurze Zeit verstummt ist, beginnt erneut. Am frühen Nachmittag wird neben der Flagge ein weißes Tuch hochgeholt. Wenig später wird das Feuer eingestellt. Noch am gleichen Nachmittag ergeben sich die Verteidiger." Er schwieg einen Augenblick. „Wir sind alle glücklich, daß es vorbei ist. Es ist ein großer Tag für die Sache der konföderierten Staaten von Amerika."

Dann begann Peter Levitt zu erzählen, und auch seine Stimme klang monoton. „Eine Armeestreife hat mich in New York in einem Hotel in der 4th Avenue verhaftet. Ich soll nach einem Wirtshausbesuch angeblich einen Soldaten der US–Armee zum Übertritt zu den Konföderierten überredet haben. Ich bin ein von meinem Orden ausgeschlossener katholischer Priester und verdiene meinen Lebensunterhalt mit Katechismusunterricht. Man verhört mich, stundenlang. Schließlich sperrt man mich in eine Zelle." Er schwieg, und aus seiner Kehle kam ein erleichterter Seufzer. „Doch schließlich läßt man mich wieder frei. Man konnte mir nichts beweisen."

Nun war Gourdin Young an der Reihe. „Ich bin Fähnrich auf dem Kanonenboot *Cayuga*, es ist im Mai 1862. Wir befinden uns auf dem Mississippi; die *Cayuga* gehört zu einer Flottille, die an der Erstürmung von New Orleans teilnimmt. Wir fahren flußaufwärts und haben die Bordwände mit Schlamm beschmiert, um für den Feind trotz der nächtlichen Dunkelheit noch unsichtbarer zu werden. Die Kessel haben wir mit Hängematten und Sandsäcken gegen Beschuß geschützt. Der Mississippi ist wie ein schwarzes Loch, über dem nur das Mündungsfeuer der Geschütze von Fort St. Philipp uns zeigt, wo unser Ziel liegt. Plötzlich schreit jemand, ich sehe auf der Steuerbordseite einen Brander, ein in Brand gesetztes Floß, der sich auf uns zubewegt. Die *Cayuga* versucht, ihm auszuweichen und läuft dabei auf Grund. Das brennende Floß trifft uns mittschiffs, und ein Feuerball umgibt mich." Er brach ab und verstummte.

Der letzte in der Reihe war Charles Eytinge. Sein Gesicht war gerötet, und seine Stimme klang aufgeregt: „Ich bin an Bord eines Schiffes der konföderierten Marine. Wir liegen vor Bahia in Brasilien. Es ist die Nacht vom 7. auf den 8. Oktober 1864. Alles ist ruhig. Plötzlich taucht auf unserer Steuerbordseite ein Schatten auf, der auf uns zuhält. Alles läuft auf die Gefechtsstationen. Ich weiß, daß wir dem Zusammenstoß nicht mehr ausweichen können. Der fremde Dampfer rammt unser Heck. Gleichzeitig feuert er eine Salve Gewehrfeuer auf uns ab, ich höre auch Geschützfeuer. Holz splittert. Die Angreifer verlangen, daß wir uns ergeben. Gleichzeitig sehe ich, wie bewaffnete Boote ausgesetzt werden, die auf uns zukommen. Dabei wird weiter auf uns gefeuert. Wir werden geentert. Männer laufen auf mich zu. Einige sind mit Entermessern bewaffnet, die anderen tragen Gewehre mit aufgepflanztem Bajonett, einer trägt die Uniform eines Leutnants. Die Angreifer schwingen blutrünstig die Entermesser. Der Leutnant hebt seine Pistole …"

Der Magier hatte aufmerksam zugehört. Das Publikum war so still, daß man eine Stecknadel hätte fallen hören. Selbst der Magier schien aus einer Art Trance zu erwachen. Er schüttelte sich wie ein nasser Hund. Dann gab er das Signal, und die vier jungen Männer vor ihm bewegten wieder ihre Glieder, öffneten die Augen und sahen sich verwirrt an.

Der kleine Zauberer lächelte sie an und wandte sich an die Zuschauer: „An dieser Stelle habe ich die Sitzung unterbrochen. Doch, meine Freunde, wir haben gerade nur die Oberfläche eines weit und tief zurückreichenden Bornes der Erinnerung angekratzt. Er drehte sich wieder zu seinen vier Testpersonen um. „Haben Sie irgendeine Erinnerung an das, was

Sie soeben geschildert haben?"

Die vier sahen sich an. Zögerlich schüttelten sie den Kopf.

„Nun, so soll es sein. Sie fühlen sich müde", sagte der Magier, „aber das vergeht, und Sie werden sich an nichts erinnern. Es sei denn", und er lächelte wieder, „ich wünsche, daß Sie sich erinnern – heute, morgen oder irgendwann."

Entscheidungen

Im Haus der Bruderschaft Kappa Sigma waren alle Fenster erleuchtet. Die Theatergruppe war zu einer Sitzung zusammengekommen. Es ging um die Rollenverteilung der Bühnenversion von George Orwells *1984*.

Daß Peter Levitt die Regie in dem Stück führen sollte, war schon auf einer früheren Besprechung beschlossen worden. Es war eine einstimmige Entscheidung gewesen. Peter Levitt hatte bereits in anderen Stükken die Regie geführt. Die Rollenverteilung dagegen war etwas, was immer wieder Anlaß zu erhitzten Diskussionen bot. Denn hier kamen viele persönliche Dinge ins Spiel: Freundschaften, Animositäten, Selbstüberschätzung, Eitelkeit, Neid und, nicht zuletzt, das Geltungsbedürfnis jedes einzelnen. Schließlich galt auch hier, daß die Bretter der Bühne oder vielmehr die Scheinwerfer, unter denen man auftrat, die Welt bedeuteten. Immerhin konnte eine außerhalb des Colleges stattfindende Aufführung den Grundstein zu einer späteren Karriere legen.

Natürlich ging es vor allem um die Besetzung der drei Hauptrollen:
Winston Smith,
Julia (seine Geliebte)
und O'Brien (ihr großer Gegenspieler).

Alle hatten sich im Halbkreis um einen offenen Kamin versammelt, den die roten Flammen künstlicher Glut erleuchteten.

Die Bewirtung hatte Taylor Guthrie in die Hand genommen. Als Autor und Dramaturg hatte er selbstverständlich ein Interesse daran, zu erfahren, wer welche Rolle in seinem Stück besetzte. Auf der anderen Seite war die Besetzung eine interne Angelegenheit der Theatergruppe, in die er sich weder einmischen konnte noch wollte. Deswegen war seine Anwesenheit auch als völlig normal registriert worden, zumal er für einen ausreichenden Vorrat an Crackers, Fritos, Coke, Bier und härteren Getränken gesorgt hatte.

Den Vorsitz der Versammlung hatte Peter Levitt übernommen, ohne daß es dazu einer besonderen Abstimmung bedurft hätte. Da er als Regisseur für keine Rolle in Frage kam, galt er als neutral, und deswegen hielt man ihn für eine überparteiliche Rolle am besten geeignet.

Peter Levitt hatte sich einen geschickten Schachzug für die Lösung der Rollenverteilung zurechtgelegt. Zuerst wollte er die Nebenrollen besetzen. Das barg den wenigsten Zündstoff.

Die erste Runde Getränke war eingeschenkt und damit der Startschuß für den Beginn der Sitzung gefallen.

Peter Levitt hielt ein Blatt Papier in die Höhe. „Hier ist die Liste mit den Personen des Bühnenstückes *1984* nach dem Roman von George Orwell, in der Bearbeitung von Taylor Guthrie!" Er machte eine höfliche Verbeugung in Taylors Richtung. „Ich bin der Meinung, wir sollten zuerst die Rollen der Personen besetzen, die ich mit dem allgemeinen Ausdruck Rahmenpersonen belegen würde."

„Hört, hört!

Peter Levitt sah zu Thomas Wagner hinüber, von dem der Zwischenruf gekommen war. „Sollte das ein Redebeitrag sein, Tom?"

Thomas Wagner grinste: „Nein, das war ein zustimmender Zwischenruf."

„Um so besser, dann können wir ja anfangen." Peter Levitt nahm wieder das Blatt mit der Besetzungsliste in die Hand. „Beginnen wir mit Mrs. Parsons. Gesucht wird eine vulgäre, schlampige Person. In unserer Gruppe sind zwar wenig Frauen. Trotzdem, nehmt bitte nicht Anstoß an dieser Charakterisierung. Ihr sollt schließlich nur ihre Rolle spielen." Er machte eine kurze Pause. „Ich hatte an die Frau von Theo Craven gedacht. Stephanie hat die Figur, die zu dieser Rolle paßt. Außerdem könnten ihre Kinder auch Sohn und Tochter von Mrs. Parsons spielen. Das ist allerdings bisher nur eine Idee. Aber wenn dagegen keine Einwände bestehen, werde ich mit Theo und Stephanie darüber sprechen." Allgemeines zustimmendes Gemurmel. Peter Levitt ging erleichtert zum nächsten Punkt. „Bleiben wir noch bei der Familie Parsons. Wer soll Tom Parsons spielen, den gutmütigen Trottel, der so aussieht, als wäre er seinen kurzen Hosen nicht entwachsen."

„Ich schlage Charles vor", meldete sich Thomas Wagner. „Er hätte keine Probleme, den gutmütigen Trottel zu spielen."

Charles Eytinge lehnte sich in seinem Stuhl etwas nach vorn, aber es sah nicht so aus, als ob diese Bemerkung ihn beleidigt hätte. Im Gegenteil, er setzte ein breites Grinsen auf und antwortete nur: „Daß ausgerechnet du so etwas sagen mußt, Tom. Eigentlich wollte ich dich für diese Rolle vorschlagen."

„Sehr gut", Peter Levitt strahlte Zufriedenheit aus. Also haben wir zwei Kandidaten. Wie ist es mit dir, Charles, würdest du die Rolle übernehmen?"

Charles nickte. „Warum nicht?"

Peter Levitt wandte sich an Thomas Wagner: „Und was ist mit dir, Tom?"

„Nein danke, ich lasse Charles den Vortritt."

„Nun, damit wäre auch diese Rolle besetzt." Peter Levitt warf einen Blick auf seinen Zettel und machte dort eine kurze Notiz. „Gut, kommen wir jetzt zu dem ominösen Mr. Charrington, der sich erst als Freund und dann als Mitglied der Gedankenpolizei erweist. Für diese Rolle brauchen wir jemand, den wir etwas auf alt trimmen können. Ich hatte an dich gedacht, Tom." Er sah zu Thomas Wagner hinüber.

„So einen miesen Kerl soll ich spielen?"

„Eben, deswegen", grunzte Charles aus der anderen Ecke.

Thomas Wagner überlegte einen Augenblick: „Gut, Peter, überredet."

Peter Levitt machte einen Haken auf seinem Zettel. „Vielleicht können wir die nächsten Rollen en bloc abhandeln. Es sind fünf Randgestalten: Tillotson, Syme und der Dichter Ampleforth, Arbeitskollegen von Winston Smith; der Alte, mit dem Winston im Wirtshaus einen Dialog führt, und der Offizier, der ihn im Ministerium für Liebe verhört. Hier bekommen wir ein Problem. Da wir noch die Hauptrollen verteilen müssen, verfügen wir in unserer Gruppe nicht über genügend Personen.

„Ich würde Ampleforth übernehmen", unterbrach ihn Gourdin Young.

„Gut Gourdin, der Fall ist notiert." Peter Levitt hakte einen weiteren Namen ab. „Trotzdem reicht es nicht. Wir brauchen noch Darsteller für den Alten, Tillotson, Syme und den Offizier. Aber ich glaube, wenn ich einen Aufruf in der nächsten Ausgabe unserer Collegezeitung veröffentliche, werden wir dafür ausreichend Darsteller finden. Seid ihr damit einverstanden?"

Erneut allgemeine Zustimmung.

Peter Levitt wandte sich jetzt dem Punkt zu, der erfahrungsgemäß bei jeder Rollenverteilung der heikelste war: Wer spielte den oder die Protagonisten? „Und nun zum heutigen Haupttreffer der Verlosung. Wer soll Winston Smith spielen, die tragische Heldenfigur unseres Stücks?

„Ich schlage John vor."

Alle drehten sich zu ihr um. Mary Seward saß sozusagen in der zweiten

Reihe, verdeckt von einigen vor ihr Sitzenden, und hatte bisher an diesem Abend noch gar nichts gesagt. Als sie die auf sie gerichteten Blicke wahrnahm, errötete sie etwas. „Warum nicht?" setzte sie, etwas trotzig, hinzu. „Er hat im Augenblick das Problem mit seinen Augen, aber ich halte ihn für den geeigneten Darsteller, und die Ärzte haben gesagt, seine Sehstörung hätte gute Chancen, sich zurückzubilden."

„Sicher." Peter Levitt wandte sich John Guthrie zu. „Was sagst du dazu, John? Glaubst du, diese Rolle spielen zu können?"

John Guthrie saß ruhig auf seinem Stuhl. Ihm war weder Begeisterung noch Ablehnung anzusehen. Er strich mit der Hand durch sein dunkles Haar. Nur seine zu einem Strich zusammengepreßten Lippen ließen etwas von seiner Anspannung erkennen. „Es ist eine schwierige Entscheidung. Aber wenn ihr glaubt, daß ich es kann, werde ich es versuchen."

Das laute Geräusch von Fingerknöcheln, die auf Holz klopften, spielte ein Lächeln auf sein melancholisches Gesicht.

„Mir scheint, damit ist diese Frage gelöst, oder?" Peter Levitt sah sich fragend um. Aber alle nickten nur.

„Ja, nun bleibt uns nur noch übrig festzulegen, wer O'Brien, Winston Smiths großen Gegenspieler, spielen soll und wer die weibliche Hauptrolle der Julia übernimmt. Für O'Brien kommt eigentlich nur noch einer in Frage, zumindest von denen, die hier heute abend anwesend sind." Er blickte zu Chas Eytinge hinüber. „Eigentlich hatte ich an dich gedacht, Chas."

Chas Eytinge lachte. „Aber Peter, bin ich der Mann mit Stiernacken und einem derben, launischen, brutalen Gesicht?"

Peter Levitt machte eine wegwerfende Handbewegung. „Die Figur hast du. Ich meine, du bist groß, stämmig, und was den Rest betrifft, da wirken heute Maskenbildner Wunder. Also, würdest du die Rolle von O'Brien spielen wollen?"

Chas überlegte. „Gut, wenn keine anderen Vorschläge gemacht werden, würde ich sagen, ja, ich mache es."

Peter Levitt sah sich um. „Weitere Vorschläge?"

Allgemeines Kopfschütteln.

„Sehr gut", er rieb sich zufrieden die Hände.

„Nun zum Highlight des Abends. Ich will nicht wissen, wer die Schönste im ganzen Land ist, sondern nur, von wem ihr glaubt, daß sie für die weibliche Hauptrolle in Frage kommt. Wer sollte nach eurer Meinung die Julia spielen?"

Es herrschte einen Augenblick Schweigen, bis sich Gourdin Young zu Wort meldete. „Ich schlage Mary Seward vor."

Chas warf ihm einen dankbaren Blick zu.

„Gut, einen Vorschlag haben wir. Wer käme noch in Frage? Es muß nicht unbedingt jemand sein, der schon bei uns mitarbeitet, aber ich persönlich habe an Nancy gedacht."

„Ist das ein Vorschlag?" fragte Thomas Wagner.

„Ja, warum nicht? Konkurrenz belebt bekanntlich das Geschäft."

Charles Eytinge war von seinem Sitz aufgestanden und sah auffordernd zu Nancy hinüber, die so tat, als hätte sie nichts gehört. „Nancy! Aufwachen! Dir ist gerade eine Hauptrolle angeboten worden!" rief er ihr zu.

„Würdest du annehmen?" fragte sie Peter Levitt.

„Wenn ihr mich wollt", sagte sie.

„Damit haben wir ein Problem." Peter Levitt lächelte. „Oder man kann auch sagen das Glück, daß zwei Kandidaten zur Wahl stehen. Wir müssen eine Wahl durchführen."

„Aber geheim", warf Taylor Guthrie in die Debatte ein. Er war zwar in diesem Kreis nicht stimmberechtigt, doch das konnte ihn nicht daran hindern, Vorschläge für das Wahlverfahren zu machen.

„Gut, jeder nimmt sich einen Zettel und schreibt einen Namen drauf", sagte Peter Levitt. „Wenn alle fertig sind, werde ich rumgehen und die Zettel einsammeln."

Nach einigen Minuten erhob er sich und fragte: „Haben alle gewählt?"

Ein mehrstimmiges Ja antwortete ihm, und er begann die Zettel einzusammeln.

Danach ging er an seinen Platz zurück. Mit feierlicher Förmlichkeit faltete er jeden einzelnen Zettel auseinander und stellte fest: „Abgegeben wurden neun Stimmen, davon fünf für Mary Seward und vier für Nancy Guthrie. Damit gehört die Rolle der Julia dir, Mary."

Beifall brandete auf.

Mary erhob sich und streckte abwehrend beide Hände aus. „Danke für die Blumen! Ich hoffe nur, den Erwartungen gerecht zu werden."

„Und dabei hatte ich mich so auf die Liebesszenen zwischen Bruder und Schwester gefreut", meldete sich Charles zu Wort.

Allgemeines Gelächter.

„Ich hoffe, alle sind mit dem heutigen Ergebnis zufrieden. Auf jeden Fall glaube ich, daß jeder von uns damit leben kann. Und damit übergebe ich das Wort an Taylor, der etwas sagen wollte."

Taylor Guthrie hob eine Bierflasche an die Lippen und sagte laut und vernehmlich „Prost, und auf gutes Gelingen!"

Die ersten Sektkorken knallten, es wurde eine lange Nacht.

Achte Lesung

Am 8. November die Bark *D. Godfrey* aus Boston, mit einer Ladung ausgezeichnetem Rind– und Schweinefleisch nach Valparaiso unterwegs, erbeutet und versenkt. Es tat mir leid, die Ladung vernichten zu müssen, aber der Dampfer ist mit Vorräten vollgestopft, und wir konnten von der Ladung der Bark deswegen nur jeweils 22 Fässer übernehmen. Sie war ein altes Schiff, und das Feuer verzehrte sie schnell. Sechs ihrer Männer schlossen sich der *Shenandoah* an, und damit erhöhte sich die Stärke meiner Besatzung auf 35 Männer. Am folgenden Tag jagten und enterten wir mehrere ausländische Schiffe, während das Maschinenpersonal damit beschäftigt war, Eisenbleche zuzuschneiden, die das Deck hinter den Geschützen verstärken würden. An diesen Blechen sollten die Zugtaljen der Geschützlafetten angebracht werden. Das Deck bestand aus weichem Fichtenholz, das nur 4 Zoll stark war.

Am 9. November sichteten wir die dänische Brigg *Anna Jane*, ich bot ihrem Kapitän ein Chronometer, ein Faß gepökeltes Rindfleisch und Brot an, wenn er mir als Gegenleistung einige meiner Gefangenen abnehmen würde. Er war mit meinem Vorschlag einverstanden, und ich schickte in Begleitung des ersten Offiziers Gefangene von unserer ersten und dritten Prise an Bord der *Anna Jane*. William, mein Freund und Beschützer seit meiner frühesten Jugend, und neben seiner Rolle als erster Offizier auch jetzt wieder in dieser Eigenschaft tätig, übergab dem dänischen Kapitän das Chronometer, das aus der Beute von der *Alina* stammte.

Dies ist vielleicht ein günstiger Augenblick, um einige Worte über William Sikes zu verlieren, den ersten Offizier der *Shenandoah*. William ist ein alter Freund der Familie. Er hat mich schon als Kind auf den Knien gewiegt. Er ist ein alter Seebär. Zwei Jahrzehnte hat er die Meere gekreuzt und danach eigentlich die Absicht gehabt, sich auf seinem Landsitz in der Nähe von Charleston niederzulassen. Doch es kam der Krieg, und seitdem hat mich William auf jedem Kommando begleitet. Sein Äußeres täuscht. Hinter seiner hoch aufgeschossenen, hageren Erscheinung und seinem düster blickenden Gesicht, das selten eine Miene verzieht, steckt ein aufrechter und loyaler Charakter, der einen Freund nie im Stich lassen würde. Ich verdanke ihm bereits jetzt mehr als *ein* Leben.

Schon bald nachdem wir uns von der dänischen Brigg getrennt hatten, erbeuteten und versenkten wir die amerikanische Brigg *Susan* aus New

York, die mit einer Ladung Kohle auf der Reise zum Rio Grande war. Sie war ein sehr altes Schiff, und ihre Ladung trug dazu bei, daß sie schnell sank. Sie war schon vor langer Zeit aus Cardiff ausgelaufen, ich glaube fast, ihr Kapitän hat es als Glücksfall empfunden, uns in die Hände zu fallen. Denn die *Susan* war, wie gesagt, sehr alt und sehr schwach. Sie war an mehreren Stellen leck und war der langsamste Segler, den ich je gesehen habe. Sie bewegte sich so langsam, daß man förmlich zu sehen glaubte, wie die Algen an ihrem Kiel immer länger wurden. Es war für die Besatzung einfach unmöglich, sie schneller leer zu pumpen als sie Wasser machte. Irgend jemand hatte eine einfallsreiche, einfache Maschine erfunden (man sollte sie zum Patent anmelden), um sie am Schwimmen zu halten. Allerdings funktionierte diese Erfindung nur bei anstehender Brise. Mit der Pumpe war eine Welle verbunden, an deren anderem Ende etwa mittschiffs ein Schaufelrad befestigt war, was das Schiff auf einer Seite wie einen Raddampfer aussehen ließ. Die Eintauchtiefe der Schaufeln war wie bei allen Raddampfern von der Wasserverdrängung des Schiffes abhängig, und wieviel Wasser sie aus dem Schiffsrumpf schöpften, hing von der Geschwindigkeit ab, die das Schiff machte.

Kapitän der Brigg war ein Deutscher, allem Anschein nach ein Jude. Der erste Jude als Seemann, dem ich begegnete. Am nächsten Tag erklärte er sich bereit, als erster Maat zu uns überzuwechseln, eine Position, die ich ihm nicht bieten konnte, nicht weil er sie nicht hätte bekleiden können, sondern einfach aus dem Grund, daß an Bord keine seiner Stellung entsprechende Unterkunft zur Verfügung stand.

Die Sonne ging gerade unter, als am 11. Tag des Monats in südöstlicher Richtung von der *Shenandoah* auf Backbordseite ein Segel gemeldet wurde. Ich nahm sofort die Verfolgung auf und berechnete, daß wir uns dem Fremden bald nach Mitternacht auf Rufweite genähert haben würden, wenn er die gleiche Geschwindigkeit wie die *Shenandoah* hatte. Dies war unsere erste Nachtjagd. Aber nur wenige Männer schliefen. Die meisten waren einfach zu neugierig. Einige bezweifelten, daß wir den Fremden wieder zu Gesicht bekommen würden, während andere dachten, daß dies für die *Shenandoah* vielleicht ein Glück war. Schwarzseher gibt es in allen Klassen der Gesellschaft.

Wenige Minuten nach Mitternacht, fast früher als erwartet, rief ein Ausguck „Segel ahoi!", und bald darauf kam das Schiff voll in Sicht. Wir nahmen es durch die Gläser in Augenschein, während das Aussetzen eines Bootes vorbereitet wurde, um zu dem Schiff überzusetzen. Jetzt, wo es in Rufweite war, verlangte der erste Offizier seine Nationalität zu wissen. Es stellte sich heraus, daß es sich um den amerikanischen Klipper *Kate Prince* mit einer neutralen Ladung Kohle an Bord handelte. Ich ließ sie gegen ein Lösegeld von 40.000 Dollar frei und schickte meine weiblichen Gefangenen zu ihr an Bord. Danach wurde meine Steuerbordkajüte nur noch als die Damenkajüte bezeichnet. Der Offizier, der die Prise besichtigte, Leutnant Lee, ein Neffe von General R.E. Lee, bedauerte, daß ich ein Lösegeld für nötig hielt, denn die gesamte Besatzung des Schiffes wollte sich der *Shenandoah* anschließen, und die Frau des Kapitäns, der aus dem Süden stammte, wollte, daß das Schiff verbrannt wurde, weil es langsam sei, und auch sie wollte auf der *Shenandoah* bleiben. Die Besatzung der *Kate Prince* bestand aus 21 Männern und wäre für die *Shenandoah* ein willkommener Zuwachs gewesen.

Die *Shenandoah* überquerte den Äquator am 15. November. Über das Objektiv der Ferngläser wurde ein dünner Bindfaden gezogen, um die Neulinge zu täuschen, denen gesagt wurde, sie sollten durch das Fernglas sehen, um die Linie zu erkennen, wenn das Schiff den Äquator überquerte. Neptun, seine Gemahlin und der Barbier, dargestellt von einem Bootsmannsmaaten, einem Artilleristen und Artillerieunteroffizier, kamen an Bord und verlangten Namen und Art des Schiffes zu wissen. Der Meeresgott fand die meisten Opfer unter den Offizieren. Ich glaube, Leutnant Lee war der einzige Leutnant, der den Äquator schon überquert hatte, es machte ihm Spaß, seine Messekameraden vor dem Meeresgott Aufstellung nehmen zu lassen, damit ihnen die Aufgaben vorgelesen wurden, die sie erfüllen mußten, um in Neptuns Reich hineingelassen zu werden. Ein Klistier aus Teer und Fett und ein zwei Zoll starker Salzwasserstrahl aus einem Schlauch waren die Hürden, die sie nehmen mußten, um die Linie überschreiten zu dürfen. Der Deckoffizier, Leutnant Grimball, fühlte sich in seiner Position sicher, aber als ich mich bereit erklärte, ihn von seinen Pflichten zu entbinden und seine Aufgaben zu übernehmen, trugen seine Belagerer ihn in seine Kajüte, wo auch er ordentlich barbiert und getauft wurde. Selbst Alcott, der Segelmacher, wurde naß, obwohl er den Äquator sicher schon mehrmals überquert hat.

Wir lagen auf südlichem Kurs unter der brasilianischen Küste, und seit der Äquatortaufe hatte sich nichts Besonderes ereignet, bis am 4. Dezember der amerikanische Walfänger *Edward* aus New Bedford aufgebracht wurde. Wir stießen auf die *Edward* 50 Meilen südöstlich der Insel Tristan de Cunha, die in Sichtweite lag. Als wir sie erbeuteten, hatte Kapitän Worth von der *Edward* gerade einen Wal gefangen und mit dem Ausschlachten begonnen, also die großen Stücke an Bord zu hieven. Die Besatzung war so mit dem Wal beschäftigt, daß die *Shenandoah* sich ihr bis auf kurze Entfernung unbemerkt nähern konnte. Die Ausrüstung der *Ed-*

ward war von ausgezeichneter Qualität, ich lag zwei Tage neben ihr, um Vorräte zu übernehmen, die uns fehlten. Ich glaube, wir versorgten uns mit 100 Fässern gepökeltem Rindfleisch und genauso viel Schweinefleisch, dazu kamen mehrere tausend Pfund Schiffszwieback, der beste, den ich je gesehen habe, Harpunenleinen, Baumwolleinen, Blöcke etc. Zwei ihrer Beiboote waren neu, ich tauschte sie gegen meine alten und wertlosen ein.

Zwei Tage nach ihrer Aufbringung wurde die *Edward* verbrannt. Ich dampfte auf die Nordwestseite von Tristan de Cunha, um mit dem Stammeshäuptling, der sich als Gouverneur der Insel bezeichnete, die Aufnahme der Besatzung der *Edward*, deren Mitglieder in der Mehrzahl Sandwichinsulaner waren, zu vereinbaren. Den Kapitän der *Edward* versorgte ich mit Proviant für sechs Wochen, was ich für ausreichend hielt, denn zweifellos würde bald nach meiner Weiterreise ein Schiff die Insel anlaufen und den Unglücklichen eine Passage bieten. Ich blieb nur einige Stunden vor der Insel liegen und lichtete dann Anker in Richtung Australien. Ich habe gehört, daß das US–Kanonenboot *Dacotah* die freigelassenen Gefangenen auf Tristan de Cunha aufgenommen und sie nach Kapstadt gebracht hat, wo man hoffte, auf die *Shenandoah* zu treffen. Der Zimmermann der *Edward*, von dem sich herausstellte, daß er sein Handwerk ausgezeichnet verstand, schloß sich der *Shenandoah* an, und damit erhöhte sich meine Besatzungsstärke auf 42 Mann.

Walfänger sind nur eine wertvolle Prise, wenn ihr Bauch gefüllt ist mit Öl, Knochen und Häuten. Meistens handelt es sich um sehr solide gebaute Schiffe älterer Bauart, die ausgemustert wurden, weil sie nicht mehr schnell genug waren, um auf anderen Routen eingesetzt zu werden. Für den Einsatz als Walfänger waren sie jedoch immer noch gut geeignet, weil ihr Rumpf aus starkem, schwerem, unverwüstlichem Eichenholz bestand, das seinen Weg vom Süden nach Neuengland gefunden hatte.

Diese Walfänger sind zwischen 90 und 100 Fuß lang und von äußerst robuster Bauweise, um auch der Berührung mit Packeis zu widerstehen. Die toten Wale werden an Bord verarbeitet. Wenn das Öl abgeschöpft ist, werden die Abfälle verbrannt und tragen zu dem furchtbaren Gestank an Bord eines Walfängers bei, wenn dieser auch kaum schlimmer ist als der der Schiffe aus Südamerika mit einer Ladung Tierhäute. Die Knochen des Wals werden in den Walraum geworfen und seine Zähne in Fässern verstaut. Der Gestank nach verfaultem Fisch ist überall.

Nachdem ich Tristan de Cunha mit östlichem Kurs verlassen hatte, ließ ich Segel setzen und den Propeller hochziehen. Während der Leitende die sichere Befestigung des Propellers überwachte, stellte er auf der ganzen Länge des Messingrings an der Kupplung der Propellerwelle einen Riß fest. Das war eine traurige Sache, und die weitere Untersuchung ergab, daß dieser Riß schon vorhanden gewesen war, als ich das Schiff übernahm. Doch da der Propeller sich damals im Wasser befand, hatten wir ihn nicht kontrollieren können. Der frühere Eigner mußte davon gewußt haben, als das Schiff aus dem Dock kam. Zwar hätte man eine provisorische Reparatur durchführen können, doch es war durchaus möglich, daß die drehende Welle die Wellenlager und den Wellentunnel beschädigte. Kapstadt war neben Melbourne der einzige Hafen, wo solche Reparaturen ausgeführt werden konnten. Ich überlegte hin und her und beschloß, daß es das Beste sei, den Indischen Ozean unter Segeln zu überqueren, in der Hoffnung, daß das Glück, das wir bisher hatten, uns weiterhin treu blieb. Ich schlug einen weiter südlicheren Kurs ein, der uns in eine Zone starker Westwinde bringen konnte. Ich passierte den Meridian von Greenwich am 12. Dezember bei stürmischem Westwind und starkem Seegang. Das Schiff rollte durch die große Menge Kohle in seinen Laderäumen sehr stark und gehorchte dem Ruder nur mühsam. Aber alle schlanken, schmalen Schiffe großer Länge haben eine starke Neigung zum Rollen, während die große Länge sie andererseits gut am Wind liegen läßt. Meine Instruktionen lauteten, den Längengrad des Kaps der Guten Hoffnung am 1. Januar zu passieren, und am Nachmittag des 17. Dezember stand die *Shenandoah* östlich dieser Linie. Die Geschwindigkeit des Schiffes schwankte mit der Stärke des Windes. Als wir bei Erreichen der Breite 43°30' S feststellten, daß der Wind mit Sturmstärke aus Südost wehte und weiter auffrischte, war es klar, daß es fast an Selbstmord grenzen würde, den Kurs beizubehalten, und daß das Schiff bei Kursänderung auf Nordost schnell besseres Wetter finden würde. Die *Shenandoah* rollte so heftig, daß sie ständig Brecher über die Reling nahm und das Wasser mehrere Zoll hoch an Deck stand und alle Unterkünfte überflutete. Aus den Vorräten zerstörter Prisen war ein Weihnachtsessen vorbereitet worden, aber es war nicht möglich, die Zeit zu finden, es zu genießen. Die meisten Teller fanden ihren Weg vom Tisch auf das Deck. Und trotz aller Enttäuschung über das entgangene gute Essen waren wir so objektiv, dies als einen Zwischenfall auf See zu registrieren, wie er nicht eben selten ist. Sollte ich je wieder eine Reise nach Australien machen, würde ich einen Weg nur sehr wenig südlich vom nördlichen Rand des Gürtels der Westwinde wählen. Das Schiff verließ das Sturmgebiet und fand nördlich 40° südlicher Breite ein angenehmeres Klima. Die Schnee– und Hagelschauer, die der Sturm mit sich geführt hatte, waren tatsächlich zum Fürchten gewesen.

Die Begegnung

„Was soll das denn sein?" Chas Eytinge sah entsetzt den Teller an, den Mary vor ihm hingestellt hatte, und auf dem sich eine mittel– bis dunkelbraune Masse aus Bandnudeln befand, die scharf nach Angebranntem roch.

Mary kam mit ihrem Teller aus der Küche und sah ihn unschuldig an. „Lasagne, du hast mir gesagt, du würdest gerne einmal Lasagne essen."

Chas stocherte lustlos mit der Gabel in den Nudeln herum. „Ja, aber keine gegrillten."

Mary ließ sich von dieser Kritik nicht beeindrucken. Nachdem sie sich allerdings zwei Bissen in den Mund geschoben hatte, verzog sie schmerzhaft das Gesicht. „Ich verstehe das nicht. Die Zeit, Ober– und Unterflamme, alles habe ich nach dem Rezept eingestellt."

Chas versuchte einen Bissen und schluckte ihn mühsam hinunter. „Auf jeden Fall ist irgend etwas schiefgelaufen. Aber macht ja nichts, laß uns ins *Border Café* gehen und eine Pizza essen."

„Wer bezahlt?"

Chas nahm einen Quarter aus der Tasche und sagte: „Kopf oder Zahl?"

„Zahl", sagte Mary.

Chas warf die Münze in die Luft und fing sie wieder auf. „Bedaure. Kopf."

„Gut, aber immer trifft es mich."

Chas schüttelte den Kopf: „Du leidest unter Halluzinationen, den letzten Besuch im *Border Café* habe ich bezahlt."

„Das ist nicht wahr." Mary hielt sich etwas auf ihr ausgezeichnetes Gedächtnis zugute. „Das war letzte Woche, und da hab ich bezahlt."

„Liebling, das ist ein falscher Irrtum."

Ohne diesen Vorgang endgültig geklärt zu haben, erreichten sie das *Border Café*.

Es war früh am Abend, und das Lokal war mäßig besetzt. Sie setzten sich an einen freien Tisch und bestellten jeder eine Pizza und ein Bier.

„Mir ist gerade etwas eingefallen", sagte Chas, als sie sich bereits in ihre Pizza vertieft hatten. „Ich müßte Peter anrufen, wegen des nächsten Treffens der Theatergruppe. Ich habe den Zettel verlegt, auf dem ich das Datum aufgeschrieben hatte. Ich bin gleich wieder zurück." Er erhob sich und ging an die Bar und ließ sich ein Telefon geben. Sein Gespräch dauerte nur kurz. Peter Levitt hatte es eilig, zu einer Verabredung zu kommen, er nannte ihm den Termin, und nach einem kurzen Austausch von belanglosen Floskeln verabschiedeten sie sich voneinander. Chas legte den Hörer auf und trug das Datum in sein Notizbuch ein. Erst in diesem Augenblick bemerkte er den Mann, der neben ihm stand, und seltsamerweise hatte er das Gefühl, daß der Platz noch vor wenigen Minuten leer gewesen war. Er war groß und hager. Seine Wangen waren eingefallen, und er hatte einen düsteren Blick, wie auf manchen Gemälden die Inquisitoren der katholischen Kirche, die gerade einen armen Teufel dazu verurteilt hatten, auf dem Scheiterhaufen der christlichen Nächstenliebe verbrannt zu werden. Er hielt ein mit einer bernsteinfarbenen Flüssigkeit gefülltes Glas in der Hand und sah Chas an.

„Kennen wir uns?" fragte Chas etwas provozierend.

Der Mann schüttelte den Kopf. „Nein, nicht direkt. Aber es ist möglich, daß ich jemanden aus ihrer Familie kannte. Sie sehen ihm ähnlich. Doch er ist schon lange tot." Der Mann trank einen Schluck aus seinem Glas. „Haben Sie eigentlich schon einmal einen Toten geküßt?"

Chas sah ihn entsetzt an, und bevor er etwas antworten konnte, fuhr der Mann fort. „Ich ja. Es ist ein seltsames Gefühl. Wußten Sie, daß sie den Mund der Toten mit Gaze füllen und die Lippen zunähen, damit sie nicht offenstehen?"

Chas warf einen Quarter für das Telefonat auf den Tresen und stammelte: „Nein, das ist mir neu." Dann drehte er sich um und ging eilig zu seinem Tisch zurück. Er hatte sich schon wieder gesetzt, als er eine Eingebung hatte und noch einmal zu dem seltsamen Gast an der Bar hinübersah und versuchte, einen Blick auf seine Füße zu werfen. Nur ein Fuß war in seinem Blickfeld, aber der Mann lebte wirklich auf großem Fuß.

„Kanntest du den Mann? Ich habe bemerkt, daß ihr euch kurz unterhalten habt", sagte Mary.

Chas schüttelte den Kopf. „Nein, aber er behauptete, es könne sein, er kenne jemanden aus meiner Familie, ich sähe ihm ähnlich, aber der Betreffende sei schon lange tot. Ja, und dann fing er an, seltsames Zeug zu reden."

„Seltsames Zeug?" Mary legte interessiert ihr Besteck zur Seite.

„Ja, er fragte mich, ob ich schon einmal einen Toten geküßt hätte."

„Einen Toten geküßt?" Mary warf einen Blick zur Bar hinüber, doch der Platz, wo der große, hagere Mann gestanden hatte, war leer.

„Seltsam", sagte Chas, „eben war er noch da. Er kann sich doch nicht in Luft aufgelöst haben."

Mary lächelte. „Geister Verstorbener sollen so etwas können. Denk an Hamlet."

Familienalltag

John und Mary Craven waren von der Idee begeistert, in einem Theaterstück eine Rolle zu spielen. Ihre Mutter weniger. Trotzdem hatte sie sich bereit erklärt, die Rolle der unsympathischen Mrs. Parsons zu übernehmen. Sie tröstete sich damit, daß es nicht gerade eine tragende Rolle war und die Zuschauer hoffentlich die vulgäre Mrs. Parsons nicht mit Stephanie Craven verwechselten.

„Ich werde mich wieder als Bühnenbildner zur Verfügung stellen. Dann ist die ganze Familie an dem Projekt beteiligt."

Theo Craven war seine Zufriedenheit, der Tretmühle des Collegealltags wieder einmal entfliehen zu können, deutlich anzumerken.

Er hatte sich von Peter Levitt schon vier Exemplare des Bühnenwerkes geben lassen und sie an den Rest der Familie verteilt.

John blätterte darin herum. „Muß ich viel sagen?" fragte er mißtrauisch. Je größer die Rolle, um so mehr mußte man schließlich auswendig lernen.

Doch sein Vater konnte ihn beruhigen. „Nein, nur wenige Sätze. Aber die sind brutal. Du stellst ein richtiges Ekel dar."

Mary sah ihren Bruder an und sagte süffisant: „Wie im richtigen Leben."

Stephanie Craven befürchtete schon, einem der berüchtigten Wutanfälle ihres Sohnes vorbeugen zu müssen. Aber es kam anders.

John Craven verzog nur spöttisch den Mund und sah seinen Vater dabei an. „Weiber", sagte er. „Ich habe nicht den Eindruck, daß die Tochter von Mrs. Parsons freundlicher dargestellt wird als ihr Sohn. Außerdem haben Männer ein Recht, eklig zu sein. Bei Frauen aber fällt das nur unangenehm auf. Nicht wahr, Theo?"

Sein Vater schluckte. Es war nicht wegen der Anrede, seine Kinder hatten es sich angewöhnt, ihre Eltern beim Vornamen zu nennen. Doch er fand sich in einer Rolle wieder, die ihm gar nicht behagte. Es wurde eine Entscheidung von ihm verlangt, und dazu noch in einer so heiklen Frage. Das Beste war sicher, die Angelegenheit mit einer möglichst allgemeinen Bemerkung zu umgehen. Schließlich war es immer seine Meinung gewesen, daß man sich selbst als erster verletzte, wenn man den Stier bei den Hörnern packte.

„Niemand hat das Recht, einem anderen gegenüber eklig zu sein. Es sei denn, dieser Jemand hätte es verdient. Aber das ist ein weites Feld. Ja", wiederholte er bekräftigend, „ein weites Feld."

„Machos!" preßte seine Tochter zwischen zusammengebissenen Zähnen hervor und lief wutentbrannt aus dem Zimmer.

Ihr Vater zuckte die Achseln, und Stephanie Craven sah ihn vorwurfsvoll an. „Nun, habe ich sie nicht ausreichend verteidigt?"

Seine Frau schwieg.

„Ich meine, natürlich kann ich nicht billigen, was du so leichtfertig von dir gegeben hast, John. Jedenfalls nicht, wenn es eine allgemeine Aussage war. Auf der anderen Seite besteht auch kein Grund, sich darüber aufzuregen. Schließlich reden wir von einem Theaterstück."

„Schön", sagte seine Frau, „das waren deine philosophischen Einsichten. Kommen wir jetzt zu den Aussichten. Es soll morgen schneien, und wir haben noch keinen Weihnachtsbaum."

Zwar begriff Theo Craven nicht, was das eine mit dem anderen zu tun hatte. Doch er begriff, daß es sich um einen Wink mit dem berühmten Zaunpfahl handelte, nämlich um eine mehr oder weniger unverblümte Aufforderung, sich auf die Suche nach einem Weihnachtsbaum zu machen.

Die Suche nach dem roten Faden

Der Wechsel von der warmen Luft in der Metrostation an der Park Street zu der kalten Abendluft kam plötzlich, und Gourdin Young schlug den Kragen seiner Jacke hoch, als er aus dem Licht des U–Bahnschachtes in das Schneetreiben eintauchte, das irgendwann eingesetzt haben mußte, als er sich noch in der Bibliothek befand. Der Common wirkte verlassen, und der Rasen, die Wege und die kahlen Bäume begannen sich allmählich weiß zu färben. Einige vermummte Gestalten hasteten an ihm vorbei, und manchmal hörte er neben sich ein Rascheln im toten Laub, vermutlich ein Eichhörnchen, das ihn mit seinen schwarzen Augen aufmerksam beobachtete.

Er hatte mehrere Stunden in der Bibliothek vor einem Mikrofilmsichtgerät zugebracht und die Archive des Bürgerkriegs durchforscht, und jetzt spürte er ein Brennen in seinen überanstrengten Augen.

In den Dokumenten, die er gesichtet hatte, war er auf mehr als einen Träger seines Namens gestoßen. Doch keinen hatte er bisher in Beziehung zu seinem Traum bringen können. Die einzige dünne Spur war ein Logbucheintrag des konföderierten Kriegsschiffs *Shenandoah*, auf die er gestoßen war, nachdem er den Namen seines Freundes Charles Eytinge als Suchbegriff eingegeben hatte. Er würde Charles davon berichten.

Möglicherweise war die Namensgleichheit Zufall, aber der Familienname Eytinge war so ausgefallen, daß man annehmen konnte, daß es sich um ein Mitglied seiner Familie handelte. Trotz seiner bisher ziemlich ergebnislos verlaufenen Suche wollte Gourdin Young noch nicht aufgeben. In den nächsten Tagen würde er in die Bibliothek zurückkehren und auch die Namen seiner Freunde suchen, die mit ihm zusammen den Traum aus dem Bürgerkrieg gehabt hatten. Denn es wäre schon seltsam, überlegte er, daß sie alle Ereignisse aus diesem so lange zurückliegenden Konflikt geträumt haben sollten, ohne daß irgend etwas sie alle mit diesem Geschehen verband. Es war die Suche nach dem berühmten roten Faden.

Inzwischen hatte er die Kreuzung zur Charles Street erreicht und wechselte auf die andere Straßenseite. Der Schnee fiel immer dichter und ihn fror. Er beschloß, in dem Coffee Shop einige Meter weiter einen heißen Kaffee zu trinken. Mit beiden Händen umfaßte er den Plastikbecher und spürte die Wärme, die durch seine Hände in seinen Körper floß. In diesem Augenblick erkannte er durch die große Glasscheibe im Licht der Straßenbeleuchtung eine vertraute Gestalt. Es war Charles Eytinge, der in seine Richtung blickte. Gourdin winkte ihm zu. Charles hob zum Zeichen, daß er ihn erkannt hatte, seinen Arm und ging auf die Eingangstür zu.

Nachdem er sich den Schnee von der Jacke geklopft hatte, bestellte Charles ebenfalls einen Kaffee und kam mit dem dampfenden Becher auf Gourdin zu.

„Hallo, Charles. Was machst du denn hier?"

„Oh, ich war auf dem Weg ins College."

Gourdin überlegte, ob er ihm schon jetzt von seiner Entdeckung berichten sollte. Doch warum eigentlich nicht? Dafür war jeder Augenblick so gut wie der andere.

„Ich war einige Stunden in der Bibliothek und habe etwas Ahnenforschung betrieben."

Charles hatte sich in der Zwischenzeit über ihren seltsamen Traum keine Gedanken mehr gemacht, trotzdem fragte er höflich: „Und, hast du etwas herausgefunden?"

Gourdin Young schüttelte den Kopf. „Nur wenig, über meine Familie gar nichts. Aber auf deinen Namen bin ich gestoßen, und zwar in einem Logbucheintrag des konföderierten Dampfers *Shenandoah*, und da dein Familienname nicht so häufig ist, gehe ich davon aus, daß es sich um jemanden aus deiner Familie handelt."

Charles sah in zweifelnd an. „Schon möglich", gab er zu.

„Hat einer deiner Vorfahren etwa damals auf der Seite des Südens gekämpft?"

„Ich weiß es nicht mit Bestimmtheit, aber möglich wäre es." Charles wirkte auf einmal etwas ablehnend, und Gourdin Young fragte sich, was diesen Wechsel ausgelöst hatte. „Schließlich ist das keine Schande", fügte er fast beschwichtigend hinzu.

„Nein, aber ich wundere mich, daß ich davon nie etwas gehört haben sollte. Niemand aus unserer Familie hat je mit mir darüber gesprochen."

Von diesem Augenblick an wirkte Charles abwesend, und auf ihrem gemeinsamen Weg zum Emerson College hüllte er sich in Schweigen.

Schwarze Magie

Er war bereit gewesen, einen Pakt mit dem Teufel zu schließen, wenn dafür seine Wünsche in Erfüllung gingen. So etwas war schnell dahingesagt, dachte Taylor Guthrie, weil man wußte, daß es keinen Teufel gab, mit dem dieser Pakt zu schließen war. Selbst bildlich gesprochen, war es schwer vorstellbar, welche Macht ihm, außer seinem eigenen Talent und, natürlich auch das, etwas Glück, zu literarischem Ruhm verhelfen konnte.

Aber seitdem der Mann, der Versicherungen gegen den Tod verkaufte, wiedergekommen war, dachte er anders darüber.

„Es geht um die Tilgung einer alten Schuld und gleichzeitig die Einhaltung eines Versprechens", hatte der Mann bei seinem zweiten Besuch gesagt und hinzugefügt: „Ich weiß, Taylor Guthrie, wovon du träumst. Vom Rampenlicht. Würde sich gut anhören: Der berühmte Bühnenautor Taylor Guthrie, dessen neuestes Stück seit einem Jahr am Broadway läuft, nicht wahr?"

Taylor Guthrie war blaß geworden. Der Besucher kannte seine Sehnsüchte, seine geheimsten Gedanken, die er sogar vor sich selbst nicht immer zugab oder, wenn es doch dazu kam, gleich darauf ins Lächerliche zog und als unrealistische Phantastereien abtat.

Der Besucher schnitt eine Grimasse, die den Mund des Mannes öffnete und sein schwarzfleckiges Gebiß entblößte. „Es ist ein Gefallen, den ich von dir erwarte. Ein kleiner Gefallen, doch mit ihm wird eine Schuld gesühnt werden, und du wirst davon profitieren."

Taylor Guthrie sagte sich, daß er den Mann in diesem Augenblick hätte wegjagen sollen. Eine kalte, Endgültigkeit vermittelnde Ablehnung hätte der Unterhaltung sicher ein Ende gemacht. Aber statt dessen hatte er gesagt: „Einen Gefallen? Was für einen Gefallen?"

„Das wirst du rechtzeitig erfahren."

„Und selbst, wenn ich auf Ihr Angebot einginge, wie sollen dadurch meine Wünsche in Erfüllung gehen?"

Der Besucher hatte ihn mit einem verächtlichen Blick gemustert, und für einen kurzen Augenblick hatte in seinen toten Augen ein diabolisches Feuer gelodert, heiß wie tausend Sonnen und kalt wie alle Gletscher des Himalaja zusammengenommen.

„Ich weiß, du bist kein besonders gläubiger Mensch, Taylor Guthrie, aber mehr als mein Wort kann ich dir nicht geben. Es wird geschehen, was du wünschst."

Der Fremde hatte Anstalten gemacht zu gehen, doch da hatte Taylor Guthrie ihn zurückgehalten und gefragt: „Und was geschieht jetzt?"

„Du hast einen Monat Zeit, dir mein Angebot zu überlegen. Von heute an gerechnet in genau einem Monat werde ich wiederkommen und mir deine Antwort abholen."

Immer wieder, wenn Taylor Guthrie seither an diesen Tag zurückdachte, wünschte er sich, eine Halluzination gehabt zu haben. Dabei wußte er ganz genau, daß der Besuch des seltsamen Fremden nicht in seiner Einbildung, sondern wirklich stattgefunden hatte. Er versuchte sich einzureden, ein Irrer habe ihn besucht, ein Freigänger aus der offenen Abteilung einer psychiatrischen Klinik, jemand, der plötzlich größenwahnsinnig geworden oder ein Betrüger war, der auf diese Tour reiste. Wenn er glaubte, was der Mann ihm versprochen hatte, konnte er auch genauso gut daran glauben, daß die Wiederkehr des Messias nahe bevorstand, und das war wirklich das letzte, was man ihm einreden konnte. Er tröstete sich damit, daß der Mann in einem Monat nicht wiederkommen würde. Und er ertappte sich dabei, daß er dies bedauerte.

Mythische Vögel

„Es gibt eine seltene Vogelart, deren Angehörige in immer enger werdenden Kreisen immer schneller fliegen, sich schließlich ihren Schnabel in den Arsch bohren und verrecken."

„Und was hat das mit uns zu tun?" fragte Thomas Wagner.

Sie saßen auf Thomas Zimmer, jeder hatte eine Bierflasche in der Hand, und ab zu nahmen sie gedankenverloren einen Schluck aus der Flasche.

Gourdin Young blickte zu Thomas Wagner. „Mein Vater hat seinen

Weihnachtsbesuch schon gemacht und mir zu verstehen gegeben, daß wir uns erst im neuen Jahr wiedersehen werden. Aber ich habe bisher noch nie jemand von deiner Familie gesehen."

„Mein Vater ist tot, und meine Mutter hat andere Interessen. Sie meint, es reicht, wenn Sie mir jeden Monat einen Scheck schickt, und vielleicht hat sie sogar recht."

„Oh, ich wußte nicht, daß die Dinge so stehen."

„Aber so ist es", sagte Thomas etwas gereizt.

„Hm, deswegen hatte ich gedacht, wir könnten über die Feiertage vielleicht etwas gemeinsam unternehmen. Ich weiß ja nicht, ob du schon andere Pläne hast. Die anderen fahren jedenfalls alle nach Hause."

Die anderen waren Charles und Chas Eytinge, Peter Levitt, John Guthrie und seine Schwester Nancy.

„Du meinst, wir könnten sonst wie diese Vögel enden?"

Gourdin Young grinste. „Nicht unbedingt, aber allein kann man sich ziemlich auf den Wecker gehen und sich in Dinge hineinsteigern. Ich kenne so etwas."

Thomas sah ihn erstaunt an.

„In der letzten Zeit, seit der Scheidung meiner Eltern, war ich oft allein, und da hat man manchmal zu viel Zeit zum Nachdenken."

Thomas nickte, das war ein Problem, das auch er kannte. „Hast du schon Pläne, was wir machen könnten?"

Gourdin Young nickte. „Du weißt doch, daß ich mich nach unserem Traum etwas in die Ahnenforschung gestürzt habe. Bisher leider ohne ein greifbares Ergebnis. Du könntest mir dabei helfen."

Thomas Wagner seufzte. „Eine etwas trockene Materie für die Festtage, findest du nicht? Ich hoffe, dir fallen bis dahin auch noch ein paar Alternativen ein. Trotzdem: einverstanden."

„Großartig." Gourdin wirkte erleichtert. Er wußte nicht warum, aber er hatte befürchtet, daß Thomas sein Angebot ablehnen würde. Er stand auf, um zwei neue Flaschen Bier zu holen. Eine drückte er Thomas in die Hand, die andere führte er an den Mund. „Cheers! Auf die Feiertage!"

„Cheers! Auf daß wir nicht so enden wie deine Vögel."

Gedanken zum Fest

Dem Studentenalter war Peter Levitt schon fast entwachsen, nicht aber studentischen Untugenden und einer jungenhaften Unbekümmertheit.

Ein Wesenszug, dem die Tatsache entgegenkam, daß sein Vater ein verhältnismäßig wohlhabender Geschäftsmann war und er als Einzelkind die uneingeschränkte emotionale und finanzielle Aufmerksamkeit seiner Eltern genoß. Obwohl er schon siebenundzwanzig war, trug er sich weder mit dem Gedanken, sein Studium alsbald zu beenden, noch mit der Absicht, eine feste Beziehung zum anderen Geschlecht einzugehen. Ersteres zum Leidwesen seines Vaters, letzteres zum Kummer seiner Mutter, die gerne noch Großmutterfreuden erlebt hätte. So war das Verhältnis zwischen Eltern und Sohn zur Zeit etwas angespannt, und Peter Levitt hatte die Vorbereitung auf ein Examen vorgeschützt, um über die Feiertage in Boston bleiben zu können. Allerdings würde es sich zwischen den Feiertagen nicht umgehen lassen, das Wochenende zu Hause zu verbringen, um das Klima nicht weiter zu verschlechtern.

Aber er wußte von Gourdin und Thomas, daß auch sie die Feiertage auf dem Campus verleben würden, und so würde er sich kaum langweilen.

Und eigentlich hatte er nicht einmal gelogen, als er für seine Absage, Weihnachten zu Hause zu verbringen, das Studium vorgeschoben hatte. Zwar war es nicht Arbeit für das Studium, sondern für die Aufführung von *1984*, aber auch das war Arbeit, und außerdem lag sie ihm viel mehr als das Studium der Wirtschaftswissenschaften, das seinen späteren Einstieg in das väterliche Geschäft ebnen sollte. Wenn es nach ihm gegangen wäre, hätte er an der Filmakademie studiert, aber dafür hätte sein Vater kein Geld lockergemacht.

Es waren noch zehn Tage bis Weihnachten, und er hatte für seine Eltern noch keine Geschenke gekauft. Er wußte nie, was er ihnen schenken sollte. Doch irgend etwas mußte ihm noch einfallen, sonst würde besonders seine Mutter beleidigt sein, das wußte er.

Solch schwerwiegenden Gedanken nachhängend, hatte er den Haupteingang des Emerson Colleges erreicht. Die Pinnwand im Vorraum war wie üblich mit Zetteln übersät, und die neueste Ausgabe der Collegezeitung stapelte sich auf dem Boden.

Seine Augen streiften die Einladung zum Besuch eines Krippenspiels. Gleich daneben hing ein gelbes Blatt Papier. Er hätte es kaum näher angesehen, wenn ihm nicht die Unterschrift aufgefallen wäre: **Der Necromancer.**

Er trat näher und musterte das Blatt etwas genauer.

Der Sieg Satans stand in großen, fetten Buchstaben quer über das Papier geschrieben.

Die Christenheit feiert die Geburt des Erlösers, und doch liegen zwischen seiner Geburt und dem Sieg der Finsternis nur drei Monate: Der Tod Judas und der Tod des Messias – ein Meisterwerk Satans!

Judas Abschied:

„Von dem traurigen Tag, an dem ich das Licht der Welt erblickte,
habe ich nicht anderes als Täuschung und Betrug vollbracht.
Schuldig an so viel Schuld,
verlasse ich mein unglückliches Leben
und biete Leib und Seele Satan zum Opfer dar."

Der letzte Monolog des Nazareners:

„Es ist vollbracht!
Eli! Eli! Lamasabactani!
Oh mein allerhöchster und allmächtiger Vater,
die Schrift hat sich erfüllt,
ich habe deinem Willen gehorcht,
bis zu meinem dunklen Ende,
mein Geist ist müde und verwirrt,
ich gebe mich in deine Hände."

Am Ende siegt Satan immer, er ist mächtiger als die Boten des Lichts
und die christliche Dreifaltigkeit.

Bist auch du ein Suchender nach dem in der Dunkelheit verborgenen
Wissen, strebendes Wesen? Sei gegrüßt!

Wenn du, nach Erkenntnis und Kraft dich sehnender Mensch, in unserem Kreis mitarbeiten willst, schreibe mir.

Also bis bald und mögen die Mächte der Finsternis dir beistehen.

Heil Satanus!

Asrael alias Necromancer

Peter Levitt hatte einen ähnlichen Text erst vor wenigen Wochen gesehen.
Er hatte sich in einer E–Mail befunden, die Chas Eytinge erhalten hatte.
Die Unterschrift des Absenders war die gleiche. Was bedeutete, daß der
Absender der E–Mail und der Verfasser dieses Pamphlets höchstwahr-
scheinlich identisch waren. Peter Levitt fand diese Vorstellung beunruhi-
gend. Andererseits, warum sollte gerade das College gegen solches Ge-
dankengut gefeit sein? Schließlich war der Campus nicht nur ein Spiegelbild der verschiedenen ethnischen Gruppen, sondern auch der Vielfalt
der Meinungen, die auf dem Subkontinent zu Hause waren. Trotzdem
fand er die Idee nicht besonders angenehm, daß der „Necromancer" vielleicht einer von ihnen war, vielleicht sogar jemand, den er persönlich
kannte. Und er beschloß, bei der nächsten Gelegenheit Chas von seiner
Entdeckung zu berichten.

Der Verwandlungskünstler

Die Wiedergeburt war zur Zeit kein Diskussionsthema, trotzdem konnte sich Chas Eytinge das Leben gut als einen Kreislauf vorstellen, der in Abständen von mehreren Generationen identische Charaktere produzierte, die sich wie eineiige Zwillinge glichen. Die Dinge wiederholten sich doch ständig, warum sollte es nicht auch von Menschen im Laufe der Jahrhunderte mehrere originalgetreue Kopien geben?

Manchmal schien die Wirklichkeit einem Traum entsprungen, sie wirkte wie ein Gemälde, das eben noch in seinem Rahmen in einer Kunstgalerie hing und jetzt, wie durch die Berührung mit dem Zauberstab eines Magiers, zu Leben erwachte.

Mary und er hatten gestern abend eine Varietévorstellung besucht, in der ein Verwandlungskünstler aufgetreten war. Der Mann hatte es fertiggebracht, innerhalb von zwanzig Minuten in acht verschiedene Rollen zu schlüpfen.

Am nächsten Tag war ein Interview mit ihm im *Boston Globe* erschienen. Einen Satz daraus hatte Chas Eytinge behalten:

Der Verwandlungskünstler führt ein Leben mit möblierter Seele.

Er hatte lange darüber nachgedacht, was dies bedeuten sollte. Vielleicht war die Seele wie eine Wohnung, die man möbliert mietete. Es war alles vorhanden, und jedes Möbel hatte seinen bestimmten Platz. Wohnung und Mobiliar waren eins. Aber die Wohnung war nicht dein Eigentum, du durftest sie nicht verändern, alle Möbel mußten an ihrem Platz bleiben. Die Wohnung blieb ein Fremdkörper. Es war der alte Dualismus zwischen Körper und Seele. Der Verwandlungskünstler konnte sein Aussehen verändern, aber nicht seine Seele.

Wenn ihn seine Gedanken so weit geführt hatten, fiel Chas immer wieder der hoch aufgeschossene hagere, düster wirkende Mann mit den großen Füßen ein und daß ihm etwas an dieser Gestalt vertraut vorkam. Er versuchte, nicht an die Füße zu denken, sondern nur an das Gesicht, die eingefallenen Wangen und den düsteren Blick. Doch er hatte ihm nicht in die Augen gesehen, und auch der Mund und das Kinn verschwammen vor seinem inneren Auge, alles löste sich zu einer Zeichnung auf, die der Künstler erst halb fertiggestellt hatte und in der wichtige Einzelheiten fehlten. Und plötzlich war er sich gar nicht mehr sicher, daß diese Gestalt im wirklichen

Leben überhaupt existierte. Vielleicht bildete er sich alles nur ein, oder er hatte eine Fotografie oder ein Bild von dem Mann gesehen.

Bevor er seinen Gedanken weiter nachhängen konnte, klopfte es an der Tür, und Mary betrat das Zimmer.

Und es begab sich zu der Zeit

In der Halle im Erdgeschoß der Cambridge Galleria stand eine riesige Tanne und verkündete, daß Weihnachten nahte. Der künstliche kleine See vor dem Eingangsportal, von dem die Ausflugsdampfer zu Fahrten auf dem Charles River ablegten, war zugefroren. Die Enten hatten sich in einem offenen Wasserloch versammelt und warteten gierig auf die Essensreste, die von den Fastfood–Mahlzeiten der Passanten abfielen. Den Rasen bedeckte eine mehrere Zentimeter dicke Schneeschicht. Während der Nacht hatte es geschneit, und noch war der Schnee weiß und glitzerte in der Wintersonne. In der kalten Luft gefror der Atem zu kleinen Wasserblasen. Die Temperaturen lagen einige Grad unter dem Gefrierpunkt, und es hatte den Anschein, als ob dieses Jahr tatsächlich mit einer weißen Weihnacht gerechnet werden konnte, denn bis zum heiligen Abend fehlten nur noch zwei Tage.

Als Thomas Wagner das Kaufhaus verließ, dämmerte es schon, und es hatte wieder angefangen zu schneien. Er stellte den Kragen seiner Daunenjacke hoch und zog auch den Reißverschluß ganz zu. In der einen Hand hielt er eine Plastiktasche, in der sich letzte Einkäufe vor dem Fest befanden, die andere steckte tief in der Tasche seiner Jeans. Den Kopf zum Schutz gegen den schneidenden Ostwind etwas nach vorne gebeugt, war er auf dem Weg zur Metrostation von Lechmere. Er kaufte zwei Münzen und steckte eine der runden Metallscheiben in das Drehkreuz, als sein Blick zum ersten Mal auf ein Mädchen fiel, das vor ihm Anstalten machte, ein Zugabteil zu besteigen. Er betrat das gleiche Abteil und hatte das Glück, noch einen Sitzplatz zu finden. Jetzt hatte er Gelegenheit, es etwas genauer zu betrachten. Es war blond, nicht geschminkt und hatte eine zierliche Stupsnase, die in einem rundlichen Gesicht saß, dessen Wangen die Wärme des Zugabteils rot färbte. Das Mädchen sah an ihm vorbei, aber Thomas Wagner hatte das Gefühl, es schon auf dem Campus oder in der Lounge getroffen zu haben. Seine schlanken Finger hatte es ineinander vernestelt vor sich auf den Schoß gelegt. Er erkannte an der rechten Hand einen Ring. Plötzlich lächelte es ihn an. Verlegen lächelte er zurück. Er überlegte, ob er es ansprechen sollte. Immerhin, wenn er recht hatte, konnte es sein, daß es mit ihm zusammen in der Park Street ausstieg. Nervös wartete er auf das Ende der Fahrt. Als der Zug sich der Haltestation an der Park Street näherte, stand es schon vor ihm auf. Befriedigt stellte er fest, daß er sich bisher nicht geirrt hatte. Sie stiegen beide aus, und auf der Straße wartete er, bis es den Weg durch den Common einschlug. An der Kreuzung zur Charles Street mußten sie beide stehenbleiben, weil die Ampel rot zeigte. Thomas stampfte mit beiden Füßen auf den Boden, um sich warm zu halten. Das Mädchen sah zu ihm hinüber, und Thomas Wagner faßte sich ein Herz.

„Verdammt kalt heute."

Das Mädchen nickte. „Aber der Schnee, ist er nicht schön? Dort, wo ich herkomme, in Florida, gibt es keinen Schnee."

Die Ampel sprang auf Grün um, und beide gingen jetzt nebeneinander her.

„Ich muß zum Emerson College", sagte er schließlich.

Sie sah ihn erstaunt an. „Was für ein Zufall, dann haben wir den gleichen Weg. Ich heiße Jane Hopkins und studiere im zweiten Semester Sozialwissenschaften."

„Ich bin schon etwas länger hier. Um genau zu sein, ich bin schon im sechsten Semester und habe Linguistik und Philosophie belegt. Thomas Wagner", sagte er und gab ihr die Hand.

Sie waren vor dem Haupteingang des Emerson Colleges angekommen. Im Lampenlicht warf sie einen kurzen Blick auf seine Hand und dann auf ihn. Schließlich ergriff sie seine Hand und schüttelte sie. Sie hatte einen kräftigen Händedruck. Er wischte sich einige Schneeflocken aus seinem schwarzen Haar und lächelte. „Ich hoffe, wir laufen uns wieder über den Weg – weniger zufällig."

„Sicher", entgegnete sie unverbindlich.

Beide gingen in entgegengesetzter Richtung auseinander, doch Thomas Wagner hatte das Gefühl, daß in seinem Leben gerade eine wichtige Begegnung stattgefunden hatte.

Wenig ist nicht immer besser als gar nichts

„Starke Frauen heiraten gewöhnlich schwache Männer."

Es war Heiligabend, Thomas Wagner und Gourdin Young philosophierten über die Frauen im allgemeinen und die Liebe im besonderen. Thomas hatte seinen monatlichen Scheck von zu Hause schon einige Tage früher als gewöhnlich bekommen, und weil Weihnachten war, war er höher ausgefallen als sonst. Deswegen hatte er Gourdin Young zum Essen ins *Cottonwood Café* in der Berkeley Street eingeladen. „Südwestküche, weißt du", hatte er gesagt. „Giftige Schlangen, Alligatoren und ähnliches Zeug. Aber nicht schlecht. Nicht daß ich dort oft anzutreffen bin. Aber immer dann, wenn das Geld am Monatsende noch dazu reicht."

Gourdin hatte etwas unsicher ausgesehen. Daraufhin hatte Thomas ihn freundschaftlich in die Rippen geboxt, was Gourdin einen unterdrückten Schmerzensschrei entlockt hatte. „Hab dich nicht so, am Schwanz einer Klapperschlange ist noch niemand eingegangen."

„Wenn du das sagst. Aber meine irischen Vorfahren würden sich im Grabe umdrehen. Als Ausgleich müssen wir in den nächsten Tagen jedenfalls unbedingt ein Irish Stew essen, um sie zu versöhnen."

„Wenn es weiter nichts ist."

Damit war das Essen im *Cottonwood Café* abgemacht.

„Ja, ja", seufzte Thomas, „wenn eine Frau dich liebt, ist sie erst zufrieden, wenn sie deine Seele besitzt. Aber das ist nicht von mir, sondern von Somerset Maugham."

„Trotzdem", stimmte Gourdin zu, „da mag etwas Wahres dran sein." Er überlegte. „Und manchmal ist alles oder nichts tatsächlich besser, als sich nur mit einem Zipfel zufriedenzugeben."

Die Bedienung brachte ein neues Bier.

Den Brand aus scharf gewürztem *Rattle Snake Cocktail* und feuriger Chilisuppe hatten sie inzwischen mit einigen Bieren gelöscht. Was allerdings ihren bisher einigermaßen nüchternen Zustand immer mehr in ein labiles Gleichgewicht versetzte, das ihr Mitteilungs–, um nicht zu sagen Offenbarungsbedürfnis mit jedem weiteren Bier erhöhte.

So konnte Thomas nicht umhin, von seiner Begegnung mit Jane Hopkins zu berichten. „Weißt du, sie stand vor mir in Lechmere Station, ich setzte mich in das gleiche Abteil. Von diesem Augenblick an habe ich sie nicht mehr aus den Augen gelassen. Und ist es nicht mehr als nur ein Zufall, daß wir am gleichen College studieren?"

Gourdin nickte weise mit dem Kopf. „Das kannst du wohl laut sagen."

„Mir ist so etwas noch nie passiert", sagte er traurig.

„Alles zu seiner Zeit, Gourdin. Du bist noch jung. Du hast noch Zeit. Aber ich bin schon dreiundzwanzig. Und trotzdem ist mir so etwas bisher erst ein oder zwei Mal passiert."

Gourdin Young musterte ihn mit einem breiten Grinsen. „Du willst doch nicht sagen, daß bei dir der sexuelle Notstand ausgebrochen ist."

Thomas Wagner sah ihn mit gespieltem Entsetzen an. „Gourdin, wir reden über ein ernstes Thema. Frauen *sind* ein ernstes Thema, und die

Liebe ist es noch mehr.“

„Warum?“

„Ganz einfach, weil sie so selten ist.“

Gourdin Young war plötzlich ernst geworden. Er hob sein Glas, und sie stießen miteinander an.

„Auf die großen Gefühle.“

„Das ist gut“, sagte Thomas. „Ja, auf die großen Gefühle.“

Es gibt immer ein Aber

Charles Eytinge hatte sein Gespräch mit Gourdin Young nicht vergessen, und sein unbekannter Vorfahr, der im Bürgerkrieg auf der Seite der Südstaaten gekämpft hatte, hatte ihn nicht in Ruhe gelassen.

Über die Feiertage war die Bibliothek geschlossen gewesen, heute hatte sie wieder zum ersten Mal geöffnet, und er hatte die Gelegenheit benutzt, in alten Unterlagen über den Bürgerkrieg zu stöbern. Der Spur folgend, die ihm Gourdin Young offengelegt hatte, war er über das Logbuch der *Shenandoah* auf den Leutnant Charles Eytinge gestoßen, der das Schiff befehligte und im Auftrag der Regierung der Konföderation auf Kaperfahrt die Weltmeere durchpflügte.

Charles hatte sich in seinem Stuhl vor dem Mikrofilmsichtgerät zurückgelehnt und amüsiert gelächelt. Ein staatlich lizenzierter Pirat, dachte er. Ein Freibeuter mit staatlichem Patent. Und alles zu Ehren der Flagge der Konföderation, gegen die verhaßten Yankees. Denn es war den Logbucheintragungen von Leutnant Charles Eytinge zu entnehmen, daß er sie haßte, die Yankees …

Charles blätterte weiter. Doch die Spur seines Vorfahren verlor sich. Wahrscheinlich hatte er ein anderes Kommando erhalten. Doch im Krieg starb man schließlich auch. Vielleicht war er gefallen.

Seine Augen brannten. Nachdenklich schaltete er das Sichtgerät aus. Er würde wiederkommen. Irgendwo in diesem Wust von Abertausenden Dokumenten mußte es eine Liste der Vermißten und Toten beider Seiten geben.

Doch selbst im Schlaf gab sein Namensvetter, mit dem er aller Wahrscheinlichkeit nach verwandt war, keine Ruhe. Und das alles mußte mit diesem eigenartigen Traum zu tun haben, den er in dieser Nacht hatte.

Da war ein Mann im weißen Kittel, der hinter einem Schreibtisch saß und ihn streng ansah.

„Ich dachte, Sie hätten Ihre Meinung vielleicht geändert."
„Um seine Meinung zu ändern, muß man sich vorher eine Meinung gebildet haben."
„Ich dachte, das hätten Sie, jetzt, nachdem ich ihnen Zeit gegeben habe."
„Ich habe eine Idee, eine Vorstellung, nichts Endgültiges."
„Und jetzt?"
„Ich weiß nicht."
Der Mann im weißen Kittel sah ihn prüfend an. „Nun, wir haben Ihren Antrag geprüft. Sicher, wir können Ihre Vergangenheit wiederholen. Aber nur die ganze Vergangenheit, ohne etwas auszulassen. Es gibt keine Wahl wie in einem Restaurant, wo Sie sich die Gerichte aus der Speisekarte aussuchen können. Aber wenn Sie diese Bedingung akzeptieren, dann können wir Ihr Leben zurückspulen. Und Sie können entscheiden, wo wir anfangen sollen."

Charles lag danach noch lange wach und versuchte, sich daran zu erinnern, wie es weitergegangen war. Denn über eins war er sich sicher, dies war nicht das Ende gewesen. Doch die Erinnerung ließ ihn im Stich. Mißmutig schlug er die Bettdecke zurück und beschloß, mit einem reichhaltigen Frühstück seine Laune aufzuhellen.

Neunte Lesung

US–Kanonenboot *Cayuga* vor New Orleans

Um zwei Uhr nachts kam das Signal zum Angriff. Wir rückten in zwei Formationen vor. Die rechte wurde angeführt von der *Cayuga*, die linke von der *Hartford*. Die *Cayuga* und die ihr folgenden Boote sollten zusammen mit den Schiffen der 2. Division das Fort St. Philip angreifen, während die *Sciota* und die anderen Boote zusammen mit den Schiffen der 1. Division Fort Jackson ausschalten sollten. Wir überwanden die Sperrketten schnell. Unmittelbar darauf eröffneten die beiden Forts das Feuer auf uns. Das Geschützfeuer nahm zu, der Rauch wurde immer dichter, und für die Zielaufnahme diente uns nur das Mündungsfeuer der feindlichen Geschütze. Es war sehr schwierig, Freund und Feind auseinanderzuhalten. Wie vereinbart näherte sich Kapitän Porter mit seinen Kanonenbooten Fort Jackson von der Seite, und Kapitän Swartwout übernahm die

Batterien auf der Wasserseite von Fort Jackson, wobei seine Mörser das Fort mit einem Hagel von Granaten belegten …

Ich entdeckte einen Brander, der Kurs auf uns genommen hatte, und versuchte, ihm auszuweichen. Dabei setzte ich das Schiff auf Grund. Bald stand die *Cayuga* mittschiffs bis zu den Toppen in Flammen. Glücklicherweise gelang es uns, von dem Brander freizukommen. Dank der guten Organisation unseres Brandschutzes und der Bemühungen der Männer gelang es uns, das Feuer zu löschen. In der Zwischenzeit hatten unsere Geschütze nicht geschwiegen, sondern Fort Philip, von dem wir jetzt querab lagen, ständig unter Beschuß gehalten. Schließlich feuerte das Fort nur noch sporadisch. Zu diesem Zeitpunkt kamen die feindlichen Kanonenboote, etwa dreizehn an der Zahl, und zwei mit einem eisenbeschlagenen Rammsporn versehene Schiffe, die *Manassas* und die *Louisiana*, in Sicht. Wir nahmen sie unter Feuer und zerstörten in kurzer Zeit elf Boote. Die Forts hatten wir jetzt hinter uns gelassen, und der Sieg war unser, wenn auch hier und da immer noch ein Kanonenboot Widerstand leistete. Zwei attackierten die *Varuna*, die aufgrund ihrer größeren Geschwindigkeit vorausgeeilt war. Die feindlichen Boote rammten die *Varuna* und brachten sie zum Sinken, doch sie nahm ihre Gegner mit in die Tiefe. Jetzt liegen ihre Wracks Seite an Seite. Ein Denkmal der Tapferkeit von Kapitän Boggs, seinen Offizieren und Männern. Es war eine Art Guerillakrieg; in allen Richtungen wurde gekämpft. Kapitän Bailey und Kapitän Bell, die das Kommando über die 1. und 2. Kanonenbootdivision hatten, leisteten Hilfe so gut sie konnten. Gerade als sich der Kampf dem Ende zuzuneigen schien, sahen wir, wie die *Manassas* mit voller Fahrt auf uns zukam, um uns zu rammen. Kapitän Smith auf der *Mississippi* machte kehrt, um den Feind seinerseits in die Zange zu nehmen, und nahm mit Höchstfahrt Kurs auf die *Manassas*. Beide Schiffe trennten nur noch 50 Fuß voneinander, und wir warteten jeden Augenblick darauf, daß die *Mississippi* dem Feind den Todesstoß versetzen würde, als die *Manassas* das Ruder auf hart Backbord legte, um der *Mississippi* auszuweichen, und auf Grund lief. Die *Mississippi* jagte zwei Breitseiten in sie hinein, und die *Manassas* trieb als Wrack flußabwärts.

Jeder wird begreifen, wenn ich sage, daß der dichte Rauch (als ob die himmlische Artillerie auf Erden aufspielte) es dem kommandierenden Offizier unmöglich machte zu beobachten, wie sich jedes einzelne Schiff führte, und ich kann mein Urteil nur nach dem abschließenden Ergebnis und den Einzelberichten der beteiligten Schiffe, die ich beifüge, abgeben. Aber ich glaube sagen zu können, daß selten ein Führer von Offizieren mit unbeugsamerem Mut oder größerer Professionalität unterstützt wurde.

Der Augenzeuge

Tauwetter hatte eingesetzt. Von den Rahen der *USS Constitution* löste sich der feuchte Schnee und zerspritzte auf dem tief darunter liegenden Deck.

Der alte Seelord, ein das linke Bein nachziehender Veteran des Koreakrieges, fand Gothrey Funny, als er nach dem Ende der Besichtigungszeit seinen Kontrollgang machte. Es war genau 16.30 Uhr, die letzten Besucher hatten die *USS Constitution* verlassen. Die Leiche lag im Quarterdeck. Neben ihr lag der hölzerne Belegnagel, mit dem Gothrey Funny erschlagen worden war.

„Ein mit großer Kraft geführter Schlag", diagnostizierte der herbeigerufene Gerichtsmediziner am Tatort.

Die polizeiliche Untersuchung übernahm Detective Bob Kern von Boston Homicide.

Der *Boston Globe* brachte einen mehrspaltigen Artikel über den Mord unter der Überschrift **Mord auf der Old Ironside**.

Es war reiner Zufall, daß Gourdin Young den *Boston Globe* an diesem Tag etwas genauer las. Trotzdem hätte der Artikel ihn kaum interessiert, wäre da nicht das Foto des Ermordeten gewesen. Es war ein nicht besonders scharfes Foto, das das Gesicht eines Mannes mittleren Alters mit einem dünnen Spitzbart und offensichtlich pomadisiertem Haar zeigte. Der Mann trug einen Smoking zu einem Rüschenhemd und einer Fliege. Doch das Foto genügte Gourdin, um den Mann wiederzuerkennen. Es war der Magier aus dem Theater in der Washington Street.

Jetzt las er den Artikel genauer durch. Anscheinend hatte die Polizei bisher weder einen Tatverdächtigen, noch gab es ein erkennbares Motiv. Raubmord, so schien es jedoch, schlossen die Ermittler aus. Es folgte der übliche Aufruf an eventuelle Augenzeugen, sich bei der Mordkommission der Bostoner Polizei zu melden. In diesem Zusammenhang wurde einer der letzten Besucher der *USS Constitution* am Mordtag gesucht, der dem Aufsichtspersonal aufgefallen war. Er wurde als ein großer hagerer Mann mit einem düsteren Gesicht beschrieben, der einen schwarzen Gehrock zu schwarzweiß gestreiften Röhrenhosen und schwarzen Lackschuhen getragen habe. Außer seines überaus altmodischen Aufzugs wegen war er vor allem aufgefallen, weil er kurz vor Ende der Besichtigungszeit mit dem Ermordeten gesprochen hatte. Jedenfalls hatte man die beiden eng zusammenstehen sehen, und aus den Gesten zu schließen mußte das Gespräch sehr lebhaft gewesen sein.

Gourdin Young faltete die Zeitung zusammen. Eine seltsame Geschichte. Er mußte den Artikel unbedingt seinen Freunden zeigen, die damals mit ihm zusammen an der Hypnosesitzung teilgenommen hatten. Er fand sie alle drei in der Lounge. Zuerst zeigte er Thomas Wagner den Artikel. Nachdem er ihn gelesen hatte, stieß Thomas einen lauten Pfiff aus und winkte Charles Eytinge und Peter Levitt zu sich.

Gemeinsam sahen sie ihm über die Schulter. Ungläubiges Erstaunen spiegelte sich in ihren Gesichtern.

„Wer hätte am Tod des Magiers ein solches Interesse haben können, daß er bereit war, ihn umzubringen?"

Charles sah die anderen an.

„Oder wer hat ihn so gehaßt, daß er ihn umbrachte?" antwortete Thomas Wagner. „Vielleicht ist das die Frage, die es zu beantworten gilt. Wie die Polizei sagt, war es kein Raubmord."

„Wer weiß", meinte Gourdin Young. „Hypnotiseure erfahren viel über ihre Klienten, möglicherweise hatte einer von ihnen das Gefühl, daß er zuviel wußte. Oder der Magier hat versucht, einen seiner Kunden zu erpressen …"

„Nun, auszuschließen ist weder die eine noch die andere Annahme", sagte Charles. „Aber was mir im Augenblick mehr zu denken gibt, ist der Hinweis auf diesen seltsamen Augenzeugen. Ich nehme an, euch ist bei seiner Beschreibung der gleiche Gedanke wie mir durch den Kopf gegangen."

„Ja, ich weiß, was du meinst." Peter Levitt rieb sich das Kinn. „Das hört sich verdammt stark nach diesem Hohepriester an, der die schwarze Messe zelebriert hat."

Charles nickte. „Möglich ist es auf jeden Fall."

Thomas Wagner schüttelte heftig den Kopf. „Das ist reine Spekulation. Und selbst wenn es so wäre, was hat das mit uns zu tun?"

„Ja, was?" fragte Peter Levitt und schloß die Augen, als müsse er angestrengt über etwas nachdenken.

Bildbeschreibung

Es war ein sehr schöner Weihnachtsbaum, der bei Familie Craven im großen Wohnzimmer stand, eine schlanke, hochgewachsene Tanne, die Theo Craven noch um ein gutes Stück kürzer machen mußte, bevor sie ihren Platz einnehmen konnte. Sie war mit goldgelb glänzendem Lametta behangen, und die zahlreichen farbigen Kugeln, die Theo mit Hilfe seiner

Kinder an ihren Zweigen befestigt hatte, funkelten im Licht der elektrischen Kerzen. Die Kinder hatten für Kerzen aus natürlichem Wachs plädiert, aber ihr Vater hatte ihnen klargemacht, daß die Brandgefahr zu groß sei, und als sein Sohn darauf entgegnete, man könne ja einen Feuerlöscher kaufen, um für den Eventualfall gewappnet zu sein, hatte Theo Craven erst einmal kräftig schlucken müssen, bevor ihm eine passende Antwort einfiel. „Feuerlöscher. Dann brennen wir zwar nicht ab, aber dafür versinken wir in Kohlensäureschnee – und Wohnzimmer ade, sage ich nur. Nein, das kommt nicht in Frage."

Es blieb also bei elektrischen Kerzen. Doch als die ganze Familie vor dem Baum versammelt war, waren sich alle einig, daß auch Wachskerzen nicht schöner gewesen wären. Nur John bemängelte, daß die elektrischen Kerzen nicht wie die echten flackern könnten. Doch von solchen kleinen Plänkeleien abgesehen, blieb der weihnachtliche Frieden ungestört.

Die Geschenke waren schon vorher ausgehandelt worden. Eine Skiausrüstung für John und eine komplette Encyclopedia Britannica für Mary. John fand zwar, daß dies seine Schwester insofern bevorteilte, als die komplette Ausgabe der Encyclopedia Britannica sicher mehr gekostet hatte als seine Skiausrüstung. Aber sein Vater wies darauf hin, daß es sich um ein Werk handle, das der gesamten Familie zur Benutzung offenstünde. Das waren die größten Geschenke. Dazu kamen noch jede Menge kleinerer Wünsche, die in Erfüllung gegangen waren. Theo hatte seinem Sohn unter anderem ein Buch über den amerikanischen Bürgerkrieg geschenkt: *Hinter den Linien*. John hatte ihn verwirrt angesehen. Das Buch stand nicht auf seiner Wunschliste.

„Nun", Theo Craven suchte nach einer Erklärung, „ich habe das Buch nicht nur für dich gekauft. Es ist sicher interessant, und weil ich mich für die Geschichte unseres Landes interessiere, werde auch ich es bestimmt lesen."

„Wenn es so ist, bitte, ich lasse dir gern den Vortritt." John konnte sich kaum Langweiligeres vorstellen, als ein Buch über den Bürgerkrieg zu lesen.

Sein Vater hatte das Buch dagegen aus einem ganz bestimmten Grund gekauft. Thomas Wagners Traum hatte ihn einfach nicht mehr losgelassen, daraufhin hatte er beschlossen, sein Wissen über den Bürgerkrieg aufzufrischen.

Theo Craven schaute verträumt ins Kaminfeuer. „Ein Bilderbuchweihnachten, nicht wahr? Draußen schneit es. Alles ist weiß. Die Nachbarn haben sogar einen Schneemann gebaut. Und hier ist es angenehm warm, die Kerzen brennen, und aus der Küche kommt Bratenduft."

Seine Frau hob schnuppernd die Nase. „Theo, ich weiß nicht, was du riechst, aber für mich riecht es angebrannt." Und im gleichen Atemzug stürzte sie in die Küche.

Mary fühlte sich als zukünftige Hausfrau berufen, ebenfalls ihr Urteil abzugeben. „Es stimmt, es ist der Braten, aber er riecht eher wie zu lange gegrillte Koteletts."

Theo folgte seiner Frau in die Küche. Aus dem Backofen drang Rauch.

„Soll ich löschen?!" rief John aus dem Hintergrund.

Stephanie Craven bekam einen Weinkrampf, den selbst ihr Mann nur mit Mühe in seinen Küssen erstickte.

„Was jetzt?" fragten schließlich beide Kinder wie aus der Pistole geschossen.

Stephanie Craven und ihr Mann sahen sich an.

„Gehen wir also in ein Restaurant", schlug Theo Craven vor.

„Und wohin? Auf jeden Fall nicht zu *Burgerking* oder *Pizza Hut*", entschied John kategorisch.

„Nein, nein", beruhigte ihn sein Vater. „Ich habe an *Legal Seafoods* oder ein Steakhaus gedacht."

„Steak", verlangte John.

Sein Vater überlegte einen Augenblick: „Gut, einverstanden. Ich hoffe, wir finden etwas."

„Halleluja!" rief John begeistert, während sein Vater den Telefonhörer in die Hand nahm, um im *Grill 23* für sie einen Tisch zu reservieren.

Der Wegweiser

Es war zwei Tage nach Weihnachten. Ein klirrender Frost hielt Boston in seinen Fängen und hatte den Prognosen der Wetterfrösche zufolge nicht die Absicht, die Stadt sobald daraus zu entlassen. Der Charles River fror immer weiter zu. In den letzten Tagen hatte es nicht geschneit, aber der Schnee, der davor reichlich gefallen war, war liegengeblieben, und der Uferstreifen glitzerte weiß in der blassen Wintersonne.

Chas Eytinge hatte seinen Freund John Guthrie zu einem Spaziergang überredet. Vom Emerson College zum Flußufer waren es nur einige hundert Meter, außerdem war es ein schöner Morgen, kalt aber klar, sie waren daher nicht die einzigen Spaziergänger, von den professionellen Joggern und Decisive Walkern abgesehen. Chas hatte John untergehakt, denn die leichte Besserung, die in seinem Sehvermögen eingetreten war, hatte sich bisher nicht weiterentwickelt.

Doch auch jetzt wirkten Johns Augen nicht leblos. Es war, als registrierten sie den weißen Schnee wie Normalsehende das plötzliche Aufleuchten eines Blitzlichtes in der Dunkelheit.

John hielt sich eine Hand vor die Augen. „Ich spüre etwas, Chas. Es ist, als ob meine Augen brennen. Das Licht beleidigt sie."

Chas sah ihn aufmerksam an. „John, du hast Tränen in den Augen."

John holte ein Taschentusch hervor und wischte sich damit über die Augen. „Es ist der beißende Wind."

„Laß es uns lieber als ein Zeichen sehen, John, ich glaube, dein Augenlicht kehrt zurück. Sehr allmählich zwar, doch es ist nur eine Frage der Zeit."

„Zeit!" John stieß dieses Wort wie einen verzweifelten Aufschrei hervor. „Vier Monate liegt der Unfall jetzt zurück. Vier Monate verlorene Zeit. Vier Monate Untätigkeit. Vier Monate Grübeln über das Warum und die Folgen."

Chas verstand seinen Freund natürlich oder glaubte ihn zumindest zu verstehen. Obwohl er sich kaum eine Vorstellung davon machen konnte, wie er selbst in einer solchen Situation reagieren würde.

Er schwieg und sah auf die andere Seite des Flusses hinüber, wo sich die Gebäude des MIT befanden.

„Manchmal erscheint es hoffnungslos, und vielleicht habe ich dem Auftreten der ersten Schatten vor meinen Augen, die das vollständige Dunkel abgelöst haben, zu viel Bedeutung beigemessen. Doch dann kommt ein Augenblick wie heute, und ich merke, daß meine Augen nicht tot sind."

„Siehst du", entgegnete Chas. „Es besteht überhaupt kein Grund, die Flinte ins Korn zu werfen."

John blieb plötzlich stehen. „Übrigens, letzte Nacht hatte ich einen seltsamen Traum. Ich stand auf einem weiten Feld, vor einem Wegweiser. Er hatte zwei Arme, die in entgegengesetzte Richtungen wiesen. Ich versuchte, die Inschrift zu lesen." Johns Redefluß stockte plötzlich.

„Und weiter?"

„Ja, es war eine Inschrift, die wie eine Nachricht wirkte, als wollte sie mir etwas sagen. Auf einem Arm stand *Vergangenheit* und auf dem anderen *Zukunft*. Aber was das eigentlich Seltsame war: Als ich versuchte, dem Wegweiser in Richtung *Zukunft* zu folgen, war ich wie festgenagelt, ich konnte mich nicht vom Fleck rühren, und in diesem Moment wachte ich auf."

Chas nickte nachdenklich. „Wirklich ein seltsamer Traum. Als wollte dich jemand in die Vergangenheit locken."

„Oder mich vor ihr warnen."

Der Spagat

„Du bist wie der Mann, durch dessen Kleider der Wind pfeift, und der versucht, seinem Wehen Einhalt zu gebieten, anstatt seine Kleider festzuhalten."

Taylor Guthrie hob den Arm, den er um die kleinen spitzen Brüste von Patricia gelegt hatte und drehte sich auf die andere Seite.

„Was soll das heißen?" fragte er.

Patricia stand auf und ging zur Kommode, auf der ihre Tasche mit den Zigaretten und dem Feuerzeug lag. Taylor Guthrie folgte ihr mit den Augen und mußte erneut feststellen, daß sie auch von hinten betrachtet höchsten Ansprüchen genügte. Ihr Rücken endete nach einer leichten Kurve in einem breiten Becken, das auf muskulösen Oberschenkeln ruhte. Ihre Haut war glatt und straff, es gab kein Gramm überflüssiges Fett an ihr.

„Du kannst Wollen und Können nicht in Deckung bringen", antwortete sie in einem neutralen Ton.

Er schwieg einen Augenblick. Dann richtete er sich auf und sah sie an. „Ich weiß, was du meinst. Ich leide an Selbstüberschätzung, das willst du doch sagen, oder?"

„Du mußt deine Grenzen sehen", sagte sie und zog an ihrer Zigarette.

„Wie kann man seine Grenzen erkennen, ohne zu versuchen, sie zu überschreiten?"

„Es ist ein Spagat zwischen Wollen und Können, und vielleicht wirst du dich dabei überheben." Sie drückte ihre Zigarette im Aschenbecher aus.

Wie so oft, hatten sie über Taylor Guthries literarische Ambitionen diskutiert. Er hatte ihr von seiner Bühnenbearbeitung des Romans *1984* von George Orwell erzählt und daß er große Hoffnungen in die Produktion dieses Stücks setze, auch wenn es zuerst nur von einer Studentenbühne aufgeführt werde.

Natürlich hatte sie ihm Glück gewünscht. Doch sie hatte auch gesagt, daß es ein langer Weg zum Ruhm sei und viele auf halber Strecke verdursten würden. Diese Bemerkung hatte ihn verärgert. Sie mochte recht haben, aber er lehnte es ab zu glauben, daß das, was für so viele galt, auch für ihn zuträfe.

Die Katzenfütterung

Das Gebäude gehörte zum Bunker Hill Community College. Seit kurzem hatte der Tierschutzverein dort eine Futterstelle für herrenlose Katzen eingerichtet. Die Katzen hatten im Heizungskeller Unterschlupf gefunden, dort war es angenehm warm. Die Futterkrippen waren über das Gelände verstreut. Es waren sechs oder sieben. So ganz genau wußte Theo Craven es nicht. Aber ein alter Freund hatte ihm von diesem Projekt des Tierschutzvereins erzählt, und daß dieser außerdem für die umschichtige Betreuung der Futterkrippen noch Katzenfreunde suchte, die bereit waren, einen Teil ihrer Freizeit dafür zu opfern.

Als Theo Craven seiner Familie von dieser Aktion des Tierschutzvereins berichtete und am Schluß den Rest seiner Familie entschlossen ansah und im Brustton festgegründeter Prinzipien erklärte: „Das ist eine gute Sache, eine sehr gute Sache, und ich habe Tim (das war sein alter Freund) gesagt, daß wir alle uns gerne daran beteiligen werden", stand allen die Überraschung und Verwunderung im Gesicht geschrieben.

John meldete sich als erster zu Wort: „Ich durfte keinen Hund halten, und jetzt sollen wir Katzen füttern."

„Denk an die armen Tiere, besonders jetzt im Winter, John. Und dann ist es ein Akt tätiger Nächstenliebe", fügte er salbungsvoll hinzu.

„Theo, natürlich hast du recht", sagte Stephanie. „Aber keiner von uns hat sich bisher für Katzen interessiert."

Ihr Mann runzelte die Stirn: „Das stimmt nicht ganz, Stephanie. Katzen haben mich immer fasziniert. Ich bewundere ihre Unabhängigkeit und ihre – wie soll ich es sagen? – ihre ironische Distanz, mit der sie uns betrachten. Ja, das ist es. Ironische Distanz, und manchmal hat man das Gefühl, sie strafen uns mit Geringschätzung und Mißachtung."

„Katzen sind arrogant, sie gucken auf einen herab", mischte sich Mary in die Diskussion ein."

„Außerdem gibt es davon schon zu viele auf der Welt. Sie kriegen mindestens zweimal im Jahr Junge", ergänzte John ablehnend.

„Schön, schön", ihr Vater wollte die Diskussion gerne beenden. „An all dem, was ihr sagt, mag etwas dran sein, trotzdem sind es irgendwie liebenswerte Tiere. Deshalb bin ich der Meinung, daß wir uns dieser Initiative anschließen sollten."

Der Rest der Familie Craven fügte sich seufzend ins anscheinend Unabänderliche.

„Nun gut." Mary sah die anderen Familienmitglieder an. „Warum nicht? Wenn alle mitmachen, bin auch ich dabei."

Stephanie Craven hielt diese skurrile Idee ihres Mannes, wie sie sie im stillen bezeichnete, eines Familienstreits nicht wert und willigte schließlich ein. „Gut, einverstanden. Aber was ist dein Plan?"

Theo Craven nickte zufrieden mit dem Kopf. „Ich dachte, wir teilen uns in zwei Gruppen auf. Ich, John, und du, Stephanie, mit Mary. Jede Woche übernimmt eine Gruppe unserer Familie an einem bestimmten Tag die Fütterung der Katzen."

„Und wer bezahlt das Futter?" maulte John, dem diese Beschneidung seiner Freizeit nicht paßte.

„Das übernehme ich", entgegnete sein Vater großzügig.

Nachdem damit auch der letzte Einwand ausgeräumt schien, ging es jetzt nur noch darum, die zwei Wochentage festzulegen, und Theo Craven konnte seinem Freund Tim mitteilen, daß er sich glücklich schätzen durfte, weitere Aktivisten für die Katzenfütterung gewonnen zu haben. Er faßte Mary um und sagte beschwichtigend: „Ihr werdet sehen, es wird euch schließlich Spaß machen."

Die restlichen Familienmitglieder verzogen ihr Gesicht zu einem säuerlichen Lächeln, und jeder fragte sich, welcher Teufel das Familienhaupt geritten haben mochte, sich von seinem alten Freund Tim so überreden zu lassen.

Theo Craven hatte in der Tat noch einen anderen Grund für seine plötzlich entdeckte Liebe zu Katzen. Das Bunker Hill Community College beherbergte eine Bibliothek, die eine große Sammlung von Dokumenten über den Sezessionskrieg ihr eigen nannte. Diese Information stammte von seinem Freund Tim, weswegen Theo Craven sich auch verpflichtet gefühlt hatte, sich an dem Projekt der Katzenfütterung zu beteiligen.

Schon bei seinen ersten Nachforschungen war Theo Craven fündig geworden. Er war schnell auf einen Namensvetter gestoßen, der Commodore in der Marine der Nordstaaten war und gegen Ende des Krieges Kommandant der *U.S.S Niagara*.

Diese Fakten gingen aus einem Brief des Commodore an den Geschäftsträger der Vereinigten Staaten in Madrid hervor, dessen Wortlaut Theo Craven unbefriedigt gelassen hatte und ihn veranlaßte, sich näher mit seinem Verwandten aus Bürgerkriegstagen zu befassen:

Mit Gefühlen, die niemand nachvollziehen kann, der nicht in meiner Haut steckt, mußte ich die Demütigung hinnehmen, daß die *Stonewall* unter meiner Nase durch neutrale Gewässer dampfte, frech ihre Flagge zeigte und darauf wartete, daß ich mich ihr zum Angriff stellte. *Ich wagte es nicht!* Das Wetter war so schlecht, daß es vollkommen verrückt von mir gewesen wäre, auszulaufen. Wir hätten ihr nicht den geringsten Schaden zufügen können und uns selbst sofortiger Vernichtung ausgesetzt – ein einseitiger Kampf, den anzunehmen ich mich nicht verpflichtet fühlte.

Allein sein heißt frei sein

Man mußte sich immer das Beste im Leben aussuchen. Lief etwas schlecht, mußte man sich immer sagen, daß es noch schlimmer hätte kommen können. Lief etwas gut, nun, es gab immer eine Steigerung.

Thomas Wagner mußte wieder an seine zufällige Begegnung mit Jane Hopkins zurückdenken und überlegte, wie er es anstellen konnte, sich mit ihr unter einem unverfänglichen Vorwand zu treffen.

Zwei Tage fehlten noch bis zum Ende dieses Jahres, und er wußte immer noch nicht, wie er den Silvesterabend verbringen würde.

Allein sein heißt frei sein, hatte mal irgend jemand gesagt. Diese Schlußfolgerung entbehrte nicht einer gewissen Logik, aber er konnte sich nicht vorstellen, den letzten Abend des Jahres allein oder in irgendeiner Studentenkneipe zu verbringen. Er hatte sich zwar schon mit Gourdin Young verabredet, aber er fand, daß sie mindestens zu dritt sein sollten, und gegen ein weibliches Element war ja schließlich nichts einzuwenden.

Er stand von seinem Stuhl auf und fing an, in seinem Zimmer auf und ab zu gehen. Als erstes mußte er feststellen, ob Jane überhaupt noch auf dem Campus war und nicht wie die meisten nach Hause zu ihren Eltern oder Freunden gefahren war.

Sie hatte ihm gesagt, daß sie im zweiten Semester Sozialwissenschaften studiere. Das war doch schon ein Anhaltspunkt. Im Fakultätsgebäude würde bestimmt jemand wissen, ob Jane die letzten Nächte hier geschlafen hatte oder nicht.

Er gab sich einen Ruck, zog sich eine Skijacke über und machte sich auf den Weg zu dem Gebäude, in dem die sozialwissenschaftliche Fakultät untergebracht war. In der Lounge traf er Pete, ein rothaariges Erstsemester. Sie kannten sich vom Sehen.

Thomas Wagner überlegte, wie er Pete am besten ausfragen konnte, ohne daß morgen bereits das ganze College wußte, daß er sich für Jane Hopkins interessierte.

„Hallo, Pete."

Pete sah von seiner Zeitung hoch, die er bisher eifrig studiert zu haben schien, und runzelte die Stirn. „Thomas, was bringt dich hierher?"

„Oh, nichts Besonderes. Ich war auf der Suche nach Jane Hopkins. Sie hatte Interesse an unserer Theatergruppe geäußert, ich wollte sie vielleicht zu unserer nächsten Probe mitnehmen. Aber ich habe sie die letzte Zeit nicht gesehen und nahm an, daß sie über die Feiertage vielleicht zu ihren Eltern oder zu ihren Freunden gefahren ist."

Pete schüttelte den Kopf. „Nein, gestern erst habe ich sie noch in der Lounge gesehen. Sie müßte hier sein. Ich kann dir auch ihre Zimmernummer geben. Sie wohnt im dritten Stock, Zimmer 302."

Ein Erstsemester tat einem älteren Kommilitonen gerne einen Gefallen. Schließlich konnte man nie wissen, wozu so etwas gut war.

Thomas Wagner wußte das. Trotzdem machte es sich gut, wenn er Pete für diese Information überschwenglich dankte.

„Ich stehe wirklich in deiner Schuld, Pete."

Pete machte eine großmütige Handbewegung. „Ach, irgendwann kannst du mir ja vielleicht auch einen Gefallen tun."

„Selbstverständlich."

Thomas Wagner hielt es für besser, einen geeigneteren Zeitpunkt für einen Besuch bei Jane Hopkins abzuwarten, und trat deswegen den Rückzug an.

„Nochmals vielen Dank, Pete."

„Oh, nichts zu danken."

Wieder auf seinem Zimmer setzte er sich auf seinen verblichenen Sessel, schloß die Augen und träumte von ihr. Er sah ihre zierliche Stupsnase vor sich, ihr blondes Haar und das Lächeln, das auf ihrem Gesicht gestanden hatte, als sie sich die Hand gaben.

Drachenfliegen

Nicht zum ersten Mal schoß Nancy Guthrie der Gedanke durch den Kopf, daß Bibliotheken eine Heimstatt für Nichtseßhafte waren. Besonders jetzt, zwischen Weihnachten und Neujahr, bevölkerten die Sitzecken ungepflegt aussehende Männer mit Plastiktüten, in denen sich ihre wenigen Habseligkeiten befanden. Die Bibliothek war ein öffentlicher Ort und immer warm, was besonders jetzt im Winter für diejenigen, die kein festes Dach über dem Kopf hatten, eine große Rolle spielte.

Charles Eytinge und sein Bruder Chas waren nach Hause zu ihren Eltern gefahren, und laut Dienstplan mußte Nancy zwischen den Feiertagen, an denen die Bibliothek geöffnet war, arbeiten.

Ihre Gedanken wanderten immer wieder zu Charles. Charles brauchte nur die richtige Frage stellen, und sie würde „ja" sagen.

Doch in letzter Zeit bezweifelte sie immer mehr, daß Charles diese Frage je stellen würde. Das lag vor allem an einer Stelle aus dem Tagebuch von Franz Kafka, die Charles bei ihrer letzten Begegnung zitiert hatte:

Ich lasse nicht nach von meiner Forderung nach einem phantastischen, nur für meine Arbeit berechneten Leben, sie will stumpf gegen alle stummen Bitten das Mittelmaß, die behagliche Wohnung, reichliches Essen. Schlaf von 11 Uhr abends an, geheiztes Zimmer, stellt meine Uhr, die schon seit einem 1/4 Jahr um 1 1/2 Stunden vorausgeht, auf die wirkliche Zeit ein.

Es war ziemlich klar, was er damit gemeint hatte: Ich will meine Freiheit behalten, jedenfalls so lange ich kann.

Es paßte zu einem anderen Ausspruch von Charles, an den sie sich erinnerte. Es war im Herbst gewesen. Sie hatten auf einem Feld einen Drachen steigen lassen.

Charles hatte zu dem Drachen hinaufgeblickt und nachdenklich gesagt: „Er ist gebunden, an diese Leine gefesselt. Wir sollten sie durchschneiden. Dann wird er sich wohler fühlen."

Worauf sie ziemlich spitz entgegnet hatte: „Er wird ins Trudeln kommen und abstürzen."

Bei einer anderen Gelegenheit hatte er die Ehe mit einer Fabrik für Folterinstrumente verglichen.

Da war ihr der Kragen geplatzt, und mit einer Schärfe in der Stimme, die ahnen ließ, wie diese Bemerkung sie verletzt hatte, hatte sie geantwortet: „Wenn das heißen soll, daß die Ehe eine Folter ist, solltest du dir jemand anders für deine einsamen Stunden suchen."

Es war still in der Bibliothek. Plötzlich empfand sie diese Stille als belastend. Die Stille des Instruments, das nicht gespielt wird, dachte sie.

Plötzlich schreckte sie aus ihrem Wachtraum hoch. Sie hatte ihn nicht kommen gehört, doch er stand vor ihr. Ein groß gewachsener hagerer Mann in einem schwarzen Trenchcoat und einem dunkelbraunen Hut. Er war hohlwangig, und seine Augen brannten wie Feuer.

Sie richtete sich auf und versuchte, sich ihre Überraschung nicht anmerken zu lassen. Sie strich sich mit einer verlegenen Geste durch ihr schwarzes, kurz gelocktes Haar. „Kann ich etwas für Sie tun, Sir?"

Der Mann sah auf sie herunter. „Ich suche die Autobiographie von Mark Twain", sagte er nach einem kurzen Zögern.

Sie tippte die Daten in das Computerterminal ein und drückte die Drucktaste. Der Drucker ratterte kurz und spuckte eine Seite aus. Sie warf einen Blick auf die ausgedruckten Informationen und reichte dem Fremden das Blatt. „Im dritten Stock werden Sie finden, was Sie suchen.

Der Mann sah auf das Blatt und nickte, dann lüftete er etwas seinen Hut. „Vielen Dank Miss. Jeder ist ein Mond, jeder hat eine dunkle Seite, die er niemandem zeigt." Er lächelte, und sie sah, daß das Lächeln sein Gesicht verzog, als liefe diagonal eine Narbe darüber. „Auch ein Zitat von Mark Twain", sagte er und drehte sich um und ließ sie allein.

Ein seltsamer Mann, dachte sie. Irgendwie hatte er einen altmodischen Eindruck auf sie gemacht. Seine Bewegungen, wie er den Hut lüftete, der Ton, in dem er gesagt hatte „Vielen Dank, Miss." Sie hatte ihm nachgeschaut, er ging kerzengerade und abgehackt. Ja, überlegte sie, es hatte ausgesehen, als habe er einen Stock verschluckt.

In diesem Augenblick summte das Telefon auf ihrem Schreibtisch, und das Bild des seltsamen Besuchers verschwand vor ihren Augen.

Die Straße der Frösche

Peter Levitt schüttelte sein frisch geföntes Haar. Es war der vorletzte Tag des alten Jahres. Er hatte das Wochenende bei seinen Eltern verbracht und damit, wie er es nannte, seine protokollarischen Pflichten erfüllt. Sein Vater hatte ihm durch die Blume zu verstehen gegeben, daß er kein ewiger Student bleiben könne, und seine Mutter ihn ziemlich direkt gefragt, ob er es in diesem Leben noch schaffen würde, ihr Großmutterfreuden zu bescheren. Es war ein anstrengendes Wochenende gewesen, und Peter Levitt war regelrecht froh, wieder auf dem Campus zu sein. Seine Eltern wollten, daß er ein Leben führte, das immer nach frischer Seife roch, und das konnte er ihnen nicht bieten.

Für den letzten Abend dieses Jahres hatte er sich mit Gourdin Young und Thomas Wagner verabredet, wobei Thomas angedeutet hatte, daß vielleicht auch ein Mädchen dabei sein würde. Nun, das sollte ihn nicht stören.

Manchmal verschwendete er einen Gedanken an das kommende Jahr, zu dem die Tür schon weit aufgestoßen war. Aber er hatte nie lange im voraus geplant. Man konnte nicht alles vorausberechnen. Das Leben war nicht zuletzt eine Frage des persönlichen Glücks. Mangelte es einem an dem erforderlichen Quentchen Glück, konnte das Leben zu einem Alptraum werden. Er war davon überzeugt, daß für jeden bei seiner Geburt ein Glückskonto angelegt wurde, das es zu nutzen galt, ohne es allerdings zu überziehen.

Bei dieser Überlegung angelangt, verglich er das Leben regelmäßig mit einer Straße der Frösche. Die Frösche quakten laut, wenn sie eine Straße überquerten, um sich davor zu schützen, überfahren zu werden. Auf der anderen Seite waren sie so langsam, daß nur die letzten eine Chance hatten, von den Autofahrern wahrgenommen zu werden und zu überleben. Die anderen kamen unter die Räder. Auf das menschliche Dasein übertragen, hieß dies, daß lautes Schreien allein nicht half, man mußte das Leben auch pfiffig angehen. Er hielt sich zugute, beides zu können, und das wichtigste war schließlich, anzukommen, wobei der Zeitpunkt zweitrangig war.

Er lächelte selbstzufrieden. Vielleicht war das Mädchen, das Thomas erwähnt hatte, auch etwas für ihn, denn Thomas hatte mit keinem Wort zu verstehen gegeben, daß sie zu ihm gehörte.

Der letzte Abend

Im Eingang zum Emerson College von der Beacon Street hatte geschmolzener Schnee schmutziggraue Wasserlachen gebildet. In der Nacht hatte Tauwetter eingesetzt.

Gourdin Young und Peter Levitt waren auf dem Weg in eines der vielen Restaurants mit den goldenen Bögen. Sie hatten für den Abend mit einigen Sechserpacks Bier schon kräftig vorgeheizt und waren der Meinung, daß es ihnen noch an etwas Unterlage für den weiteren Verlauf des Abends mangelte. Das nächste *McDonald's* war nur einige Straßen entfernt. Nachdem sie zwei doppelte *Burger* einer undefinierbaren Rasse mit Hilfe eines Bechers *Diet Coke* hinuntergeschlungen hatten, strebten sie dem eigentlichen Ziel des Abends zu, dem *Bull & Finch Pub* in der Beacon Street, auch kurz *Bullfinch* genannt. Was einmal als Nachbarschaftskneipe begonnen hatte, war mittlerweile zu einem Touristennepp geworden. Aber das *Bullfinch* war günstig gelegen, außerdem traf man dort jede Menge Leute, und nicht zuletzt hatte bei ihrer Entscheidung eine Rolle gespielt, daß Thomas Wagner, der sie dort in Begleitung seiner neuesten Eroberung erwartete, versprochen hatte, die erste Runde zu übernehmen.

Daraufhin hatte Peter Levitt geglaubt, vor so viel Großzügigkeit nicht zurückstehen zu können und spontan gesagt, er würde die zweite Runde bezahlen. „Schließlich habe ich einen Vater, der über alle finanziellen Zweifel erhaben ist. Er sagt, die Treue zur Maximierung des eingesetzten Kapitals erfordere in der Regel die Minimierung moralischer Bedenken. Wahrscheinlich ist das der Grund für seinen geschäftlichen Erfolg."

Die anderen beiden hatten sich verblüfft angesehen. Solche Offenheit waren sie von Peter Levitt nicht gewohnt.

Im *Bullfinch* war es Thomas Wagner und Jane Hopkins in der Zwischenzeit mühselig gelungen, für sie alle einen Tisch freizuhalten. Als Gourdin Young und Peter Levitt das Lokal betraten, winkte Thomas Wagner ihnen zu. Die beiden Neuankömmlinge bahnten sich ihren Weg durch die Menge, die ständig weiter anschwoll. An der Bar hatte sich eine große Traube Menschen gebildet, und die davor und an den Wänden gruppierten Tische waren alle schon seit langem besetzt. Thomas begrüßte die Freunde und stellte ihnen gleichzeitig Jane vor.

Peter Levitt musterte sie anerkennend.

Jane trug eine enge weinrote Hose und einen Rollkragenpulli, der alles hervorragend zur Geltung brachte, was sie an weiblichen Reizen oberhalb ihrer Hüften zu bieten hatte. Peter Levitt stellte fest, daß sie nicht geschminkt war und daß ihre zierliche Stupsnase einige Sommersprossen aufwies.

„Hi", sagten er und Gourdin Young fast gleichzeitig, während Thomas Wagner sich schon erhoben und bis zum Tresen durchgekämpft hatte, um eine Runde *Southern Comfort* auf Eis zu bestellen.

Gourdin Young warf einen Blick auf die Uhr. Es war kurz nach neun, bis zum neuen Jahr fehlten nicht einmal mehr drei Stunden.

Thomas Wagner kehrte an den Tisch zurück und rief den anderen zu: „Kaum zu glauben, daß immer noch mehr Leute in diese Sardinenbüchse hineingehen!"

Wenige Minuten später kam die rothaarige Bedienung mit ihren Getränken, die sie über dem Kopf auf einem Tablett balancierte, während sie mit ihrem linken Ellbogen die Brandung hin und her wogender schwitzender Leiber mit geröteten Gesichtern teilte.

Sie stießen mit ihren Gläsern an, und Peter Levitt war der einzige, der sein Glas leerte, ohne es abzusetzen.

„Kommst du gerade aus der Wüste?" fragte Jane mit komischem Entsetzen.

„Er trinkt immer so", antwortete Thomas Wagner.

„Ich bin eben unersättlich", entgegnete Peter Levitt grinsend und wischte sich mit dem Handrücken über den Mund.

Ihr Gespräch wandte sich schnell Collegethemen zu. Es ging um die Aufführung von *1984*

„Die erste richtige Probe wird in der zweiten Januarwoche stattfinden." Als Regisseur war es natürlich Peter Levitts Sache, diesen Termin zu bestimmen.

„Wir könnten im übrigen noch weibliche Darsteller gebrauchen", sagte er zu Jane Hopkins gewandt.

„Ich dachte, alle Rollen sind besetzt", meldete sich Gourdin Young zu Wort.

„Nein, das stimmt nicht ganz. Da ist noch eine Nebenrolle zu besetzen. Erinnert ihr euch an die Frau, die für die Morgengymnastik verantwortlich ist und die Winston Smith so haßt?"

Gourdin und Thomas nickten.

„Also die Rolle wäre noch zu besetzen."

Jane fühlte die Blicke auf sich ruhen. „Ich glaube nicht, besonderes schauspielerisches Talent zu besitzen."

„Oh, die Rolle ist wirklich keine Herausforderung. Einige Sätze, etwas Mimik, und das war's." Peter Levitt setzte sein verführerischstes Lächeln auf, was Thomas Wagner mit einem mißtrauischen Gesichtsausdruck quittierte.

Jane Hopkins war unschlüssig und sah Thomas an. Der zuckte mit den Schultern, und da gegen Peter Levitts Idee eigentlich nichts einzuwenden war, außer vielleicht, daß sie von Peter Levitt kam, meinte er: „Warum nicht, ich glaube wirklich nicht, daß diese Rolle dir viel abverlangt. Du wirst sehen, es wird dir Spaß machen."

„Gut", erwiderte Jane, „abgemacht."

„Hurra!" rief Peter Levitt und griff nach seinem Glas, um es enttäuscht abzusetzen, als er merkte, daß es leer war.

„Deine Runde", erinnerte ihn Thomas Wagner.

Die Zeiger der Uhr waren auf halb elf vorgerückt. Mittlerweile war es im *Bullfinch* so eng geworden, daß die Türsteher niemanden mehr hineinließen.

Der zweiten Runde *Southern Comfort* auf Eis waren zwei Runden *Screw Driver* gefolgt, was, wie sich herausstellte, ein Lieblingsgetränk von Gourdin Young war.

Peter Levitt merkte man an, daß solche Abende für ihn keine Ausnahme waren, wohingegen Gourdin Young allmählich das Gefühl hatte, sich etwas zurückhalten zu müssen, wollte er das neue Jahr noch bei ungetrübtem Bewußtsein erleben.

Thomas Wagner hatte es inzwischen gewagt, seinen rechten Arm um die Taille von Jane Hopkins zu legen, was dieser nicht zu mißfallen schien, denn sie machte keine Anstalten, sich dieser Umarmung zu entziehen.

Die Bar befand sich in einem ständigen Belagerungszustand, und die Bedienung hatte immer mehr Mühe, zu ihnen durchzudringen.

Das Stimmengewirr war so laut, daß nur noch tierische Schreie eine Verständigung erlaubten. Raucher und Nichtraucher waren außerdem friedlich vereint, und Rauchschwaden waberten durch die alkoholgeschwängerte Luft. Auf den Gesichtern der meisten Anwesenden hatten sich schon Schweißperlen gebildet, und mancher wischte sich verstohlen mit dem Taschentuch über das Gesicht.

Einige Minuten vor Mitternacht bestellte Peter Levitt den obligatorischen Neujahrschampagner. Die Bedienung blickte ihn hilflos an, bis er die Flasche und vier Gläser in beide Hände nahm und sich den Weg zurück zu ihrem Tisch bahnte. Er entkorkte die Flasche und goß die Gläser voll. Die Menge schrie: Zehn! Neun! Acht! Sieben! Sechs! Fünf! Vier! Drei! Zwei! Eins! Und ein grölendes „Prost Neujahr!" drang aus den alkoholgeölten Kehlen. Die vier stießen miteinander an, und Thomas Wagner wagte es in diesem Augenblick totaler Entäußerung, Jane einen Kuß auf die Lippen zu drücken. Alle faßten sich um. Jemand aus der Menge gesellte sich zu ihnen und rief ständig: „Ich bin so traurig", um in dem Chaos, das allenthalben herrschte, zu verschwinden.

Danach beschlossen sie, das Lokal zu wechseln, weil alle plötzlich Hunger bekommen hatten.

Sie leerten noch eine letzte Runde auf das neue Jahr und stellten fest, daß es mittlerweile schon über eine Stunde alt war.

Peter Levitt fing an zu gähnen.

Die anderen hatten sich erhoben.

„Gut", sagte er, suchen wir das nächste Restaurant mit den goldenen Bögen auf. Man soll im neuen Jahr mit dem anfangen, mit dem man im alten Jahr aufgehört hat.

Zehnte Lesung

An Bord *CSS Shenandoah*

Am 29. Dezember legte sich der Wind so schnell, wie er aufgefrischt hatte, und begann aus südlicher Richtung zu wehen. Er brachte gelegentliche feine Regenschauer mit sich, und es entstand eine schwere Kreuzsee, die nicht zu wissen schien, in welche Richtung sie sich ausbreiten sollte. Die schwersten Brecher trafen die Seiten der *Shenandoah* und schickten durch die offenen Nähte im Schiffsrumpf Spritzwasser in das Mannschaftsdeck. Die Decks waren alle furchtbar undicht, und das Bettzeug war mehr oder weniger naß. Eine nasse Wache ist schon unangenehm, aber auf einem durchnäßten Stuhl zu sitzen oder sich in einem feuchten Bett zu drehen, ist noch unangenehmer. Während das Schiff in dieser See unter gerefften Segeln stampfte und schlingerte, wurde achteraus ein Segel gemeldet, das durch die Regenböen hindurch sichtbar wurde. Die Takelage des Schiffes war bald zu erkennen, und die *Shenandoah* wurde auf seine Luvseite gebracht, damit der Fremde nicht außer Schußweite geriet. Jeder Mann, der mit einem Monokel oder einem Fernrohr versehen war, beobachtete eifrig den näher kommenden und noch arglosen Besucher, dessen Rumpf weiß und grün gestrichen war und der nicht gerade das zu sein schien, was wir suchten. Als wir das Schiff aufforderten, seine Nationalität erkennen zu geben, setzte es seine Flagge, die so verblichen war, daß wir Schwierigkeiten hatten, sie zu erkennen. Doch als das Schiff sich weiter näherte, war die Flagge besser auszumachen und bot uns Anlaß zu verhaltener Freude. Der Fremde setzte seinen Kurs fort und zog eine Tafel hoch, ein häufig gebrauchtes Mittel für ein Schiff, um ein anderes nach seiner Position zu fragen. Da er uns nicht in Luv passieren konnte, ließ er sich etwas zurückfallen und lief dicht unter dem Heck an uns vorbei. In diesem Augenblick hißten wir unsere Flagge und feuerten einen Kanonenschuß ab. Das fremde Schiff drehte schnell in den Wind, und ein Offizier wurde in einem Boot zu ihm hinübergeschickt, um den Kapitän mit seinen Papieren an Bord der *Shenandoah* zu bringen. Es stellte sich heraus, daß es sich um die amerikanische Bark *Delphine* aus Bangor auf dem Weg nach Akyab zur Aufnahme einer Ladung Reis für die Bundesarmee handelte.

Als man Kapitän Nichols informierte, daß sein Schiff eine Prise sei und zerstört werden würde, erwiderte er: „Es kann der Tod für meine Frau sein, wenn man versuchen sollte, sie von Bord zu bringen. Der Kanonenschuß hat sie in schreckliche Aufregung versetzt."

Ich verwies ihn an den Schiffsarzt, nach dessen Bericht ich mich richten würde. Der Arzt entschied, daß es für ihre Gesundheit kein Risiko bedeuten würde, wenn man sie von Bord brächte, und so wurde ein Bootsmannstuhl vorbereitet, mit dem kurz darauf zwei Frauen und ein Kind sicher auf Deck der *Shenandoah* gehievt worden waren.

Ich war gerade dabei, meine Kajüte zu verlassen, als unsere Passagiere in die „Damenkajüte" geführt wurden. Frau Nichols fragte mit lauter Stimme, ob ich der Kapitän sei, und wollte wissen, was ich mit ihnen zu tun beabsichtige und wo sie an Land gesetzt werden würden.

„Auf St. Paul, Madam, wenn Sie möchten."

„Oh, nein, auf keinen Fall. Dann bleibe ich lieber bei Ihnen."

Ich war erstaunt, eine große, wohlproportionierte Frau im Alter von sechsundzwanzig und von robuster Gesundheit vor mir zu sehen, die offensichtlich einen eigenen Willen besaß. Und es wurde bald spürbar, daß man *sie* lenken mußte und nicht ihren Mann.

Ich übernahm von der *Delphine* nur das Vieh und verbrannte sie. Diese Beute erhöhte die Anzahl der Besatzung auf siebenundvierzig Männer, von denen einige Deutsche waren, für die ich wenig Sympathien hegte. Die *Delphine* hatte Maschinen für die Reisentschalung an Bord und war als Eigentum eines Franzosen eingetragen. Sie wurde in Flammen stehend vor den Wind gelegt, ohne daß sie jedoch, bevor ihre Segel zu Zunder verbrannten und ihre Masten einer nach dem anderen über Bord gingen, weit lief. Der Prisenwert der *Delphine* wurde mit $ 25.000 angesetzt.

Der einunddreißigste Dezember beendete das Jahr, das dritte seit Ausbruch des Krieges. Wie viele meiner Kameraden sind schon dorthin gegangen, von wo noch kein Reisender zurückgekehrt ist. Sie waren voller Hoffnung, doch nicht ohne Furcht, als wir uns das letzte Mal sahen. Sie waren in der Schlacht gefallen, in der Verteidigung von Heim und Herd gegen einen barbarischen Feind. Ein Krieg, der von zivilisierten Menschen ohne Prinzipien geführt wird, ist immer wilder und unmenschlicher als ein Krieg, der von den Wilden des Urwalds geführt wird. Bei ihrer Invasion des Südens brachten die Yankees, zusätzlich zur natürlichen Grausamkeit der Wilden, alle Laster und Untugenden der Zivilisation mit. Sie waren weder großzügig noch ritterlich. Sie fochten für den Profit. Dieser Umstand war mir immer gegenwärtig und versöhnte mich mit der Zerstörung der erbeuteten Werte. Ich fühlte, daß ich sie wirksamer bekämpfte, als wenn ich die erbärmliche Masse der europäischen Rekruten tötete, mit denen sie ihre Armeen füllten. Zwei Jahre lang hatten sie gegen den Süden Krieg geführt, ohne etwas gegen die Sklaverei zu unternehmen. Erst als sie feststellten, daß der Neger benutzt werden konnte, um die weißen

Männer des Südens zu töten und als Bollwerk für die weißen Truppen des Nordens dienen konnte, erklärten sie ihn für frei. Es war ein neues Element, das in den Kampf eingeführt wurde, und ein sehr wirkungsvolles. Sie scherten sich einen Dreck um den unglücklichen Neger, aber sie bevorzugten seinen Tod vor dem ihrer weißen Truppen.

Der 1. Januar war ein schöner Tag. Die See war ruhig, und ein stetiger Wind trieb uns voran. Das neue Jahr wurde mit dem Hissen einer Flagge begrüßt, die sich noch nie zuvor vor der Brise entfaltet hatte, und die *Shenandoah* war seit zwei Monaten und elf Tagen im Einsatz und hatte dabei mehr Werte erbeutet oder zerstört als sie selbst einmal gekostet hatte.

Die Gefangenen hatten sich an ihre Situation gewöhnt und sich hinsichtlich ihrer persönlichen Sicherheit beruhigt. Der Kapitän der *Delphine* bekannte sogar, er schäme sich jetzt, den Gesundheitszustand seiner Frau in die Diskussion gebracht zu haben, um sein Schiff vor der Zerstörung zu bewahren. Er erzählte mir, daß sein kleiner Sohn ihn nach Antritt der Reise auf den zehnten Vers in Kapitel siebenundzwanzig der Briefe des Apostels Paulus, seine gefährliche Reise betreffend, aufmerksam gemacht habe. Der kleine Junge war nicht älter als sechs Jahre.

Am folgenden Tag kam die Insel Amsterdam in Sicht, und ich beschloß, sie nach amerikanischen Walfängern zu erkunden. Deshalb schickte ich ein bewaffnetes Boot unter Befehl von Leutnant John Grimball an Land mit dem Befehl, alles Eigentum von US–Bürgern, das er auf der Insel fand, zu zerstören. Nach einer sorgfältigen Suche kehrte das Boot zurück, und Leutnant Grimball berichtete, er habe zwei Franzosen getroffen, die auf St. Paul von einem französischen Walfänger zurückgelassen worden waren, um Fisch zu fangen und einzusalzen, während das Schiff die Insel Amsterdam anlief. Auf dem Achterdeck eines Schiffswracks, das hoch und trocken lag, entdeckte ich zwei kleine Flecken Erde, auf denen Gemüse angebaut wurde; über die Geschichte des Schiffes konnte ich allerdings nichts erfahren.

Der Krater eines erloschenen Vulkans bildet die enge Bucht von St. Paul, in der sich viele Fischarten tummelten, die leicht an den Haken gingen. Das Wasser war so flach, daß das Boot das Riff kaum passieren konnte. Der Rand des Kraters hatte allmählich nachgegeben, und stürmischer Wind aus östlicher Richtung hatte die Ränder im Laufe der Jahre überspült und so die Bucht von St. Paul gebildet.

Die Offiziere brachten aus dem Dorf Fisch, Eier und einige Hühner und auch einen Pinguin mit. Der Pinguin war nicht so groß wie einige, die ich gesehen habe, gehörte aber ansonsten in jeder Hinsicht zu der gleichen Rasse, die mir auf den Falklandinseln begegnet ist. Unfähig zu fliegen, stolzierte er in militärisch aufrechter Haltung hin und her. Irgend jemand legte ihm ein Tuch um den Hals, das einem Schal ähnelte, was für viel Heiterkeit sorgte. Als der Vogel sich gravitätisch davonmachte, rief Frau Nichols aus: „Er sieht aus wie eine alte Frau!"

Sie war inzwischen etwas zahmer geworden.

Das Schiff verließ die Insel unter Dampf. Kurz darauf setzten wir Segel und zogen den Propeller hoch. Die Propellerkupplung war an ihrer Verbindung erneut gebrochen, und weitere Schrauben wurden eingesetzt, um sie zu befestigen. Ich legte als neuen Kurs Kap Leeuwin fest, da unter der Westküste von Australien oft Fischdampfer anzutreffen sind, und viele Kapitäne ziehen den westlichen Schifffahrtsweg nach Amerika dem östlichen vor, um das schwere Wetter bei der Umrundung von Kap Horn zu vermeiden. Eine Änderung des Wetters verhinderte den geplanten Besuch von Kap Leeuwin. Am 23. Januar trafen wir auf östlichen Wind, für uns der ungünstigste Wind, und mit ihm kam eine westliche Strömung, die das Schiff von seinem Kurs abbrachte. Luv zu gewinnen gegen die Strömung war selbst für ein so schnelles Schiff wie die *Shenandoah* keine leichte Aufgabe. Das Schiff mußte unbedingt ins Dock gehen, doch ungeachtet der Schäden, die durch den Gebrauch des Propellers bereits an den Lagern entstanden sein mochten oder dadurch noch verursacht werden konnten, fühlte ich mich gezwungen, die Fahrt unter Dampf fortzusetzen, weil ich Melbourne rechtzeitig erreichen wollte, um noch auf einen Postdampfer zu treffen, der am 26. Januar auslaufen würde, denn sollte ich ihn verpassen, würde sich sobald keine andere Gelegenheit mehr bieten. Am Morgen des 25. erreichten wir Kap Otway, und bald darauf tauchte Port Phillip auf. Ein Lotsenboot hielt auf uns zu, und der Lotse, der Johnson hieß, kam an Bord. Er wollte wissen, warum die *Shenandoah* in die Hobson Bay einlaufen wollte.

Diese Bemerkung irritierte mich etwas, doch bevor ich etwas erwidern konnte, sagte er: „Meine Anweisungen in bezug auf Kriegsschiffe der Konföderation sind eindeutig."

Ich lieferte ihm einen Grund, der nicht im Widerspruch zu seinen Instruktionen stand, und der Dampfer nahm Kurs auf die Hafeneinfahrt. An der Mole kam der Gesundheitsbeamte an Bord, der freundlich war und sich für das Schiff interessierte. Nach seiner Rückkehr an Land wurde der Charakter des Schiffes nach Melbourne telegrafiert, und kurz vor Sonnenuntergang warfen wir unter den Hochrufen der anderen Schiffe in der Hobson Bay Anker. Zeitungen wurden von den neben uns liegenden Dampfern auf unser Deck geworfen. Ich war auf den Empfang vorbereitet; er war freundlich bis herzlich, es war die Aufnahme durch Menschen, die an die gerechte Sache des Südens glaubten. Der Lotse hatte gesagt:

„Sie haben viele Freunde in Melbourne".

Am nächsten Morgen, kurz nach Tagesanbruch, wurde ich durch Stimmen in der Kajüte neben mir hochgeschreckt, und ich hörte Frau Nichols sagen: „Wenn diese Chronometer und Sextanten meine wären, würde ich von ihm verlangen, daß er sie herausgibt." Sie hatte jedes Buch beansprucht, das von der *Delphine* stammte, und seine Rückgabe verlangt, was wir ihr zugestanden hatten. Nur *Onkel Toms Hütte* warf Herr Whittle über Bord. Der frühe Aufbruch war das Vorspiel für ihre Abreise. Sie trugen ihre Sachen zusammen, um den Dampfer so schnell wie möglich verlassen zu können. Man sagte ihnen, sie könnten sich an Land begeben, ohne allerdings unsere Boote zu benutzen. Von Land wurde ein Boot gerufen, und unsere Passagiere mit ihrem Gepäck stiegen in das Boot, das von der Schiffswand der *Shenandoah* freikam und sich entfernte.

Die letzten Worte von Frau Nichols waren: „Ich wünschte, man würde diesen Dampfer verbrennen."

Am 26. kam eine große Gang von Kalfaterern an Bord und begann mit der Abdichtung des Schiffes von innen und von außen.

Mehrere Mitglieder meiner Besatzung waren, dazu vom amerikanischen Konsul und seinen Emissären angestiftet, desertiert, und deswegen ließ ich dem Polizeichef eine Mitteilung überbringen. Außerdem hatte ich mehrere anonyme Briefe erhalten, in denen die Zerstörung der *Shenandoah* angedroht wurde, weswegen ich auch eine Mitteilung an den Chef der Wasserpolizei richtete, auf die ich folgende Antwort erhielt:

Ich beehre mich, den Erhalt Ihrer Mitteilung vom 31. des vergangenen Monats zu bestätigen, in der Sie um Polizeischutz für den konföderierten Dampfer *Shenandoah* bitten. Ich teile hierdurch mit, daß ich die Wasserpolizei von Williamsburg angewiesen habe, dem Schiff besondere Aufmerksamkeit zu schenken. Ich hätte auf Ihr Schreiben schon früher geantwortet, aber aus einem Grund, den ich noch untersuchen werde, hat es mich erst am Morgen des 4. dieses Monats erreicht.

Daraufhin umrundete ein großes Polizeiaufgebot das aufgeslippte Schiff, und am 14. Februar rückten einige Kompanien Miliz und Artillerie aus Melbourne an, die drohend am Strand Aufstellung nahmen.

Während unserer Liegezeit unternahmen unsere Feinde alles, um mich in rechtliche Schwierigkeiten zu verstricken und uns Fallen zu stellen, mit denen sie zu beweisen hofften, daß wir gegen die Gesetze der Neutralität verstießen. Doch Gott sei Dank gelang es ihnen nicht.

Ich gab meiner Besatzung vierundzwanzig Stunden frei, damit sie sich an Land vergnügen konnte, was einen Neger, sechzehn Deutsche und einen Amerikaner irischer Abstammung, aufgestachelt vom amerikanischen Konsul und seinen Emissären, dazu veranlaßte, zu desertieren. Ich beantragte für jeden Deserteur einen Haftbefehl und bat den Chef der Polizei um Unterstützung, die mir jedoch verweigert wurde. Eine Unhöflichkeit, wie man sie sich gegenüber einem US–Schiff in einem britischen Hafen nicht herausgenommen hätte.

Die *Shenandoah* wurde am Nachmittag des 15. Februar ohne Zwischenfall abgeslippt, und wir verholten unverzüglich zu dem Kohlenfrachter *John Fraser*, der vor kurzem aus Cardiff mit Kohle der Qualität eingetroffen war, die ich brauchte. Man nahm an, daß es sich um mein Versorgungsschiff handelte, doch dieser Verdacht war unbegründet, man konnte höchstens von einem glücklichen Zufall sprechen. Ich kaufte von der *John Fraser* 250 t Kohle, und am 17. Februar lag die *Shenandoah* vor einem einzigen Anker unter Dampf und war seeklar.

Am Tag darauf lichteten wir Anker, und um 7.00 Uhr verließen wir unseren Liegeplatz und dampften der Mole von Port Phillip entgegen, wo der Lotse uns erwartete. Der gleiche Lotse, der uns in den Hafen gebracht hatte, geleitete uns auch wieder hinaus.

Wieder befanden wir uns auf See, das Meer war von einem leuchtenden Blau, und wir fühlten uns frei. Der Lotse hatte uns mit seinen guten Wünschen verlassen, aber der Abschied war nicht begleitet gewesen von solchen heimatlichen Gefühlen, wie sie einem ums Herz sind, wenn man die Hand eines Mannes schüttelt, der bald zu unserer heimatlichen Scholle zurückkehren würde. Keine Briefe oder Worte der liebevollen Erinnerung konnten ihm für die mit auf den Weg gegeben werden, die wir zurückgelassen hatten. Er hatte schon ungeduldig darauf gewartet, uns Lebewohl sagen zu können, und keiner bedauerte die Trennung. Die in Sicht befindlichen Schiffe waren auf dem Weg nach Port Phillip, wo sie den Behörden sicher mitteilen würden, wo sie unseren Weg gekreuzt hatten und welche Richtung die *Shenandoah* genommen hatte. Bald nach Einbruch der Dunkelheit setzten wir unseren neuen Kurs auf Round Island in der Bass Strait ab. Der Mond schien leuchtend hell, die Luft war klar und kühl, und der Himmel war weiter entfernt, als ich ihn jemals zuvor beobachtet hatte.

Die Sterne winkten, und
die Himmel blinkten,
klar wie frisch geputztes Glas.

Ich werde nie Blut von eurem Blut sein

Er hatte immer Abstand gewahrt, denn schon früh hatte er das Gefühl gehabt, anders zu sein als die anderen, seine Altersgenossen, die ihm schon auf der High School den Spitznamen „GG" gegeben hatten, was für Großer Geist stand. War dies damals eine noch kindliche Anerkennung seines Andersseins gewesen, war ihm, je älter er wurde, immer mehr bewußt geworden, daß er viele Dinge anders sah als seine Kommilitonen. Leichte Lösungen waren nichts für ihn, sie kamen ihm immer verdächtig vor. Er war früher gereift als sie, als ob er Phasen in seinem Leben überspringen müßte, weil seine Lebensspanne kurz bemessen war. Wenn er mit seinen pessimistischen Überlegungen so weit gekommen war, kniff er sich regelmäßig in den Arm und sagte sich, daß dies Unsinn sei. Schließlich war er erst fünfundzwanzig, und wenn es wirklich sein vorbestimmtes Schicksal sein sollte, jung zu sterben, war schließlich der Unfall vor einigen Monaten die beste Gelegenheit gewesen, diese Vorbestimmung wahr werden zu lassen.

Manchmal wachte John Guthrie nachts auf, nachdem er den gleichen Traum gehabt hatte, wie schon manche Nacht davor, und dann erschien ihm die Dunkelheit, die ihn umgab, natürlicher, und er brauchte einen Moment, um sich darüber klarzuwerden, daß er immer noch fast blind war. Der Traum war wie ein Musikthema mit einer Reihe von Variationen. Er sah sich, wie er mit gezückter Pistole in der einen und einem Säbel in der anderen Hand an Bord eines Schiffes sprang. Hinter ihm befanden sich weitere Männer. Ein Gesicht tauchte vor ihm auf, er legte an und schoß, und das Gesicht zersprang wie ein herunterfallendes Glas in tausend Scherben.

Im nächsten Traum wiederholten sich einzelne Sequenzen aus dem Traum davor. Nur, daß er diesmal einen Blick auf das Gesicht werfen konnte, auf das er die Pistole richtete. Es war ein junger Mann in einer Art Uniform, der langes blondes Haar hatte und dessen wasserblaue Augen ihn ängstlich anstarrten.

In der dritten Fassung machte der Mann, zu dem das Gesicht gehörte, mit einem Säbel einen Ausfallschritt gegen ihn, doch jemand warf sich zwischen sie, und der Säbel streifte nur seinen rechten Arm, aus dem das Blut tropfte.

Er fühlte sich nach diesem Traum immer wie ein Kaugummi, das man zu lange im Mund gehabt hat. Seit einigen Tagen allerdings war der Traum ausgeblieben, und er war auch nachts nicht mehr wach geworden.

Das neue Jahr war schon einige Tage alt, er erinnerte sich an das Silvesterfeuerwerk. In der Nacht hatte er die feurigen Blitze der explodierenden Knallkörper wie das Blitzlicht eines Fotoapparats wahrgenommen. Unscharf, mit gezackten Rändern, wie eine Tafel im Klassenraum, auf der jemand die Kreideschrift nur unvollständig weggewischt hatte.

Seitdem dachte er jeden Morgen, wenn er aufwachte, einen kurzen Augenblick, daß es reichte, die Augen zu öffnen, und er würde wieder sehen können. Aber wenn er sie wirklich öffnete, hatte sich nicht viel geändert. Er sah Schatten, wenngleich er mit jedem Tag das Gefühl hatte, daß sie schärfer würden. Doch möglicherweise war das nur Einbildung. Er kam sich vor, als wartete er auf einen Zug, der jeden Moment aus dem vor ihm wie ein großes schwarzes Loch liegenden Tunnel auftauchen mußte.

John Guthrie wußte, daß er eine schwermütige Natur war und leicht in ein Stimmungstief geriet. Deswegen war es doppelt wichtig, daß er Fortschritte sah, und das Wort „sehen" war in diesem Zusammenhang wörtlich zu nehmen. Er klammerte sich an die Schatten, die ihn umgaben. Wie bei der Vorbereitung eines Experiments im Physiksaal, achtete er auf jede Kleinigkeit. Und heute, zwei Wochen nach dem Jahreswechsel, hatte er tatsächlich zum ersten Mal wieder den Bilderrahmen an der gegenüberliegenden Wand seines Zimmers wahrgenommen. Zwar waren Bild und Rahmen für ihn kaum auseinanderzuhalten, aber noch vor wenigen Tagen waren sie mit der Wand eins gewesen.

Die Einbahnstraße

Die Beziehung zwischen Chas Eytinge und Mary Seward hatte sich abgekühlt. Zwischen den Feiertagen hatten sie nur miteinander telefoniert; beide waren nach Hause zu ihrer Familie gefahren.

Er hatte die Abkühlung herbeigeführt, sie hatte sie in Kauf genommen. Als eine Laune von ihm, die wieder verschwinden würde, eine Wolke, die die nächste stürmische Umarmung wieder vertreiben würde. Doch für ihn war es mehr, er hatte Angst gehabt, daß ihre Beziehung zu einer Einbahnstraße würde, aus der es nur noch einen Ausweg gab: die Ehe.

Allerdings war er sich im klaren darüber, daß Mary nicht tatenlos zusehen würde, wenn er sie weiter vernachlässigte. Sie war eine Seward, in deren Ahnengalerie das prominenteste Familienmitglied William H. Seward war, brillanter Außenminister während der Präsidentschaft von Abraham Lincoln. Sobald sie merkte, daß in seiner Laune Methode lag und er sich mehr um andere Frauen als um sie kümmerte, würde sie die Brücken zu ihm abbrechen.

Sie waren beide zur Neujahrsparty des zweiten Stocks eingeladen. Das neue Jahr war zwar schon zwei Wochen alt, aber der Vorlesungsbetrieb war erst jetzt wieder voll angelaufen. Viele hatten sich seit den letzten Tagen vor Weihnachten nicht gesehen und brannten darauf, die neuesten Gerüchte und den letzten Collegeklatsch miteinander auszutauschen.

Die Party fand im Zimmer von Brian und Leslie statt. Beide kannte er nur oberflächlich. Sie hatten das Zimmer so weit ausgeräumt, daß sie glaubten, dem Ansturm der Gäste gewappnet zu sein. Die Getränke mußte jeder selbst mitbringen. Für etwas Eßbares hatten dagegen die Hausherren gesorgt. Es gab Cracker im Überfluß, selbstgebackene Torten und süßes Gebäck, das nach Honig roch. Eigentlich untersagte die Hausordnung solche Parties, deswegen war ihr oberstes Gebot, daß sie ohne großen Lärm durchgeführt wurden und daß auf dem Zimmer keine alkoholischen Getränke aufbewahrt wurden.

Chas traf als einer der ersten ein. Außer den Gastgebern begrüßte er Gourdin Young und Peter Levitt, zu denen sich kurze Zeit später Charles Eytinge und Nancy Guthrie gesellten.

Chas ließ sich von Brian, der ein großer Koch war, das Rezept der Ahornsiruptorte erklären, wobei er in Erwartung von Mary immer mit einem Auge zur Tür sah, aber er wartete vergebens. Das nächste weibliche Wesen, das seinen Auftritt hatte, war Jane Hopkins, die im Gefolge von Thomas Wagner erschien.

Chas schenkte sich eine großzügige Dosis Whisky ein und fing ein Gespräch mit Peter Levitt an. Die erste Probe zu *1984* mit allen Darstellern war für morgen abend vorgesehen. Das Emerson College verfügte über einen großen Bühnensaal, die Bühneneinrichtungen waren auf dem neuesten Stand, von der Beleuchtungsanlage bis zu der automatischen Drehbühne.

„Wir werden natürlich noch ohne Bühnenbild proben. Es geht sozusagen erst mal um eine erste Einweisung in Zeit und Raum. Außerdem werden wir ein paar Sprechübungen machen, damit ich ein Feeling für die Akustik bekomme."

Chas nickte, ohne besonders bei der Sache zu sein.

Zwei weitere Mädchen erschienen, die ihm schon auf dem Campus begegnet waren. Doch der Abend schritt fort, und Mary erschien nicht. Chas genehmigte sich ein drittes Glas Whisky mit einem geringen Schuß Coke. Träge wanderte er von einem zum anderen.

Bis er vor dem zuletzt eingetroffenen Mädchen stehenblieb. Sie hatte ein sommersprossiges, großflächiges Gesicht und rötlichblond schimmerndes Haar, das in der Mitte zu einem Scheitel geteilt war. Ihre hellblauen Augen strahlten Fröhlichkeit aus, das Leben schien ihr Spaß zu machen.

Chas hob zur Begrüßung sein Glas. „Hi."

Sie unterbrach das Gespräch mit ihrer Freundin und schien ihn erst jetzt wahrzunehmen. „Hallo."

„Oh, ich bin Chas. Ich glaube, wir sind uns schon mal begegnet."

Sie nippte prüfend an einem Glas mit einer gelben Flüssigkeit. „Möglich, das College ist ein großer Betrieb. Ich heiße im übrigen Mary, und meine Freundin hier, sie zeigte auf das schlanke, hochgewachsene Mädchen, das neben ihr stand, ist Susan."

In diesem Augenblick näherte sich Gourdin Young ihrer Gruppe und fing ein Gespräch mit Susan an.

Chas war Gourdin in diesem Augenblick für sein Eingreifen geradezu dankbar.

„Was trinkst du?" Dabei sah er auf ihr leeres Glas.

„Pisco mit Orangensaft", sagte sie.

„Pisco?"

„Ja, ein klarer Schnaps, wird in den Anden getrunken, in Peru und Bolivien. Ich bin dort aufgewachsen. Mein Vater war erster Botschaftssekretär in Lima."

„Oh, deswegen. Ich habe einen guten Whisky mitgebracht. Ein irischer, Tullamore Dew. Wenn du ihn probieren willst?"

Sie reichte ihm als Antwort ihr leeres Glas, und während Chas zu seinem Zimmer ging, um ihre Gläser mit Whisky zu füllen, dachte er, daß das Leben doch manchmal recht seltsam war. Für Mary I, auf die er gewartet hatte und die es anscheinend vorgezogen hatte, ihm aus dem Weg zu gehen, war Mary II gekommen, und er fragte sich, ob dies ein gutes oder ein schlechtes Omen war.

Reise ins Mittelalter

Daß das Leben auf Erden harmonisch und gerecht und daß der Mensch gut sei, hat noch nie ein echter Denker behauptet.

Taylor Guthrie hatte beschlossen, dieses Zitat von Herman Hesse aus *Narziß und Goldmund* seiner Vorlesung über die Templer vorauszustellen. Denn irgendwie traf es den Konflikt des Ordens der Templer, an dem er schließlich auch zugrunde ging, wie der berühmte Nagel auf den Kopf. Die *arme Ritterschaft Christi vom Salomonischen Tempel* war so sehr weltlichen Versuchungen erlegen, daß sie schließlich zu einem Balken in den Augen Philipp des Schönen von Frankreich wurde und von ihm in Komplizenschaft mit dem Papst praktisch über Nacht ausradiert wurde. Sein letzter Großmeister, Jaques de Molay, endete am 18. März 1314 auf dem Scheiterhaufen.

Aufstieg und Fall der Templer wiesen noch heute viele ungelöste Rätsel auf, und mit ihrem Schicksal hatte sich über die Jahrhunderte ein Heer von Schriftstellern und Wissenschaftlern befaßt.

Nie geklärt wurde unter anderem, was mit ihrem sagenhaften Schatz geschah. Gerüchten zufolge hatten sie ihn mit ihrer Flotte in Sicherheit gebracht. Auf jeden Fall war er bis heute nicht wieder aufgetaucht.

Noch vor den italienischen Stadtstaaten hatten sie den bargeldlosen Zahlungsverkehr eingeführt und waren die Finanziers von Königen und Fürsten ganz Europas geworden.

Aber für Philipp IV. mochte die Angst ausschlaggebend gewesen sein, daß sie zu einem Staat im Staate wurden. Wenngleich auch er wie viele Souveräne unter chronischem Geldmangel litt und bei den Templern hoch verschuldet war. Allerdings entbehrte die Vertreibung und Auslöschung des Ordens sogar unter diesem Blickwinkel nicht einer gewissen Logik. So entledigte sich der französische König eines seiner Hauptgläubiger.

Taylor Guthrie kaute gedankenverloren auf dem Radiergummi seines Kugelschreibers.

Und was war mit den Beschuldigungen, die im Prozeß gegen die Templer vorgebracht wurden?

Verleugnung Christi, Mißachtung der Sakramente, Sodomie und Habgier hatte man ihnen in der Anklageschrift vorgeworfen.

Es ging sogar das Gerücht, daß sie einen Götzen verehrten, dem sie den Namen „Baphomet" gegeben hatten. Und in schönster Tradition des Mittelalters hatte es an durch die Folter erpreßten Geständnissen nicht gemangelt.

„Baphomet", sagte Taylor Guthrie laut vor sich hin. Er ließ das Wort auf der Zunge zergehen. „Baphomet. Was sagt mir das? Da ist noch etwas anderes, außer dem Zusammenhang mit Satanskulten, schwarzen Messen und anderem esoterischem Klimbim."

Er grübelte und durchforschte sämtliche Kammern seines Gedächtnisses. Plötzlich schlug er sich mit der flachen Hand gegen die Stirn. Es war ihm wieder eingefallen. Es hing mit dem Besuch dieses seltsamen Mannes zusammen, den er schon fast vergessen hatte. Der Mann hatte seine Visitenkarte dagelassen. Irgendwo mußte sie sein. Wie jeder gute Wissenschaftler, und Taylor Guthrie war eine Autorität für mittelalterliche Geschichte, lebte er in der ständigen Angst, irgendwelches Material, das er eines Tages vielleicht wieder gebrauchen konnte, aus falsch verstandenem Ordnungsbewußtsein zu früh weggeworfen zu haben. Meistens hütete er sich davor. Wenn das auch dazu geführt hatte, daß sich auf seinem Schreibtisch und in den Regalen seines Arbeitszimmers Pamphlete, Zeitschriften, Vorlesungsunterlagen und Berge von verschiedenfarbigen Zetteln türmten.

Taylor Guthrie überlegte, wo er die Visitenkarte des Mannes gelassen haben konnte. Sein Blick fiel auf die vor ihm stehende Federschale. Sie war schon seit langem zweckentfremdet und diente nicht nur der Aufbewahrung von Büroklammern, Gummiringen, sondern dort stapelten sich auch Visitenkarten. Er schob sie zusammen und nahm sie in die Hand. Schon die dritte Karte, die er überprüfte, war es. „William Sikes" las er laut, „BAPHOMET–Versicherungen". In kunstvoll verzierter Fraktur stand es auf der cremefarbenen Karte. Keine Adresse. Er fragte sich, was jemanden veranlassen konnte, sich Visitenkarten ohne Adresse drucken zu lassen. Verärgert zerriß er die Karte in lauter kleine Schnipsel, die er in den Papierkorb warf, denn er glaubte nicht, daß er seinem seltsamen Besucher von damals wieder begegnen würde oder Veranlassung haben würde, sich mit ihm in Verbindung zu setzen.

Probieren geht über Studieren

Laut Kalender wurden die Tage schon wieder länger, doch heute war nichts davon zu merken. Ein bleigrauer Himmel hing drohend über der Skyline von Boston und sorgte für einen frühen Einbruch der Dunkelheit

Die erste Probe zu *1984* fand im Probenraum des großen Bühnensaals statt.

Es fehlten nur John und Mary, die Kinder von Theo und Stephanie Craven, und Theo Craven war sogar in einer Doppelrolle gekommen, als Bühnenbildner und der „Alte". Als er gehört hatte, daß diese Rolle noch zu besetzen war, hatte er sich gern bereit erklärt, diesen kleinen Part selbst zu spielen.

Peter Levitt übernahm die Begrüßung.

„Unser heutiges Treffen soll nur der Einstimmung dienen. Wir werden kurze Dialoge der Hauptakteure hören. Das heißt, von Winston Smith alias John Guthrie, seinem Gegenspieler O'Brien alias Chas Eytinge, und Julia alias Mary Seward, der Geliebten von Winston Smith. Die anderen werden in die Proben in der Reihenfolge ihres Auftretens eingebaut werden. Nach vier, fünf Proben werden wir nur noch in der Gesamtbesetzung proben. Alles klar?"

Zustimmendes Gemurmel.

„Im übrigen, das hätte ich beinahe vergessen zu erwähnen", sagte Peter Levitt. „Theo Craven arbeitet mit Hochdruck an den Bühnenbildern und ist auch für die Maske zuständig. Außerdem hat er sich dankenswerterweise bereit erklärt, die Rolle des ,Alten' zu übernehmen. Danke Theo."

Lebhafter Beifall beendete seine Ausführungen, und Theo Craven stand, die Hände abwehrend erhoben, auf und verbeugte sich leicht.

„Also, Ring frei. Der erste Dialog ist ein Duell zwischen dem im Ministerium für Liebe eingekerkerten Winston und O'Brien."

John Guthrie und Chas Eytinge setzten sich auf die beiden Stühle, die zu diesem Zweck in der Mitte des Raums plaziert worden waren.

„Okay, Chas, du beginnst. Übrigens, Bewegung, Gestik, Mienenspiel, das alles heben wir uns für später auf. Ich will nur feststellen, ob Ihr das richtige Feeling für eure Rolle habt. Also, Achtung, fertig und ab!"

Chas Eytinge räusperte sich und legte das Textbuch neben sich auf die Erde. „Wir sind die Priester der Macht. Gott ist Macht. Doch für Sie ist Macht im Moment noch nicht mehr als ein Wort. Es ist an der Zeit, daß Sie eine Vorstellung davon bekommen, was Macht bedeutet. Als erstes müssen Sie sich klarmachen, daß Macht kollektiv ist. Das Individuum besitzt nur Macht, wenn es aufhört, ein Individuum zu sein. Sie kennen die Parteiparole *Freiheit ist Sklaverei*. Ist Ihnen schon einmal die Idee gekommen, daß man sie auch umkehren kann? *Sklaverei ist Freiheit.* Allein, frei, geht der Mensch zugrunde. Das muß so sein, denn jeder Mensch ist zum Sterben verurteilt, und das ist die größte Schwäche. Doch wenn er sich vollständig, total unterwerfen, seiner Identität entfliehen, in der Partei aufgehen kann, so daß *er* die Partei ist, dann ist er allmächtig und unsterblich. Das zweite, was Sie sich klarmachen müssen, ist, daß Macht meint: Macht über Menschen. Über den Körper – aber vor allem über den Geist. Macht über die Materie – über die äußere Realität, wie Sie sagen würden – ist nicht wichtig. Unsere Kontrolle über die Materie ist bereits absolut."

„Aber wie könnt ihr denn diese Materie kontrollieren? Ihr kontrolliert ja nicht einmal das Wetter oder die Schwerkraft. Und es gibt Krankheit, Schmerz und Tod."

„Wir kontrollieren die Materie, weil wir den Geist kontrollieren. Realität findet im Schädel statt. Sie werden es schrittweise lernen. Es gibt nichts, das wir nicht könnten. Unsichtbarkeit, Levitation – alles. Wenn ich wollte, könnte ich wie eine Seifenblase über dem Boden schweben. Ich will es nicht, weil die Partei es nicht will. Sie müssen diese ins neunzehnte Jahrhundert gehörenden Vorstellungen über Bord werfen. Die Naturgesetze machen wir."

„Das tut ihr nicht! Ihr seid nicht einmal die Herren dieses Planeten. Was ist mit Eurasien und Ostasien? Ihr habt sie noch nicht erobert."

„Unwichtig. Wir erobern sie dann, wenn es uns paßt. Und wenn nicht, was macht das schon für einen Unterschied? Wir können sie aus dem Dasein verbannen. Ozeanien ist die Welt."

„Aber die Welt ist selbst nur ein Staubkorn. Und der Mensch ist winzig – hilflos! Wie lange gibt es ihn denn schon? Millionen von Jahren war die Erde unbewohnt."

„Unsinn. Die Erde ist so alt wie wir, nicht älter. Wie könnte sie auch älter sein? Außerhalb des menschlichen Bewußtseins existiert nichts."

„Aber das Gestein wimmelt von den Knochen ausgestorbener Tiere – Mammuts und Mastodonten und gewaltiger Reptilien, die hier lebten, lange bevor es Menschen gab."

„Haben Sie diese Knochen jemals gesehen, Winston? Natürlich nicht. Die Biologen des neunzehnten Jahrhunderts haben sie erfunden. Vor dem Menschen gab es nichts. Nach dem Menschen, würde er aufhören zu existieren, gäbe es nichts. Außerhalb des Menschen existiert nichts."

„Aber das ganze Universum ist außerhalb von uns. Nehmen Sie nur einmal die Sterne. Manche sind Millionen Lichtjahre weit weg. Wir werden sie niemals erreichen."

„Was sind schon die Sterne? Ein bißchen Feuer, das ein paar Kilometer weit weg ist. Wenn wir wollten, könnten wir sie mühelos erreichen. Wir könnten sie auslöschen. Die Erde ist der Mittelpunkt des Universums. Die Sonne und die Sterne drehen sich um sie."

Peter Levitt war aufgestanden. „Gut, das reicht für den Augenblick", sagte er. Er warf einen Blick auf die Notizen, die er sich gemacht hatte. „Das war im Ansatz schon ganz gut. Nur bei dir, John, muß deine Verbitterung noch mehr zum Ausdruck kommen. Außerdem muß manchmal aufblitzen, daß es eine Zeit gab, wo du O'Brien für einen Gleichgesinnten und Freund gehalten hast und sein Verhalten deswegen als Verrat an dir empfindest. Bei dir, Chas, muß noch mehr Schärfe in die Stimme, die auch mehr Verachtung für alles das ausdrücken muß, was sich der Partei entgegenstellt. Denn das ist in den Augen von O'Brien ein hoffnungsloses Unterfangen. Gut, Szenenwechsel. John, du bleibst auf deinem Platz, und jetzt ist die Reihe an Julia. Ob Orwell, als er diesen Namen gewählt hat, vielleicht auch eine Anleihe bei Shakespeare machen wollte?"

Mary Seward lächelte. „Vielleicht, aber John ist nicht mein Romeo."

„Oh ja", Peter Levitt grinste. „Das hätte ich beinahe vergessen. Gut, ihr habt gerade euer erstes Treffen an einem geheimen Ort und seid zum ersten Mal allein. Erst mal macht ihr nur Konversation, okay? Achtung, fertig, los! Dein Einsatz, John."

John Guthrie lächelte Mary zu, die ihm gegenüber Platz genommen hatte.

„Wie heißt du?"

„Julia. Wie du heißt, weiß ich. Winston – Winston Smith."

„Wie hast du das rausgefunden?"

„Im Rausfinden bin ich, glaub ich, besser als du, mein Schatz. Was hast du eigentlich früher von mir gehalten, bevor ich dir den Zettel zusteckte?"

„Ich konnte dich nicht ausstehen. Ich wollte dich vergewaltigen und anschließend ermorden. Vor zwei Wochen dachte ich ernstlich daran, dir mit einem Pflasterstein den Schädel einzuschlagen. Und wenn du es ganz genau wissen willst, ich dachte, du hättest etwas mit der Gedankenpolizei zu tun."

„Mit der Gedankenpolizei? Hast du das ehrlich geglaubt?"

„Na ja, also vielleicht nicht so ganz. Aber so, wie du aussiehst – ich meine doch bloß, weil du jung und frisch und gesund bist –, da dachte ich eben, daß du wahrscheinlich –"

„Du dachtest, ich sei ein gutes Mitglied der Partei. Keusch in Wort und Tat. Transparente. Umzüge, Parolen, Sport, Volkswanderungen – all das. Und du dachtest, ich würde dich bei der erstbesten Gelegenheit als Gedankenverbrecher denunzieren und abmurksen lassen?"

„Ja, so in etwa. Viele junge Mädchen sind schließlich so."

„Das liegt bloß an diesem Scheißding hier."

„Gut, gut." Peter Levitt rieb sich die Hände.

„Julia, du bist überzeugend. Aber bitte nicht zu viel Femme fatale. Das sage ich sozusagen in Klammern. Du verführst Winston zwar, aber auf die ganz trockene, klare Art. Du bist jemand, der sich nicht viel für Politik interessiert, sondern einzig und allein für die handfesten Dinge des Lebens, wie den Mann, den du gerade kennenlernst."

Er warf wieder einen Blick auf seine Notizen. „John, du liegst eigentlich ganz richtig. Schüchterner Junggeselle, aber kein Jüngling mehr. An der großen Politik mehr interessiert als Julia. Doch wenn Leidenschaft gefragt ist, ich denke dabei an Kuß– und Liebesszenen, dann mußt du deine Schüchternheit schon etwas ablegen, okay?

John Guthrie kreuzte verlegen die Arme vor der Brust. „Ich werde mir Mühe geben."

Peter Levitt machte sich noch einige Notizen. „So weit, so gut. Wir sehen uns in der nächsten Woche wieder. Gleicher Tag, gleiche Uhrzeit und am gleichen Ort. Dann werden wir uns um andere Dinge kümmern: Gebärden, Gestik, Bewegung und so weiter. Wir werden schon auf der richtigen Bühne proben. Wobei ich hoffe, daß Theo und seine Crew nächste Woche schon die ersten Requisiten fertig haben." Er warf einen fragenden Blick zu Theo Craven hinüber, der nur mit dem Kopf nickte.

„Gut, für heute ist Schluß der Vorstellung. Wo treffen wir uns?"

„Im *Border Café*", schlug Thomas Wagner vor.

Peter Levitt sah sich um. „Dagegen scheinen keine Einwände zu bestehen. Gut, dann sehen wir uns dort."

Als sie das Gebäude verließen, hatte es aufgeklärt, der Himmel war sternenklar, es war deutlich kälter geworden.

Chas Eytinge hatte John Guthrie untergehakt. Gemeinsam gingen sie zu seinem klapprigen Volkswagen Käfer, der nur wenige Meter entfernt geparkt war.

„Ein schöner Abend. Etwas kalt. Aber die Sterne. Ich glaube, ich kann den großen Wagen erkennen."

Sein Freund nickte geistesabwesend, und Chas fiel schuldbewußt ein, daß es für jemanden, der so gut wie blind war, kaum eine Ermutigung war, wenn der beste Freund ihm die Schönheit des Sternenhimmels erklärte.

Ahnenforschung

Gourdin Youngs Vater hatte seinen Besuch angekündigt. Sie hatten sich wieder im *Harvest* in der Brattle Street verabredet. Als Gourdin Young das Restaurant betrat, wartete sein Vater bereits auf ihn und studierte gerade die Speisekarte. Sie begrüßten sich.

„Nun, hast du die Feiertage gut überstanden?" Sein Vater strich sich bei diesen Worten mit einer bezeichnenden Geste über die frisch gestärkte weiße Hemdbrust.

Gourdin Young lächelte. „In meinem Alter hat man mit dem Essen und Trinken noch keine Probleme. Ich habe immer Hunger."

Sein Vater fragte nicht, wie er ins neue Jahr gekommen war, und Gourdin hielt es deswegen auch für besser, ihn seinerseits nicht zu fragen, wie er den letzten Tag des alten Jahres verbracht hatte. Möglicherweise war wieder eine Frau im Spiel, dann war es besser, seinen Vater nicht in die Enge zu treiben. Er liebte es nicht, über sein Privatleben ausgefragt zu werden.

„Ich muß mich etwas zurückhalten", seufzte sein Vater. „Der letzte Gang auf die Waage hat mir einen kleinen Schock versetzt. Du mußt dir an meiner Bestellung also deswegen kein Beispiel nehmen." Er gab dem Ober ein Zeichen.

Nachdem sie ihre Bestellung aufgegeben hatten, lehnte sich sein Vater in seinem Stuhl zurück und sah seinen Sohn durchdringend an. „Ich habe unser letztes Gespräch über deinen seltsamen Traum nicht vergessen, Gourdin. Und da ich über dienstbare Geister verfüge, habe ich sie Nachforschungen anstellen lassen."

„Und?" fragte Gourdin Young gespannt.

Sein Vater spielte mechanisch mit seinem silbernen Kugelschreiber, einem Geburtstagsgeschenk. Er ließ ihn auf den Tisch fallen. „Sie haben versucht, Fakten aufzuspüren, die zu deinem Traum passen. Und das ist auch tatsächlich gelungen. Du hattest einen Namensvetter, der als Fähnrich auf einem Kanonenboot an der Erstürmung von New Orleans beteiligt war. Das geht aus den Besatzungslisten hervor. Auch die anderen Einzelheiten aus deinem Traum haben sich im großen und ganzen bestätigt. Ich meine, die Geschichte mit dem Brander. Das Kanonenboot *Cayuga* wurde tatsächlich von einem Brander gerammt und fing Feuer. Der Fähnrich, der deinen Namen trug, erlitt dabei schwere Brandverletzungen, doch er überlebte. Du hast gesagt, daß außer dir noch drei deiner Freunde einen ähnlichen Traum hatten."

Sein Sohn unterbrach ihn. „Ähnlich in dem Sinn, daß sie einen Traum hatten, in dem sie sich im Bürgerkrieg wiederfanden. Thomas als Artillerieoffizier bei den Konföderierten, Charles an Bord eines Kreuzers der Südstaaten und Peter, nun, er soll einen Soldaten des Nordens korrumpiert haben. Aber weitere Gemeinsamkeiten kann ich nicht entdecken."

Sein Vater hatte den Kugelschreiber wieder in die Hand genommen und zog damit auf einer Serviette verschiedene Linien. „Aber irgend etwas muß diese drei – und vielleicht auch deinen Namensvetter – verbinden. Drei von ihnen standen auf der Seite des Südens. Der Fähnrich, der deinen Namen trägt, diente in der US–Marine."

Mittlerweile war ihr Essen gekommen, und Gourdin hatte angefangen, sein butterweiches Steak mit Krabben zu vertilgen. Er nahm einen kräftigen Schluck von dem *Samuel Adams* vom Faß. „Diese Schlußfolgerung ist nicht unlogisch. Doch so lange wir nicht mehr über die anderen Personen dieses Quartetts wissen, werden wir weiter im Dunkeln tappen."

„Wir müssen etwas über das Schicksal der anderen drei herausfinden."

Gourdin nickte. „Gute Idee."

„Ich werde nach ihren Namen forschen lassen. Mit deinem Namen hat es funktioniert. Vier Träume mit einem gemeinsamen Nenner, das kann kein Zufall sein. Ich glaube, wir können davon ausgehen, daß auch die anderen drei Personen existiert haben."

Sein Sohn dachte einen Augenblick nach. „Da ist etwas dran, außerdem ist das der einzige Anhaltspunkt, den wir haben."

Beide widmeten sich schweigend ihrem Nachtisch. Doch schließlich mußte Gourdin Young die Frage loswerden, die ihn schon während ihres ganzen Zusammenseins beschäftigt hatte: „Du wirkst geradezu wild entschlossen, diesen Träumen irgendein dunkles Geheimnis entreißen zu wollen."

„Sagen wir es einmal so: Ich habe das Gefühl, als hätte ich einen Schlüssel in der Hand und suchte noch nach der passenden Tür."

Die Brüder

„Wenn …"

„Ich weiß", unterbrach Chas Eytinge seinen Bruder, „wenn es heute noch regnet, wird die Erde naß."

Charles sah ihn beleidigt an. „Du hast mich aus dem Rhythmus gebracht. Jetzt weiß ich nicht mehr, was ich eigentlich sagen wollte."

Chas legte ihm eine Hand auf die Schulter. „Das ist vielleicht auch besser so."

Charles entzog sich der Hand seines jüngeren Bruders. Doch es brauchte schon wesentlich mehr als lästerliche Bemerkungen dieser Art, um seine gute Laune, die bei ihm der Normalzustand war, ins Wanken zu bringen.

„Aber vielleicht wolltest du mit mir über Nancy reden."

Charles sah ihn mißtrauisch von der Seite an. „Wieso sollte ich mit dir über Nancy reden?"

Chas zuckte die Schultern. „Nun, Nancy hat sich in der letzten Zeit etwas rar gemacht."

Charles schien erleichtert. „Wenn es nur das ist. Sie hat in den ersten Wochen des neuen Jahres wegen der Inventur Überstunden machen müssen."

„Ja, ja. Das habe ich gehört. Aber sie soll einer Freundin gegenüber geäußert haben, daß du sie hinhältst."

Sie waren auf dem Weg in die Mensa, und Charles blieb plötzlich stehen. „Hinhalten, womit?"

Chas sah ihn prüfend an. „Vielleicht erwartet sie, daß du um ihre Hand anhältst. Es soll immer noch Frauen geben, die geheiratet werden wollen."

„Blödsinn!"

Jetzt war doch eingetreten, was Charles Eytinge normalerweise vermied: Seine gute Laune hatte einen Dämpfer erlitten. „Sie hat nie wirklich davon gesprochen, außer in allgemeinen Redewendungen. Ich meine, es stimmt, sie hat einmal gesagt, daß sie ihr Leben nicht als alte Jungfer beschließen wolle."

„Siehst du, das war doch schon ein Wink mit dem Zaunpfahl."

Charles hatte sich wieder in Bewegung gesetzt, und Chas folgte ihm. „Auch wenn du es nicht wahrhaben willst, mein lieber Bruder. Du wirst etwas unternehmen müssen, wenn du Nancy nicht verlieren willst. Sie wird dir kaum die Pistole auf die Brust setzen. Doch eines Tages wird sie nicht mehr da sein."

Charles drehte sich zu ihm um. Er war ernst geworden und faßte seinen Bruder an den Schultern. „Aber wenn ich sie frage, wird sie ‚ja' sagen. Und der Hafen der Ehe, Chas, ist keine Zwischenstation einer Reise, sondern, meistens jedenfalls, ihr Ziel."

„Ich weiß, du wirst dein bisheriges Leben aufgeben müssen."

„Ja, und ich bin mir nicht sicher, ob eine Ehe mit Nancy dies Opfer wert ist."

Die Schande

Nachdem der Lehrbetrieb am Emerson College im neuen Jahr wieder seinen normalen Rhythmus gefunden hatte, fand Theo Craven erneut Zeit, in der Bibliothek des Bunker Hill Community Colleges nach weiteren Informationen über Commodore Craven zu suchen, mit dem er tatsächlich weitläufig verwandt war, wie seine Nachforschungen inzwischen ergeben hatten.

Er wußte aus leidvoller Erfahrung, daß es lange dauern konnte, bis er auf weiteres Material stieß, wenn es denn überhaupt weitere Dokumente gab, die seinen Namensvetter betrafen. Doch jede wissenschaftliche Recherche war auch ein wenig vom glücklichen Zufall abhängig, und dieser stand Theo Craven wieder einmal zur Seite.

Er stieß nach einigen Wochen erfolgloser Suche auf die *Allgemeine Anweisung* Nr. 68 des Marineministeriums in Washington vom 6. Dezember 1865. Vor einem in Washington einberufenen Kriegsgericht wurde der Commodore Thomas T. Craven am 7. November 1865 der folgenden Vergehen angeklagt:

ANKLAGE: Nicht sein äußerstes getan zu haben, ein Schiff, das zum Kampf zu stellen er verpflichtet gewesen war, angegriffen, erbeutet oder zerstört zu haben.

Darlegung der Vorwürfe im einzelnen: Erwähnter Commodore Thomas T. Craven hat als Befehlshaber des aus den US–Kriegsschiffen *Niagara* und *Sacramento* bestehenden Verbandes, an der Küste Spaniens vor Coruña operierend, keine Anstrengungen unternommen, wie es seine Pflicht gewesen wäre, ein feindliches Schiff, unter dem Namen *Stonewall* bekannt, das zu diesem Zeitpunkt die Bucht von Coruña verließ, was unter seinen Augen geschah und ihm bekannt war, anzugreifen, zu erbeuten oder zu zerstören, sondern ist nach dem Auslaufen der *Stonewall* mehr als vierundzwanzig Stunden weiter ruhig an seinem Ankerplatz geblieben. Seine Begründung für dieses Verhalten ist in seinem Schreiben an den US–Geschäftsträger in Madrid enthalten, in dem es heißt: *Wir hätten ihr (der Stonewall) nicht den geringsten Schaden zufügen können und hätten uns selbst sofortiger Vernichtung ausgesetzt – ein einseitiger Kampf, den anzunehmen, ich mich nicht verpflichtet fühlte.*

Nach dieser Anklage und ihrer Darlegung im einzelnen ist das Kriegsgericht zu folgendem Urteil gekommen: Das Gericht hält die Anschuldigungen grundsätzlich für zutreffend, mit Ausnahme der Formulierung *Wie es seine Pflicht gewesen wäre*, insoweit als diese Formulierung es als eine unabdingliche Pflicht des Angeklagten dargestellt haben würde, sich der *Stonewall* am 24. März zum Kampf zu stellen.

Das Gericht, das die Anklage, wie oben ausgeführt, nur teilweise als erwiesen ansieht und den Angeklagten deswegen in einem geringeren Maße als angeklagt für schuldig hält, hat nicht die Absicht, die Befehlsgewalt eines Offiziers einzuschränken oder den Grundsatz aufzustellen, daß es unter allen Umständen geboten ist, daß zwei hölzerne Schiffe den

Kampf mit einem Schiff aus Eisen aufnehmen. Aber das Gericht tadelt die falsche Lagebeurteilung von Commodore Craven am 24. März 1865, die ihn davon abhielt, das feindliche Schiff dauernd unter Beobachtung zu halten, während es sich noch im Hafen von Ferrol befand. Das Gericht mußte sich auch mit dem Verhalten des Angeklagten befassen, der in der Bucht von Coruña ruhig vor Anker liegenblieb, während der Feind in neutralen Gewässern offen seine Flagge zeigte. Nach Auffassung des Gerichtes wäre es seine Pflicht gewesen, mit seinen zwei Schiffen auszulaufen und die erforderlichen Beobachtungen in bezug auf Geschwindigkeit, Manövrierfähigkeit und eventuelle Schwächen des Gegners zu machen. Er wäre dann auch in der Lage gewesen, sich selbst ein Urteil über die Möglichkeiten, den Feind auf hoher See zu stellen, zu bilden. Auf jeden Fall hätte er die *Stonewall* in Sichtweite behalten können, um so jederzeit über ihren Standort im Bilde zu sein. Außerdem ist es für das Gericht offensichtlich, daß Commodore Craven für ein Gefecht mit dem Gegner keinerlei Angriffsplan mit dem anderen unter seinem Befehl stehenden Schiff ausgearbeitet hatte.

Und deswegen befindet das Gericht ihn im Hauptanklagepunkt für schuldig, jedoch, wie oben ausgeführt, in einem geringeren Ausmaß als in der Anklage ausgeführt.

Aus dieser Beurteilung des Gerichtes ergibt sich der folgende Urteilsspruch: Der Angeklagte, Commodore Thomas T. Craven, wird bei vollen Bezügen für zwei Jahre vom Dienst suspendiert.

Darunter stand ein handschriftlicher Vermerk.

Die Sympathien von Commodore Craven für den Süden sind ein offenes Geheimnis, siehe auch den Bericht von Leutnant John Guthrie, Kommandant von *USS Ino*, über die Affäre Myers und Tunstall.

Theo Craven ließ das vor ihm liegende vergilbte Blatt aus den Fingern gleiten.

Es folgte eine Stellungnahme des Marineministers, die Theo Craven nur überflog. Es schien, daß dem Minister das Urteil bei weitem zu nachsichtig gewesen war. Was man dem Commodore vorwarf, wenn auch nicht mit diesen Worten, war Feigheit vor dem Feind. Ein Vergehen, auf das die Todesstrafe stand.

Theo Craven lehnte sich in seinem Stuhl zurück. Mein Gott, dachte er. Mit dieser Entdeckung hatte er natürlich nicht gerechnet. Eine Schande! Was, wenn jemand außer ihm, zufällig oder nicht zufällig, auf diese Unterlagen stieß? Sicher, das war alles Geschichte, und damals hatten Bruder gegen Bruder, Vater gegen Sohn, Freund gegen Freund gekämpft. Trotzdem. Er war aufgestanden und ging ruhelos hin und her. Konnte man sicher sein, daß nicht irgend jemand kam und das Gras, das über diese Geschichte gewachsen war, abfraß? Irgendein Spielverderber, jemand, der auf seine Kosten hoffte, Karriere zu machen? Seine (noch) geheimen (aber von einigen einflußreichen Freunden unterstützten) Ambitionen, von den Republikanern bei den nächsten Wahlen für den Distrikt, in dem er wohnte, als Kongreßabgeordneter des Bundesstaates Massachusetts nominiert zu werden, würden begraben sein, bevor der Wettlauf um die Kandidatur begann.

Nein, es war am besten, diese Unterlagen existierten einfach nicht. Er wußte, daß es sich um Dokumente handelte, die nicht mikroverfilmt waren, wenn man auch nicht ausschließen konnte, daß Kopien davon an anderer Stelle existierten. Trotzdem. Er faltete die Blätter vorsichtig zusammen und ließ sie in seiner Jackentasche verschwinden.

Als er dem Ausgang zuging, haderte er mit sich selbst. Was hatte es nun für einen Sinn gehabt, Detektiv zu spielen? Abgesehen davon, daß sich bestätigt hatte, daß es in jeder Familie mindestens ein schwarzes Schaf gab.

Mordgedanken

Dafür, daß es der erste Februar war, hatte der Wettergott es gut mit Boston gemeint. Man hätte eher von einem vorgezogenen Frühlingsanfang sprechen können. Die Luft war mild, die Erde dampfte, als wollte sie schon jetzt den Nährboden für das neue Leben bereiten, das aus ihr entstehen sollte.

Nancy Guthrie stand im Bad ihrer kleinen Wohnung und sah aufmerksam in den Spiegel. Ihre Haut warf noch keine Falten, sie war straff, glatt und sauber. Nur in den Augenwinkeln waren, wenn man genau hinsah, zwei kleine Grübchen zu erkennen, Aber wenn sie ihr Haar bürstete, hatte sie manchmal den Eindruck, daß es sich nicht mehr so seidig anfühlte wie früher. Sie sollte mit dem Mädchen im Frisiersalon darüber sprechen. Ihr Blick glitt weiter nach unten. Ihre Brüste waren klein und fest, sie brauchte noch keinen BH. Ihre Taille bog sich nach unten lasziv auseinander, und sie wußte, daß sie auch von hinten einen begehrenswerten Anblick bot. In diesem Augenblick schnitt sie eine wütende Grimasse und warf ihr Haar trotzig zurück. Um so mehr mußte sie beleidigt sein, daß Charles sie in der letzten Zeit vernachlässigte. Wahrscheinlich hatte sie ihm zu deutlich zu verstehen gegeben, daß sie von ihm eine Entscheidung erwartete.

„Heirat oder nicht Heirat, das ist hier die Frage", sagte sie zu ihrem Spiegelbild gewandt.

Sie begann, sich die Fingernägel zu maniküren. „Schön, Charles, wenn du es so willst." Sie zuckte verächtlich die Achseln. „Mich kann nur ganz haben, wer nicht auf halber Strecke stehenbleibt."

Sie zog sich die Lippen nach und machte einen Schmollmund.

Trotzdem tat es ihr wegen Charles leid. Sie hätten gut zusammengepaßt, und wieder flammte die Wut in ihr auf, und ihre Wangen röteten sich.

Sie wußte, daß Charles sie nicht heiraten würde, sie sah die Zeit, die sie mit ihm verbracht hatte, jetzt als vertane Zeit an, in der sie nur älter geworden war, ohne ihre Zukunftsplanung vorangetrieben zu haben.

„Du Mistkerl!" fauchte sie wütend ihr Spiegelbild an. „Du hast nie die Absicht gehabt, mich zu heiraten, verdammt!"

Sie begutachtete ein letztes Mal ihre Frisur. Sie würde für die nächste Woche einen Termin bei Jasmin vereinbaren.

Sie ertappte sich dabei, daß sie Mordgedanken hatte. Ja, sie fing an, Charles zu hassen. Sie glaubte, sie würde ihn erwürgen können, so sehr haßte sie ihn plötzlich. Dann beruhigte sie sich. Sie erinnerte sich an ein sizilianisches Sprichwort, das sie irgendwo gelesen hatte. Wenn sie es noch richtig zusammenbekam, lautete es: *Rache ist ein Gericht, das kalt gegessen werden muß* – oder so ähnlich.

Vielleicht würde ihre Stunde ja noch kommen. Seufzend drehte sie sich um und schloß die Tür des Badezimmers hinter sich.

Elfte Lesung

US–Konsulat, Kingston, Jamaika

Sir,

ich habe die schmerzliche Pflicht, das Ministerium über den Verlust der *Hatteras*, die zuletzt unter meinem Befehl stand, durch Feindeinwirkung zu informieren. Die *Hatteras* sank nach einem Gefecht mit dem konföderierten Kriegsschiff *Alabama* in der Nacht vom 11. d.M. vor der texanischen Küste. Folgende Umstände führten dieses traurige Ereignis herbei: Am Nachmittag des 11. d.M., um 15.30 Uhr, mit der Flotte vor Galveston vor Anker liegend, erhielt ich durch Signal vom Flaggschiff Befehl, die Verfolgung eines Schiffes aufzunehmen. Wir lichteten sofort Anker und dampften mit voller Fahrt in die angegebene Richtung. Nach einiger Zeit kam das fremde Segel in Sicht, es stellte sich heraus, daß es sich um einen Dampfer handelte, was ich dem Flaggschiff signalisierte. Ich setzte die Verfolgung fort und kam dem verdächtigen Schiff schnell näher. Da ich die Langsamkeit der *Hatteras* kannte, hatte ich sofort den Verdacht, daß der fremde Dampfer ein Täuschungsmanöver praktizierte und befahl daher die Mannschaft auf Gefechtsstationen, um sowohl für einen entschiedenen Angriff als auch für eine wirksame Verteidigung gerüstet zu sein. Als unser Abstand sich auf etwa 4 Meilen verringert hatte, stellte ich fest, daß der fremde Dampfer gestoppt hatte und uns seine Breitseite zuwendend erwartete. Es war beinahe 19.00 Uhr und fast dunkel. Doch ungeachtet der Dunkelheit war ich aufgrund der allgemeinen Beschaffenheit des Schiffes und seiner Manöver ziemlich sicher, das Rebellenschiff *Alabama* vor mir zu haben.

Auf einer Seite der *Hatteras* standen mir nur vier Geschütze zur Verfügung, ich beschloß, mich dem Fremden so zu nähern, daß ich, wenn nötig, meine Geschütze zum Tragen bringen konnte. Nachdem wir auf Rufweite herangekommen waren, forderten wir den Dampfer mit den Worten „Welches Schiff sind Sie?" auf, sich zu erkennen zu geben. Die Antwort lautete „Ihrer britischen Majestät Schiff *Vixen*". Ich antwortete, daß ich ein Boot an Bord schicken würde und gab sofort den entsprechenden Befehl. In der Zwischenzeit änderten beide Schiffe ihre Position, wobei der Fremde versuchte, eine Position einzunehmen, aus der er uns voll unter Feuer nehmen konnte. Beinahe gleichzeitig mit dem Ablegen des Bootes kam eine neue Antwort des fremden Schiffes: „Wir sind das konföderierte Schiff *Alabama*", die von einer Breitseite begleitet wurde. Im gleichen Augenblick erwiderte ich das Feuer. Trotz der zahlreichen Schwachpunkte der *Hatteras* hoffte ich, an die *Alabama* so dicht heranzukommen, daß ich sie entern konnte, um die Meere von diesem Piratenschiff zu befreien.

Ich dampfte direkt auf die *Alabama* zu, aber sie war durch ihre hohe Geschwindigkeit und den stark bewachsenen Rumpf der *Hatteras* im Vorteil und konnte meinem Enterversuch ausweichen, als ich nur noch ungefähr 30 Meter von ihr entfernt war. In dieser Entfernung wurden Gewehr– und Pistolenschüsse ausgetauscht. Das Feuer wurde auf beiden Seiten energisch geführt. Eine Granate traf die *Hatteras* mittschiffs, es brach ein Feuer aus. Beinahe gleichzeitig traf eine Granate die Krankenstation und explodierte in einer Abteilung daneben. Eine weitere Granate traf den Zylinder und füllte Maschinenraum und Deck mit Dampf. Dadurch verloren wir unsere Manövrierfähigkeit und konnten auch die Pumpen, um das Feuer einzudämmen, nicht mehr bedienen.

Das Schiff brannte an zwei Stellen, die Maschine war nicht mehr einsatzfähig – die *Hatteras* war zu einem Wrack geworden. Trotzdem hielten wir unser Feuer aufrecht, einmal in der Hoffnung, die *Alabama* außer Gefecht zu setzen, und zum anderen glaubten wir, damit die Aufmerksamkeit der Flotte vor Galveston, was nur 28 Meilen entfernt war, auf uns zu ziehen. Mir wurde bald darauf berichtet, daß die *Hatteras* auf Höhe der Wasserlinie getroffen worden war, es wurde ein Wassereinbruch gemeldet. Jeder Versuch, das Schiff zu retten, wurde immer aussichtsloser. Die *Hatteras* begann zu sinken. Diese traurige Tatsache und die Feststellung, daß die *Alabama* auf meiner Backbordseite sich außerhalb der Reichweite meiner Geschütze befand und sich zweifellos darauf vorbereitete, uns unter deckendes Feuer zu nehmen, verfestigten in mir die Meinung, daß ich kein Recht hatte, sinnlos und ohne das gewünschte Ergebnis das Leben all derer zu opfern, die unter meinem Kommando standen.

Um zu verhindern, daß die *Hatteras* durch das sich schnell ausbreitende Feuer in die Luft flog, befahl ich, das Pulvermagazin zu fluten und auf der Leeseite ein Geschütz abzuschießen. Die *Alabama* fragte an, ob wir Hilfe benötigten, was wir bejahten.

Die *Hatteras* sank jetzt schnell, und um das Leben meiner Offiziere und Männer zu retten, ließ ich die Bewaffnung des Schiffes auf der Backbordseite über Bord werfen. Hätte ich dies nicht getan, bin ich sicher, daß zusammen mit dem Schiff auch viele wertvolle Leben verloren gewesen wären. Nach einer beträchtlichen Verzögerung, die durch eine Meldung verursacht wurde, daß sich angeblich ein Schiff von Galveston näherte, schickte uns die *Alabama* Hilfe. Zehn Minuten nachdem wir die *Hatteras* verlassen hatten, versank sie mit dem Bug voran in den Fluten, mit allen

Vorräten und Waffen, die noch an Bord geblieben waren, so daß der Feind wegen ihres schnellen Untergangs nicht eine einzige Waffe bergen konnte.

Die Geschützbatterie auf der *Alabama*, die im Gefecht gegen die *Hatteras* zum Tragen gebracht wurde, bestand aus sieben Geschützen unterschiedlichen Kalibers. Das Ministerium, dem die Bauweise der *Hatteras* und ihre völlige Ungeeignetheit für einen Kampf mit einem regulären Kriegsschiff wohlbekannt ist, wird sofort die große Überlegenheit der *Alabama* mit ihrer starken Geschützbatterie und ihrer Maschine etc. unter der Wasserlinie erkennen. Während des Gefechtes betrug die Entfernung zwischen der *Hatteras* und der *Alabama* zwischen 25 und 100 Metern. Von der *Hatteras* wurden beinahe fünfzig Schuß abgegeben, und ich nehme an, daß von der *Alabama* mehr Schüsse abgefeuert wurden.

Ich möchte an dieser Stelle das vorbildliche Verhalten von Offizieren und Mannschaften der *Hatteras* hervorheben.

Besondere Erwähnung verdient der Schiffsarzt, Edward S. Matthews, wegen seines unermüdlichen Einsatzes und umsichtigen Verhaltens während des Gefechtes und danach.

Beigefügt ist der Bericht des Schiffsarztes, aus dem Sie entnehmen werden, daß fünf Männer verletzt und drei getötet wurden. Ich hoffe, daß die Vermißten die Flotte in Galveston erreicht haben.

Liste der Verwundeten und Gefallenen:

Leutnant Gourdin Young – gefallen

John C. Cleary, Heizer, Irland – gefallen

William Healy, Heizer, Irland – gefallen

Edward McGower, Heizer, Irland, schwere Hüftverletzung

Edward Matlack, Zimmermannsmaat, Delaware, leichte Handverletzung

John White, Schiffsjunge, Irland, leichte Beinverletzung

Christopher Sleptowiteb, Matrose, Österreich, leichte Rückenverletzung

Patrick Kane, Irland, leichte Beinverletzung.

Der rote Faden

Roger Young hatte seine Nachforschungen nach dem letzten Treffen mit seinem Sohn Gourdin verstärkt vorangetrieben. Jetzt hatte er das Gefühl, so etwas wie den roten Faden in der Hand zu halten, der das Schicksal von drei Menschen verband.

Er blickte auf die Zettel, die sein PA ihm auf den Schreibtisch gelegt hatte. Danach gab es zwischen Charles Eytinge, Thomas Wagner und Peter Levitt tatsächlich eine Verbindung. Charles Eytinge war in seiner letzten Dienststellung Kommandant der *CSS Florida* gewesen, die am 7. Oktober 1864 in der Bucht von Bahia von der *USS Wachusett* gekapert wurde. Die *Wachusett* hatte die *Florida*, die in den neutralen Gewässern Brasiliens vor Anker lag, in einem Überraschungscoup gerammt, als sich praktisch obendrein die Hälfte der Besatzung an Land befand. In Anbetracht der Schäden am Schiff und der Übermacht des feindlichen Feuers hatte der erste Offizier der *Florida* eingesehen, daß weiterer Widerstand sinnlos war, und kapituliert. Bei dem Schußwechsel, der der Übergabe vorausgegangen war, während des Rammvorgangs und der anschließenden Enterung des Schiffes kamen mehrere Besatzungsmitglieder der *Florida* um. Ein Teil der Besatzung versuchte, schwimmend das Ufer zu erreichen. Doch von der *Wachusett* wurden auch sie unter Feuer genommen, wobei neun von ihnen das Leben verloren.

Roger Young nahm langsam den zweiten Zettel in die Hand. Unter den Gefallenen war der Kommandant der *Florida*. Zu den Vermißten dagegen, die wahrscheinlich ertrunken oder im Wasser erschossen worden waren, gehörten Leutnant der Artillerie Thomas Wagner und der Bootsmannsmaat Peter Levitt.

Der Kommandant der USS *Wachusett*, Leutnant John Guthrie, wurde vom Kriegsministerium in Washington belobigt, während durch die Konföderation ein Aufschrei der Empörung ging. Das Verhalten der Yankees wurde als heimtückisch und im Widerspruch zu allen Gesetzen der Neutralität stehend bezeichnet. Hätte man des Kapitäns der *Wachusett* habhaft werden können, hätte der Pöbel ihn sicher gelyncht, und die Patrioten des Südens hätten ihn, wenn man den Stimmungsberichten aus der damaligen Zeit trauen durfte, liebend gern an der höchsten Rah eines konföderierten Kriegsschiffes oder an einem Laternenpfahl in Richmond aufgeknüpft.

Die Erkenntnis

Theo Craven war plötzlich bewußt geworden, daß er mit einem gewissen Commodore Craven sehr viel Ähnlichkeit hatte. Auch er liebte das Risiko nicht, und Feigheit akzeptierte er eher als selbstmörderische Tapferkeit.

Auch er war ohne Sehnsüchte, nur dem Heutigen verhaftet – voller Ahnungen, aber ohne Gewißheit.

Und was bedeutete Tapferkeit schon anderes, als mögliche Folgen zu ignorieren, und ein ausgeprägterer Grad von Tapferkeit, keinen Pfifferling für die möglichen Folgen zu geben? Doch die tapferen Taten eines Feiglings waren immer für den von besonderem Wert, der sie beging. Allerdings sah er weit und breit keine tapfere Tat, die er begehen konnte. Und wurde ihm das Leben gar zu langweilig, widmete er sich seinem Hobby und arbeitete als Bühnenbildner oder überlegte, ob es ihm (bei seinem Alter) noch gelingen könnte, einen Einstieg in eine politische Karriere zu finden. Ansonsten verlief sein Leben wohlgeordnet. Er füllte eine angesehene Position im Lehrkörper eines noch angeseheneren College aus, seine Ehe war in Ordnung, er hatte zwei wohlgeratene Kinder. Solche Gedanken wälzte er nicht häufig um. Es mußte erst der Schatten eines Vorfahren aus dem Bürgerkrieg auftauchen, um ihn über solche Dinge nachdenken zu lassen. Er hätte zu gerne gewußt, was aus Thomas T. Craven nach dem Krieg geworden war. Aber darüber Material zu finden, würde ziemlich aussichtslos sein. Bei diesem Punkt seiner Überlegungen angelangt, fiel ihm plötzlich Taylor Guthrie ein, der Autor der Bühnenfassung von *1984*, die sie gerade einstudierten. Ihm Gegensatz zu ihm war Taylor ein Ehrgeizling. Sein Ziel war der Ruhm. Er glaubte, daß Taylor dafür alles aufs Spiel setzen würde. Er lächelte, als ihm eine Bemerkung einfiel, die ein Jugendfreund über Taylor Guthrie einmal gemacht hatte: „Für den Pulitzerpreis würde er sogar den Präsidenten umbringen".

Vielleicht fand er Taylor Guthrie deswegen nicht sonderlich sympathisch, wenn er auch zugeben mußte, daß Taylor als Dozent für die Geschichte des Mittelalters gute Arbeit leistete, und zu seiner Bühnenfassung von Orwells Bestseller *1984* hatte er bisher nur positive Kritik gehört. Trotzdem glaubte er nicht, daß Taylor jemals zu literarischem Ruhm gelangen würde, es sei denn, er fände eine Möglichkeit, sich einige gute Kritiken in der *New York Times* zu kaufen, was höchst unwahrscheinlich war.

Die Verschwörung

Es mußte eine Verschwörung im Spiel sein, dachte sie manchmal. Seit ihrem Bruch mit Chas Eytinge war Mary von anderen Kontakten wie abgeschnitten. Keine Anrufe, keine Einladungen. Erst jetzt merkte sie, wie sehr ihr Leben vorher auf Chas' Umfeld abgestimmt gewesen war. Ihre Bekannten waren letztendlich seine gewesen, abgesehen von den wenigen Freundinnen, die sie am College hatte. Allerdings sahen sie sich noch regelmäßig zu den Proben für die Aufführung von *1984*, abgesehen von den zufälligen Begegnungen auf dem Campus oder beim gemeinsamen Besuch einer Party, wo sie versuchten, sich aus dem Weg zu gehen. Inzwischen hatte sie von einer weiteren Beziehung in ihrem Freundeskreis gehört, die zerbrochen war. Charles Eytinge hatte anscheinend bei dem Gedanken, daß eine Ehe mit Nancy Guthrie sonst unausweichlich zu werden drohte, die Panik gepackt. Jedenfalls hatte man die beiden im neuen Jahr noch nicht wieder zusammen gesehen. Natürlich war es ein normaler Vorgang, daß Beziehungen zerbrachen, daß Paare auseinandergingen, von denen die anderen gemeint hatten, es handle sich um zwei Menschen, die füreinander geschaffen seien. Das Leben stand nie still, und man mußte schon sehr froh sein, wenn es einem gelang, eine haltbare und dauerhafte Beziehung zu einem anderen Menschen aufzubauen. Doch das änderte nichts daran, daß solche Trennungen schmerzhaft waren und daß es bei ihnen immer einen schwächeren Teil gab, für den ein Neuanfang schwerer war. Einer zog dabei den kürzeren, blieb auf der Strecke und fühlte sich oft mißbraucht, hintergangen oder wenigstens ungerecht behandelt. Aber was war schon gerecht, wenn Gefühle entschieden? Über sie konnte man den Stab nicht brechen, jedenfalls nicht, so lange sie ehrlich waren. Insofern mochte sie mit sich und Chas Eytinge hadern, doch auf der anderen Seite, was hatte er denn so Verwerfliches getan? Er hatte wahrscheinlich festgestellt, daß auf der Speisekarte noch andere Namen als ihrer standen und daß niemand jeden Tag das gleiche Gericht essen konnte, selbst wenn es das weichste und saftigste Steak war. Noch war es Zeit, den Speiseplan etwas umzustellen. Schließlich war zwischen ihnen nichts Endgültiges passiert, und daß sie regelmäßig miteinander schliefen hatte Gott sei Dank noch keine Folgen gehabt.

Trotzdem hatte Mary das unbestimmte Gefühl, daß um sie eine Art Zersetzungsprozeß eingesetzt hatte. Überall sah sie Auflösungserscheinungen. Aber vielleicht bildete sie sich das nur ein.

Sie verzog ihre Nase zu einer Grimasse, man sollte nie verallgemeinern. Morgen war wieder ein anderer Tag.

Eine Gleichung mit zu vielen Unbekannten

Suche nach dem Mörder des Magiers immer noch ohne Erfolg.
Das war die Überschrift eines einspaltigen Artikels im *Boston Globe*.
Jedesmal, wenn Gourdin Young aus der Entfernung die Rahen und Ma-

sten der *U.S.S Constitution* sah, fiel ihm der ermordete Magier ein. Je länger die Tat zurücklag, um so schwieriger würde es werden, den Mörder zu finden.

Er hatte schon manchmal mit dem Gedanken gespielt, zur Polizei zu gehen und seinen Verdacht über den nie wieder aufgetauchten Besucher, mit dem der Ermordete kurz vor seinem Tod eine laute Diskussion geführt hatte, mitzuteilen. Aber was hätte er der Polizei erzählen können? Daß er diesen Mann kannte, weil er glaubte, in ihm den Mann vom Friedhof, den Hohepriester, der die schwarze Messe zelebriert hatte, wiedererkannt zu haben? Er hätte ihr auch von seiner zweiten Begegnung mit ihm berichten können, aber die würde sich für die Beamten noch absurder anhören.

Ein Mann mit einer *Laterna magica*!

„Man kann mit ihr in die Vergangenheit und in die Zukunft sehen." Das waren seine Worte gewesen, Gourdin Young hatte sie nicht vergessen.

Der Mann war groß und hager und dunkel gekleidet gewesen. Seine Tracht hatte ihn an einen katholischen Priester erinnert, schwarze Hosen, ein altmodischer schwarzer Gehrock und ein hoher, steifer Priesterkragen.

Die Polizisten würden ihn für übergeschnappt halten, bestenfalls für einen Wichtigtuer.

Aber Gourdin Young hatte die Gegenwart des Mannes als eine Bedrohung empfunden.

Gourdin Young mußte an seinen Vater denken. Ob er bei seinen weiteren Nachforschungen noch etwas herausgefunden hatte?

Rollenspiel

Punkte eins komma fünf komma sieben vollweise gebilligt stop vorschlag in punkt sechs doppelplus lächerlich nähe deldenk streichen stop unverfahren konstruktionsweise vorerhalt kalkulation maschinerie pauschal stop ende weisung.

Chas Eytinge lernte seine Rolle, er zitierte ein Anweisung O'Briens in Neusprech. Abgehackt, autoritär. So, wie er glaubte, daß es zu einem Mitglied der inneren Partei paßte.

O'Brien lotet die Bereitschaft von Winston und Julia aus, sich in den Dienst der Bruderschaft zu stellen.

„Sie sind bereit, Ihr Leben zu opfern? Sie sind bereit, Morde zu begehen? Sabotageakte zu verüben, die vielleicht den Tod von Hunderten unschuldiger Menschen herbeiführen? Ihr Land an fremde Mächte zu verraten? Sie sind bereit, zu betrügen, zu fälschen, zu erpressen, Kinder zu korrumpieren, Drogen in Umlauf zu bringen, zur Prostitution zu animieren, Geschlechtskrankheiten zu verbreiten – kurz: alles zu tun, was zur Demoralisierung beiträgt und die Macht der Partei schwächt?

Wenn es beispielsweise unseren Interessen dienlich wäre, einem Kind Schwefelsäure ins Gesicht zu schütten – wären Sie dazu bereit?

Sind Sie bereit, Ihre bisherige Identität aufzugeben und Ihr Leben als Kellner oder Hafenarbeiter zu beschließen? Sie sind bereit, Selbstmord zu begehen, wann immer wir Ihnen dies befehlen? Sie beide sind bereit, sich zu trennen und einander nie mehr wiederzusehen?"

Hier machte Chas Eytinge eine Pause.

Julia alias Mary Seward würde an dieser Stelle protestieren und „Nein!" sagen, und Winston alias John Guthrie würde ebenfalls entschieden nein sagen.

Chas stellte fest, daß Mary ihn selbst beim Rollenstudium beschäftigte, jetzt mußte er sie Mary I nennen, da es eine zweite Mary in seinem Leben gab. Doch war es tatsächlich ausgeschlossen, daß er zu Mary I zurückkehrte? Das hing nicht nur von ihm ab, das war ihm klar. Vielleicht würde sie ihm die kalte Schulter zeigen, sollte er versuchen, sich ihr wieder zu nähern. Wer konnte das schon bei einer Frau wie Mary voraussehen. Chas seufzte und versuchte, den Faden seiner Rolle wieder aufzunehmen.

„Ist Ihnen klar, daß er (gemeint war Winston), selbst wenn er überlebte, ein völlig anderer Mensch wäre? Wir könnten gezwungen sein, ihm eine neue Identität zu geben. Sein Gesicht, seine Bewegungen, die Form seiner Hände, seine Haarfarbe – sogar seine Stimme wäre anders. Und auch aus Ihnen könnte ein anderer Mensch geworden sein. Unsere Chirurgen sind in der Lage, Menschen bis zur Unkenntlichkeit zu verändern. Manchmal ist das nötig. Manchmal amputieren wir sogar einen Arm oder ein Bein."

Chas Eytinge wurde immer deutlicher, daß die Rolle der Julia zu Mary paßte. Sie würde genauso kompromißlos reagieren – in ihrer Ablehnung wie in ihrer Liebe.

„Es ist Ihnen klar, daß Sie im Ungewissen kämpfen werden. Sie werden immer im Ungewissen sein. Sie werden Befehle erhalten und sie ausführen, ohne zu wissen warum. Später werde ich Ihnen ein Buch zukommen lassen, aus dem Sie die wahre Natur der Gesellschaft, in der wir leben, erfahren werden und auch die Strategie, mit der wir sie zerstören werden.

Wenn Sie das Buch gelesen haben, werden Sie vollwertige Mitglieder der Bruderschaft sein. Doch außer den generellen Zielen, für die wir kämpfen, und den jeweiligen augenblicklichen Aufgaben werden Sie nie etwas anderes wissen. Ich sage Ihnen, daß die Bruderschaft existiert, aber ich kann Ihnen nicht sagen, ob sie hundert oder zehn Millionen Mitglieder zählt. Aus eigener Kenntnis heraus werden Sie niemals in der Lage sein, zu sagen, daß sie auch nur ein Dutzend Mitglieder zählt. Sie werden drei oder vier Kontaktpersonen haben, die von Zeit zu Zeit ersetzt werden, weil sie verschwinden. Da ich Ihr erster Kontaktmann bin, bleibt unsere Verbindung bestehen. Wenn Sie Befehle erhalten, dann von mir. Falls wir es für nötig befinden, mit Ihnen in Verbindung zu treten, wird dies durch eine Person meines Vertrauens geschehen. Wenn Sie schließlich geschnappt werden, werden Sie gestehen. Das ist unvermeidlich. Aber außer Ihrem eigenen Tun werden Sie sehr wenig zu gestehen haben. Sie werden nicht mehr als eine Handvoll unwichtiger Leute verraten. Bis dahin bin ich vielleicht schon tot, oder aus mir ist ein anderer Mensch mit einem anderen Gesicht geworden."

Es war ein langer Monolog O'Briens, den er einstudierte. Für seinen Geschmack war er zu lang, aber die Regieanweisungen sahen an dieser Stelle keine Unterbrechung vor; er würde Peter Levitt darauf ansprechen.

„Sie werden Gerüchte über die Existenz der Bruderschaft gehört haben. Zweifellos haben Sie sich Ihr eigenes Bild davon gemacht. Sie haben sich wahrscheinlich eine gewaltige Unterwelt von Verschwörern vorgestellt, die sich heimlich in Kellern treffen, Mitteilungen an Mauern kritzeln und einander an Kodeworten oder besonderen Handzeichen erkennen. Es gibt nichts dergleichen. Die Mitglieder der Bruderschaft haben keinerlei Möglichkeit, voneinander zu erfahren, und jedes einzelne Mitglied kennt nur die Identität von wenigen anderen.

Die Bruderschaft kann nicht ausgelöscht werden, weil sie keine Organisation im herkömmlichen Sinn ist. Sie wird einzig und allein von einer unzerstörbaren Idee zusammengehalten.

Wenn Sie schließlich geschnappt werden, wird Ihnen niemand helfen. Wir helfen unseren Mitgliedern nie.

Sie werden sich daran gewöhnen müssen, ohne Resultate und ohne Hoffnung zu leben. Sie werden eine Zeitlang für uns arbeiten, man wird Sie schnappen, Sie werden gestehen, und dann werden Sie sterben. Dies sind die einzigen Ergebnisse, die Sie jemals sehen werden. Es besteht keinerlei Aussicht, daß zu unseren Lebzeiten eine merkliche Veränderung eintreten wird. Wir sind Tote. Unser einzig wahres Leben liegt in der Zukunft. Wir werden als eine Handvoll Staub und Knochensplitter an ihr teilhaben. Aber wie fern diese Zukunft noch ist, weiß niemand."

Chas Eytinge legte das Skript aus der Hand. Dieser Monolog war entschieden zu lang, fast ohne Abweichung aus der Romanvorlage entnommen. Er hätte gerne gewußt, was Taylor Guthrie dazu veranlaßt hatte. Wenngleich er zugeben mußte, daß O'Briens Worte für ihn eine seltsame Aktualität ausstrahlten, losgelöst von ihrem Kontext. War es nicht immer so, daß gesellschaftliche Veränderungen mehr Zeit als die Spanne eines Menschenlebens brauchten, um Gestalt anzunehmen, und lag deshalb das wahre Leben nicht tatsächlich in der Zukunft, auf die es geduldig zu warten galt, wenn man etwas verändern wollte? Chas gestand sich ein, daß dies graue Theorie war. Der Normalsterbliche lebte erwiesenermaßen zu neunzig Prozent in der Gegenwart. Und keiner dachte sich etwas dabei, von den wenigen abgesehen, die wegen ihres Zukunftsglaubens als Spinner angesehen wurden.

Chas klappte das Skript zu. Es war Zeit zu einem Ausflug ins *Border Café*, wo Mary II auf ihn wartete.

Die Unfähigkeit, zu trauern

Bisher hatte Peter Levitt in seinem Leben noch keinen Grund gefunden zu trauern. Man konnte bei ihm geradezu von einer Unfähigkeit, zu trauern, sprechen. Was wahrscheinlich eine Folge seiner geradezu narzißtischen Ichbezogenheit war, die ihn gegen das Leid anderer immer gut abschirmte. Andererseits konnten die meisten seiner Mitmenschen ihm deswegen nicht böse sein, weil er eine jugendliche Unbekümmertheit mit einem persönlichen Charme verband, was seine Schwächen vor allen Dingen für das weibliche Geschlecht in den Hintergrund drängte.

Um so mehr mußte es überraschen, daß er am Tod eines Hundes Anteil nahm. Der Hund war Maskottchen der Bruderschaft Kappa Sigma und hieß Susy, eine Promenadenmischung, deren genetische Mixtur sich jeglicher Recherche entzog.

Susy residierte in dem roten Backsteinhaus, dem Sitz der Bruderschaft, und wurde an einem grauen Februartag von einem Auto überfahren, als sie Jagd auf eine Katze machte. In ihrem Eifer ließ sie jede Vorsicht außer acht und wurde mitten auf der Fahrbahn von dem Lieferwagen erfaßt, der gerade Getränkenachschub für die Bar im Haus der Bruderschaft anliefern wollte. Für Susy kam jede Hilfe zu spät. Peter Levitt hatte die Tragödie zufällig beobachtet und war sofort auf die Straße gelaufen. Der Fahrer des Lieferwagens versuchte, ihm wortreich zu erklären, daß ihn an dem Unfall keine Schuld trug, aber Peter Levitt hörte ihm gar nicht zu, sondern kniete sich vor dem Hund hin, aus dessen Schnauze ein dünnes rotes Rinnsal lief, und nahm ihn in die Arme. Er trug ihn vorsichtig zu dem Haus hinüber. Der Hausmeister, der ihn beobachtete, erzählte später, Peter Levitt hätte sich hinterher ein paar Tränen aus den Augen gewischt, was die Umstehenden mit einem ungläubigen Ausdruck quittierten; so viel Mitgefühl für einen Hund paßte einfach nicht zu ihm. Aber der Hausmeister bestand auf den Tränen, und schließlich akzeptierten sie diese ungewohnte Regung achselzuckend als eine Tatsache – man lernte eben nie aus.

Tote kehren nicht zurück

Roger Young telefonierte mit seinem Sohn. „Ich habe Neuigkeiten, Gourdin."

„Heißt das, daß du tatsächlich noch etwas entdeckt hast?" Gourdins Stimme verriet gespannte Erwartung.

„Das kann man wohl sagen, und ich weiß nicht, was ich davon halten soll. Stell dir vor, es gibt eine Verbindung zwischen Thomas Wagner, Peter Levitt und Charles Eytinge. Alle drei taten Dienst auf dem konföderierten Kriegsschiff *Florida*, das am 7. Oktober 1864 in einem Handstreich von einem Schiff der US–Marine gekapert wurde. Charles Eytinge war der Kommandant der *Florida*, er fiel bei dem Schußwechsel. Die anderen beiden gelten als vermißt. Wahrscheinlich sind sie bei dem Versuch, an Land zu schwimmen, ertrunken oder erschossen worden. Peter Levitt wurde in der Besatzungsliste als Bootsmannsmaat geführt, Thomas Wagner bekleidete den Rang eines Leutnants und war der verantwortliche Artillerieoffizier der *Florida*. Oh, noch etwas. Deinen Namensvetter, den Fähnrich, der an der Erstürmung von New Orleans beteiligt war und den Brand des Kanonenbootes *Cayuga* mit schweren Brandverletzungen überlebte, hat es später doch noch erwischt. Er fiel im Jahr darauf bei dem Gefecht zwischen der *U.S.S Hatteras* und dem konföderierten Kriegsschiff *Alabama*.

„Und besteht eine Verbindung zwischen ihnen und unserem Traum?"

Sein Vater schwieg einen Augenblick, um zögernd zu antworten: „Kommt darauf an, wie man die Dinge betrachtet. Der Traum ist seltsam genug, wenngleich die Namensgleichheit noch nichts besagen muß. Würde man allerdings herausfinden, daß zwischen den dreien von der *Florida* und deinen Freunden eine verwandtschaftliche Beziehung besteht, so wäre das schon seltsam. Es würde euren Traum noch verwirrender machen."

Gourdin Young hatte plötzlich eine Idee, die er im gleichen Augenblick als verrückt verwarf. „Vielleicht geht es um Rache."

„Rache? Wie soll ich das verstehen?"

„Vergiß es, es klingt geradezu albern."

Doch sein Vater ließ nicht locker. „Nein, nein, sag schon, was du damit meinst."

„Nun, die drei Toten standen auf der Seite des Südens. Mein Doppelgänger hat schon mit seinem Leben bezahlt. Gegen wen kann sich die Rache also richten?"

Gourdin Young überlegte einen Augenblick, um dann selbst die Antwort zu finden: „Gegen den, der für ihren Tod verantwortlich ist."

„Nun, direkt oder indirekt, wie man will, ist der einzige Schuldige der Kommandant der *USS Wachusett*", sagte sein Vater.

„Und wer war das?"

„Warte, es steht hier irgendwo in den Aufzeichnungen. Er hieß John Guthrie und bekleidete den Rang eines Leutnants. Sagt dir der Name etwas?"

Gourdin Young wußte, daß diese ganze Geschichte aberwitzig war und sie wahrscheinlich beide eine Reihe Fakten zusammengetragen hatten, die zufällig eine Theorie ergaben, und selbst wenn sie logisch war: Tote kehrten schließlich nicht nach hundertvierzig Jahren zurück, um an den Nachfahren ihres Mörders Rache zu nehmen. Trotzdem ertappte er sich dabei, daß er ein seltsames Gefühl in der Magengrube verspürte, eine plötzliche, Übelkeit erregende Leere, die oft einem Schock oder einem schrecklichen Erlebnis folgt.

„John Guthrie ist ein Kommilitone von mir. Er gehört zu unserer Clique. Wir sind befreundet. Seine Schwester Nancy galt bis vor kurzem als die Zukünftige von Charles Eytinge. Im Augenblick hat sich ihre Beziehung allerdings etwas abgekühlt. Doch die Idee, daß jemand sich an ihm für etwas rächen will, was vor hundertvierzig Jahren geschah, ist absurd."

„Eben", betonte Roger Young. „Tote kehren nicht zurück."

Wenn Gott mit den Gerechten ist, ist Satan mit den Ungerechten

Stephanie Craven hielt Taylor Guthrie nicht gerade für *die* literarische Entdeckung dieses Jahrzehnts, aber sie bewertete seinen Ehrgeiz dennoch grundsätzlich positiv. Manchmal wünschte sie, daß ihr eigener Mann etwas weniger selbstzufrieden wäre und dafür etwas von dem Ehrgeiz Taylor Guthries hätte.

Als er an dem Abend vorbeikam, um ihr das Skript zu bringen, konnte sie sich des Eindrucks nicht erwehren, daß Taylor Guthrie etwas auf dem Herzen hatte.

„Hallo, Mrs. Parsons", begrüßte er sie lächelnd.

Sie bat ihn herein. „Theo hat heute abend seine Wochenbesprechung", sagte sie. „Es wird spät werden, bis er nach Hause kommt. Aber trotzdem, kommen Sie rein."

„Ich werde nicht lange bleiben, ich wollte Ihnen nur das Skript vorbeibringen."

„Das wäre nicht nötig gewesen, Theo war schon so vorausdenkend und hat für jeden von uns ein Exemplar mitgebracht."

„Oh, dumm von mir."

„Das macht doch nichts, setzen Sie sich. Wollen Sie etwas trinken?"

„Wenn Sie Whisky im Haus haben, mit wenig Wasser und viel Eis."

Er setzte sich auf das Sofa und ließ die Eiswürfel im Whiskyglas klingeln. „Haben Sie schon mal einen Vertreter erlebt, der Versicherungen gegen den Tod verkauft?" fragte er plötzlich.

Sie sah ihn erstaunt an.

„Ja, ja, keine Lebensversicherungen. Er zitierte Longfellow: *Die Lebenden gehen, aber die Toten bleiben*, als wollte er sagen, die Toten seien wichtiger als die Lebenden."

„Sie lernen seltsame Menschen kennen, Taylor, das muß ich schon sagen. Aber worauf wollen Sie hinaus?"

„Der Mann ist noch einmal wiedergekommen. Er wollte mir ein Angebot machen. Verrückt, nicht wahr?"

„Warten Sie einen Augenblick", sagte sie, „jetzt brauche ich auch was zu trinken."

Sie schenkte sich einen Fingerbreit Whisky ein und ging hinaus, um etwas Eis zu holen.

Als sie zurückkam, fuhr Taylor fort: „Der Mann sagte zu mir: ‚Es ist ein

Gefallen, den ich von dir erwarte, ein kleiner Gefallen, doch mit ihm wird eine Schuld gesühnt werden, und du wirst davon profitieren.' Verstehen Sie, Stephanie, es war, als könnte er mir für einen Gefallen alle Wünsche erfüllen."

Sie sah ihn skeptisch an.

„Das klingt lächerlich, ich weiß. Doch Sie hätten den Mann mal sehen sollen. Er war kalt wie Eis, aber in seinen Augen brannte ein Feuer. Man hätte ihm glauben können."

Stephanie Craven war eine realistische, erdige Frau, Aberglaube war etwas, das außerhalb ihres Horizonts lag. „Er hat ihnen sozusagen einen Pakt mit dem Teufel vorgeschlagen, Taylor. Ich verstehe. Wird er wiederkommen?"

„Das ist es ja, er hat gesagt, er wird wiederkommen."

„Hermann Hesse sagte einmal: Das Beste, das Begehrenswerteste auf der Welt kann man nur mit der eigenen Seele bezahlen."

Taylor zuckte zusammen. „Wie kommen Sie ausgerechnet auf dieses Zitat?"

„Oh, es war mir gerade eingefallen. Außerdem paßt es zu dem Pakt mit dem Leibhaftigen. Im übrigen würde ich abwarten, Taylor. Es würde mich interessieren, welchen Gefallen er von Ihnen verlangt."

„Kann es sein, daß Gott mit den Gerechten und Satan mit den Ungerechten ist?"

Stephanie Craven sah ihn verwundert an. „Wie meinen Sie das?"

„Nun, jeder schützt seine Schäfchen, nicht wahr?"

Nach seinem Besuch rief Taylor Guthrie am Abend Stephanie Craven an und teilte ihr mit, daß der Vertreter für Versicherungen gegen den Tod sich wieder bei ihm gemeldet habe. Es wäre bald so weit, habe er gesagt, er solle bereit sein.

Aussichten und Einsichten

John Guthrie hatte schon als Junge mit Bleisoldaten aus dem Besitz seines Großvaters die Schlacht von Gettysburg nachgestellt.

Aber erst die Lesungen mit Chas Eytinge hatten in ihm auch das Interesse für den Seekrieg zwischen dem Norden und dem Süden geweckt. Er gab zu, daß er das Studium dieser Seite des Bürgerkrieges vernachlässigt hatte.

„Woher hast du eigentlich all diese Unterlagen?" hatte er Chas irgendwann gefragt.

Es stellte sich heraus, daß sie verstaubt in einer Dachkammer gelegen hatten, zwischen anderen Büchern, Folianten, Drucken und den Buchführungsunterlagen des Speditionsunternehmens, das Chas' Großvater betrieben hatte.

Im Augenblick befand sich John Guthrie wieder einmal in einem Stimmungstief. Seine Augen schienen ihn auf die Folter zu spannen. Einen Tag, wenn er wieder nur undeutliche Schatten zu unterscheiden vermochte, trieben sie ihn zur Verzweiflung, und am nächsten Tag, wenn er plötzlich im Badezimmerspiegel wieder sein Gesicht erkannte, überkam ihn eine euphorische Stimmung.

Er wartete auf Chas. Seine Lippen waren zu einem dünnen Strich zusammengepreßt. Heute war ein Tag, den er am liebsten im Kalender gestrichen hätte. Schon der Morgen hatte es in sich gehabt. Zuerst hatte er das Wasser der Dusche zu heiß eingestellt, dann eine Viertelstunde seine Schuhe gesucht, und zu allem Überfluß hatte er den Toaster nicht finden können.

Wenn er ehrlich mit sich selbst war, mußte er jedoch zugeben, daß sein Sehvermögen sich in den letzten Wochen gebessert hatte. Die Konturen der Objekte waren schärfer geworden, und an manchen Tagen hatte er sogar schon wieder ein Buch in die Hand genommen und gelesen, obwohl ihn dies immer noch sehr anstrengte und meistens in einem Migräneanfall mündete. Aber er wurde zunehmend ungeduldiger. Beinahe ein ganzes Semester hatte er bis jetzt verloren. Und dann diese Ungewißheit. Niemand konnte ein festes Datum für den Tag nennen, an dem er wieder über seine volle Sehkraft verfügte. Außerdem fiel ihm manchmal die Decke auf den Kopf, wenn er in seinem Zimmer saß und nichts anderes tun konnte, als mehr oder weniger düsteren Gedanken nachzuhängen. Dann glaubte er, die Welt sei auf ihn zusammengeschrumpft, der Sonne und Erde zugleich war. Als ob die Welt spurlos wie ein Traum verschwunden war und er nur ein Funkenflug der Zeit sei, die ein Hund anbellte.

In wenigen Minuten würde Chas das Zimmer betreten, und er sagte sich, daß sein Freund es nicht verdiente, unter seiner schlechten Laune zu leiden.

Zwölfte Lesung

An Bord *CSS Shenandoah*

Um ein Uhr der Mitternachtswache kam Land in Sicht. Bei Sonnenaufgang befanden wir uns unter leichtem nordöstlichen Wind bereits in der Straße von Bass zwischen Australien und Tasmanien. Ich hielt die Kessel unter Dampf, bis Kap Howe N.N.W. peilte, dann ließ ich den Propeller hochbinden. Die Besatzung hatte sich mittlerweile nachdem ein Ire, sechzehn Deutsche und ein Farbiger, die in Hobsons Bay gegen das Versprechen der Zahlung einer Prämie von hundert Dollar durch den amerikanischen Konsul desertiert waren, um vierunddreißig junge amerikanische Seeleute und acht anderer Nationalität (sie hatten sich in der Nacht vor unserem Auslaufen aus Hobsons Bay selbst an Bord geschmuggelt) erhöht. Dieser Zuwachs brachte unsere Personalstärke auf zweiundsiebzig Mann. Sie waren alle ziemlich heimatlos, an ein hartes Leben gewöhnt, und waren mehr auf der Suche nach Spaß und Abenteuer als nach irgend etwas anderem. Der erste Offizier, der in der Ausübung seiner Pflichten immer ein Vorbild war, sah unter sich eine Besatzung versammelt, mit der er beinahe sämtliche Positionen besetzen konnte. Es waren auch echte Yankees aus Neuengland darunter, und es war schon etwas seltsam, an Deck eines konföderierten Schiffes einen Yankee zu finden, der sich freute, den Besitz seiner Landsleute zerstören zu dürfen.

Der Wind kam weiter aus nordöstlicher Richtung und zwang uns manchmal auf einen Südostkurs. Im Norden lagen Middleton, die Lord–Howe–Inselgruppe und die Norfolk–Insel, die ich gerne angelaufen wäre, aber der Wind wehte nicht aus der richtigen Richtung und hielt mich davon ab, und ich konnte keine Kohlen auf der vielleicht erfolglosen Suche nach Walfängern vergeuden. Diese Inseln werden von Großbritannien beansprucht, liegen vor der Küste Australiens und haben eine gute Verbindung zu Sydney. Wäre das Schiff von gutem Wind begünstigt gewesen, hätte ich die Walfanggründe dieser Inseln besucht, aber der sparsame Kohleverbrauch war von äußerster Wichtigkeit. Das Ausbleiben des Dampfers aus Melbourne wirkte sich für einen Erfolg im Südpazifik negativ aus. Die Südpazifikwalfangflotte war gewarnt, hatte ihren Walfang eingestellt und in den benachbarten Häfen Schutz gesucht oder, was am wahrscheinlichsten war, sich zu Fanggründen in der Arktis aufgemacht. Der Wind blies weiter aus Nordost, bis das Schiff beinahe die Länge der Insel der Drei Könige erreicht hatte, die sich westlich von dem nordwestlichsten Zipfel Neuseelands befindet. Dann drehte der Wind in eine günstigere Richtung, und wir konnten einen nördlicheren Kurs steuern, der uns zwischen Fearn und Conway Island hindurchführte und an den Fidschiinseln Rotumah und Ellice vorbei. Nördlich von Fearn Island traf uns ein Sturm aus Nordost. Ich legte das Schiff auf Backbordbug; zu viele Inseln lagen westlich von Fearn Island, deren genaue Lage zu wenig bekannt war, um das Risiko einzugehen, das Schiff auf Steuerbordbug zu legen. Glücklicherweise zog der Sturm nach Westen, und mit Kurs Südost–Ost konnten wir ihm aus dem Weg gehen. Ich hatte in meiner gesamten bisherigen Dienstzeit nie eine so schwere See erlebt. Das Schiff war in salzige Gischt eingehüllt und wurde von der aufgebrachten See wie ein Spielzeug hin und her geschleudert. Doch die Maschine bewährte sich auch unter diesen extremen Bedingungen, und die Vorbereitung des Schiffes im Hafen auf ein so schweres Wetter erwies sich als ausreichend. Ich habe nie ein Schiff gesehen, das einem Sturm wie diesem besser widerstanden hätte. Der Sturm dauerte vier Tage, danach beruhigte sich die See.

Am 21. März, auf 8°35' S. und 172°51' O., ohne günstigen Wind in Aussicht und von der starken Hitze und sintflutartigen Regenfällen zermürbt, ließ ich die Kessel anheizen und schlug auf der Suche nach Wind einen nördlichen Kurs ein. Drummond Island kam in Sicht, ich lief nahe genug heran, um mit Eingeborenen Kontakt aufzunehmen, die mit ihren Einbäumen herauskamen, um uns Früchte zum Kauf anzubieten. Ihre Haut ist kupferfarben, sie sind kleinwüchsig und nackt. Einen oder zwei Tage, nachdem ich Drummond Island verlassen hatte, nahm ich mit einem Schoner Kontakt auf, der sich auf der Suche nach Schildpatt auf einer Reise zwischen den Inseln befand, und von dem ich wertvolle Informationen über amerikanische Walfänger auf der Insel Ascension erhielt. Wir setzten unsere Fahrt unter Segeln fort. Am folgenden Tag erreichten wir Strong Island, ich ließ erneut die Kessel anheizen. Wir näherten uns genug, um einen Blick in den Hafen von Chabrol zu werfen, ein Ort, wo sich Walfänger treffen. Der Hafen war leer. Wir kontrollierten die Insel in allen Richtungen, außer auf ihrer Nordseite, zogen den Propeller hoch und setzten Segel nach Ascension (Ponape), eine Insel des Karolinen Archipels.

Das Schiff lag jetzt unter günstigem Wind und machte gute Fahrt, und die Insel kam am nächsten Vormittag in Sicht. Kurz vor Mittag waren wir dicht genug herangekommen, um vier vor Anker liegende Schiffe ausmachen zu können. Und ich überlegte, daß es wahrhaftig einem Aprilscherz gleichkäme, sollte es sich bei diesen Schiffen, von denen wir annahmen, daß es sich um Walfänger aus Neuengland handelte, um Schiffe anderer Nationalität handeln. Ein Schoner aus Honolulu war das einzige Segel, das wir seit dem 20. Februar bis zum 1. April gesichtet hatten, was ein Beleg dafür war, daß die Südpazifikwalfangflotte das Weite gesucht hatte. Wir hatten vorher noch nie so lange die Meere durchpflügt, ohne auf ein Schiff zu stoßen. Es war ein Gefühl der Einsamkeit, das nur jemand nachvollziehen kann, der sich schon in unserer Lage befunden hat. Wir befuhren Meere, die wenig bekannt waren, und die wochenlange Monotonie ließ die Gefühle jetzt um so höher schlagen.

Wir befanden uns unter Land und folgten der Küste, als ein kleines Boot mit einem englischen Lotsen in Sicht kam. Er lebte schon seit dreizehn Jahren auf der Insel, auf der er sich niedergelassen hatte, nachdem er als Strafgefangener aus einer Strafkolonie in Sydney ausgebrochen war. Ich habe nie herausgefunden, wie er es geschafft hat, die Insel Ascension zu erreichen. Auf jeden Fall heiratete er eine Eingeborene und lebt seitdem hier. Ich fragte ihn nach den Schiffen und dem Hafen und fand heraus, daß amerikanische Walfänger im Hafen lagen und daß es für die *Shenandoah* dort anscheinend einiges zu tun gab. Der Lotse wurde angewiesen, das Schiff innerhalb des Riffs ankern zu lassen. Und ich machte ihm klar, daß ich ihn persönlich zur Rechenschaft ziehen würde, sollte er die *Shenandoah* auflaufen lassen. Wir hatten unsere Flagge noch nicht gehißt, und der Lote wußte weder unsere Nationalität, noch stellte er irgendwelche Fragen. Die Vorbereitungen für das Ankern wurden getroffen. Ich begleitete den Lotsen und blieb bei ihm, bis das Schiff in 15 Faden tiefem Wasser vor zwei Ankern lag. Drei Schiffe hißten die amerikanische Flagge, das vierte ließ die Flagge von Oahu auswehen. In diesem kleinen, engen Hafen befand sich in der Mitte der Einfahrt ein Felsen, dem sich unser Schiff unvermeidlich gefährlich näherte. So spannten wir mehrere Trossen zu einigen Bäumen am Ufer, um zu vermeiden, daß die *Shenandoah* gegen den Felsen trieb. Danach ließ ich vier Kutter bemannen. Alle vier standen unter dem Befehl eines Leutnants und hatten eine bewaffnete Prisenbesatzung von sieben Mann an Bord. Die Boote wurden mit dem Befehl ausgesetzt, die Schiffe zu kapern und ihre Offiziere mitsamt Schiffspapieren, Logbüchern, Navigationsinstrumenten und Seekarten an Bord der *Shenandoah* zu bringen. Die Seekarten waren wichtig, da wir nicht über solche Karten verfügten, wie sie den Walfängern zur Verfügung standen. Auf ihnen waren alle Fanggründe eingetragen und wo die Jagd der Walfänger am erfolgreichsten gewesen war. Mit solchen Karten in meinem Besitz hielt ich nicht nur den Schlüssel für die Navigation zwischen allen Inseln des Pazifiks, auf dem Ochotskischen Meer, in der Beringsee und in der Arktis in der Hand, sondern kannte auch den wahrscheinlichen Aufenthaltsort der großen arktischen Walfangflotte von Neuengland, ohne mich auf eine ermüdende Suche nach ihr begeben zu müssen.

Nachdem die Boote vom Schiff abgelegt hatten, hißten wir unsere Flagge, und ein Kanonenschuß wurde abgefeuert. Dieses Signal, das klarmachte, wer wir waren, wirkte wie ein Stich ins Wespennest. Die Eingeborenen am Strand, die das Schiff betrachteten, suchten Schutz im Gebüsch, und die amerikanischen Walfänger holten ihre Flagge ein. Ich fragte den Lotsen, ob er unsere Flagge kennen würde. Er antwortete, daß er sie noch nie gesehen habe, aber es könne die Flagge des Südens sein, denn er habe von einem großen Krieg in Amerika gehört. Ich sagte ihm, wer wir waren, er sah auf die Flagge und meinte: „Eine hübsche Flagge, sie sieht so aus wie die weiße britische Fahne." Er erzählte mir, daß es auf der Insel fünf Stämme gab, die alle ihren König, ihre Prinzen und ihre Edelleute hatten, daß ihre Währung die Kokosnuß sei und daß Metallgeld für die Eingeborenen wertlos sei, aber daß sie an Tabak, Schnaps, Pulver und Blei Interesse hätten. Sie seien halbe Barbaren, wüßten nichts von unserem Schöpfer oder glaubten zumindest nicht an ihn. Auf der Insel befinde sich ein amerikanischer Missionar. Was dieser sie über die heilige Schrift lehre, wisse er nicht, aber auf jeden Fall lehre er sie, seine Verträge über Schildpatt mit ihm einzuhalten. Obwohl sie ihren König anbeteten, könne er nicht erkennen, daß sie großen Respekt vor ihm hätten. Sie bewohnten eine Insel, die im Umfang 7 Meilen messe, die überall grün und von Flüssen durchzogen sei und voll mit Fischen. Der König und die Prinzen hätten durch ihn vom Krieg erfahren, er wiederum habe sein Wissen aus den von den Schiffen zurückgelassenen Zeitungen.

Der Lotse diente als mein Dolmetscher. Ich sandte ihn mit der Gig, in Begleitung eines Bootsmannes, an Land, um dem König meine besten Wünsche für seine Gesundheit, Frieden und Wohlstand zu überbringen, und gleichzeitig lud ich ihn ein, die *Shenandoah* zu besuchen. Bereits eine Stunde später war die Gig mit dem königlichen Gefolge, begleitet von siebzig Einbäumen, auf dem Rückweg. An Bord der Gig befanden sich der König, der Erbprinz und vier Häuptlinge, die um den Hals einen Blumenkranz trugen und von den Hüften an abwärts eine Schürze aus Seegras. Ihre Körper glänzten im Sonnenlicht, als ob sie mit Öl eingerieben wären. Ich stand zum Empfang des Königs bereit, und wir trafen uns an der Gangway. Sehr vorsichtig kletterte er die Jakobsleiter hoch, zog sich, oben angekommen, die Schürze zurecht und setzte sich zwischen die Gangwaypfosten. Er roch stark nach Kokosöl, das als Schutz gegen Moskitos und fast alle anderen Plagen dient. Der Weg für den Erbprinzen war somit blockiert, er hing weiter außenbords an der Strickleiter. Der Lotse befand sich noch in der Gig. Da ich mit seiner Majestät nicht reden konnte, bat ich ihn mit Handbewegungen, mir auf das Deck zu folgen. Dort stand er kerzengerade, als erwartete er von allen Anwesenden eine untertänige Verbeugung. Nachdem sein Gefolge das Deck erreicht und sich entsprechend seiner Rangordnung vor dem König aufgestellt hatte, wurde ich dem Monarchen durch den Lotsen vorgestellt, der mit einer rückwärts gerichteten Kopfbewegung nur sagte: „Das ist der König, Sir." Ich bat den König und sein Gefolge, mir zu meiner Kajüte zu folgen, und meine Offiziere bat ich, diesem Schauspiel beizuwohnen, weil solche Dinge immer interessant sind, vielleicht weil sie uns so absurd erscheinen. Als Einführung und Vorspiel zu dem, was ich mit seiner Majestät eigentlich besprechen wollte, begann die Pfeife zu kreisen, und Schiedam–Schnaps wurde ausgeschenkt, wonach der König sich sichtlich entspannte, wenngleich er immer noch sehr beeindruckt von den Gegenständen in meiner Kajüte war, die von aufgebrachten Schiffen stammten, aber auch von ihrer allgemeinen Einrichtung. Er sagte zu unserem Dolmetscher: „Ich möchte ausspucken, aber ich möchte nicht auf den Teppich spucken", und so wurde seiner Majestät ein mit Sand gefüllter hölzerner Spucknapf gebracht. Dann beobachtete ich zum ersten Mal, daß die Ohrläppchen der Eingeborenen gespalten waren, und als ich sah, wie dort ein Pfeifenmundstück hindurchgesteckt wurde und so in der Öffnung hängenblieb, begriff ich, wozu diese Maßnahme diente. Im übrigen trugen einige weitere Gläser Schiedam dazu bei, die freundschaftlichen Gefühle des Königs für uns zu erhöhen.

Inzwischen hatten die Offiziere, die die Prisen übernommen hatten, deren Maate, die Papiere etc. mitgebracht. Aber es fehlten die Kapitäne der aufgebrachten Walfänger, die sich alle an Land befanden. Ein bewaffnetes Boot wurde für den Augenblick in Bereitschaft gehalten, als sie im Hafen auftauchten, was gegen Sonnenuntergang der Fall war, und auch sie wurden an Bord der *Shenandoah* gebracht. Die Kapitäne der drei Yankeeschiffe konnten keinen stichhaltigen Grund gegen eine Beschlagnahme ihrer Schiffe und ihre Gefangennahme vorbringen, während der Kapitän aus Oahu keine Unterlagen über den Verkauf seines Schiffes vorlegen und auch nicht beschwören konnte, daß das Schiff an einen Bewohner Honolulus auf Oahu verkauft worden war. Es trug den Namen *Harvest*, als Heimathafen war New Bedford angegeben, und war in einem amerikanischen Schiffsregister erfaßt. Die *Harvest* unterstand im übrigen dem gleichen Kapitän, der sie schon vor dem Krieg auf früheren Walfangreisen befehligt hatte, und ihr Maat war Amerikaner. Ich konfiszierte sie daher und nahm den Kapitän gefangen. Die anderen Schiffe waren die *Edward Cary* aus San Francisco, die *Hector* aus New Bedford und die *Pearl* aus

New London. Insgesamt waren ihre Besatzungen, alles Einheimische aus Honolulu, 130 Mann stark. Nachdem die Frage der Konfiszierung geklärt und die Kapitäne in Verwahrung genommen worden waren, war der nächste wichtige Schritt, mit dem König eine Vereinbarung über das Schicksal der Prisen und ihrer Besatzungen zu treffen.

Der König herrscht nicht als absoluter Monarch, er gilt nur als erster unter Gleichen. Seine Autorität hing mehr von seinen persönlichen Qualitäten als von seinem Amt ab. Man kann sich leicht vorstellen, daß ein so wenig durch Gesetze und Kultur eingeengtes beziehungsweise geprägtes unabhängiges Volk in der Nachfolge auf dem Thron keine strenge Rangfolge einhält. Obgleich man der königlichen Familie großen Respekt zollte und ihr eine unbestrittene Autorität zubilligte, gab es trotzdem keine festgeschriebenen Regeln oder jedenfalls keine, die in der Thronfolge generell beachtet wurden, eher folgte man Nützlichkeitserwägungen als allgemein gültigen Prinzipien.

Am 3. April kam der König, begleitet vom Erbprinzen und den Häuptlingen, an Bord, und wir versammelten uns in meiner Kajüte. Die Pfeife und der Schnaps taten ihre Schuldigkeit, und nachdem der König und sein Hofstaat es sich bequem gemacht hatten, begann mit Hilfe des Dolmetschers unser Gespräch. Ich erläuterte die Aufgabe meines Schiffes und den Charakter des Krieges, von dem seine Majestät ja bereits gehört hatte, weswegen ich meinte, daß es sicher unnötig sei, in Einzelheiten zu gehen. Der König grunzte dazu. Er trank im übrigen mehr als jeder andere, wobei er nicht an seinem Glas nippte, sondern es sofort austrank.

Ich sagte, daß die Schiffe im Hafen unseren Feinden gehörten, darauf nickte er und sagte: „Dann mögt ihr euch nicht."

„Nein", bestätigte ich, und fuhrt fort: „Es ist unvorstellbar, daß es jemals zwischen dem Süden und dem Norden zu einer Aussöhnung kommen wird. Meine Aufgabe ist es, ihre Schiffe zu kapern und zu zerstören, wann immer es in meiner Macht steht, und wenn die Neutralitätsgesetze Eurer Majestät (an dieser Stelle sah er etwas verwirrt aus) dadurch nicht verletzt werden, werde ich die Schiffe im Hafen beschlagnahmen. Und da sie wenig an Bord haben, was wir gebrauchen können, mache ich ihren Inhalt Eurer Majestät zum Geschenk, während ich die Schiffe auf die hohe See führen und dort verbrennen werde." Seine Majestät sagte nach einer kurzen Unterredung mit den Häuptlingen (der Erbprinz wurde nicht zu Rate gezogen): „Wir finden in dem, was du sagst, nichts, was unseren Gesetzen widerspricht. Im Hafen gibt es Untiefen, wo die Schiffe auf Grund gesetzt und zerstört werden können." Aber er war dagegen, daß ich die Schiffe unter Beschuß nahm, weil er fürchtete, daß eine verirrte Kugel den Strand erreichen und Mitglieder des Stammes verletzen könnte. Ich zeigte mich mit allem einverstanden und begann damit, die Dinge, die wir von den gekaperten Walfängern gebrauchen konnten, auf die *Shenandoah* umzuladen. Ich befahl den Offizieren, unter deren Befehl die Prisen standen, die Schiffe auf Grund zu setzen und sie den Eingeborenen zu überlassen. Zu den Gütern, die auf die *Shenandoah* umgeladen wurden, gehörten unter anderem siebzig Flinten, die für den Handel mit den Inselbewohnern bestimmt gewesen waren. Ich sagte zu seiner Majestät: „Meine Festmachertrossen auf der Landseite sind in Gefahr. Jemand, der Böses im Schilde führt, könnte sie jederzeit kappen, und ein ungünstiger Wind könnte das Schiff auf den Felsen treiben." Ich wies auf das Riff. „Ich würde es begrüßen, wenn Eure Majestät einen oder mehrere Krieger zur Bewachung der Festmachertrossen abstellte und den Befehl gäbe, auf jeden zu schießen, der sich ihnen zu weit nähert." Er antwortete: „Ich habe die Krieger, aber ich habe weder Gewehre noch Munition." Seine Majestät stand jetzt auf so gutem Fuß mit mir, daß ich Vorschläge und auch einmal einen Witz auf seine Kosten machen konnte, ohne sein königliches Mißfallen zu erregen, denn er sprach mich häufig als „Mein lieber Bruder" an. Ich schloß also mit ihm einen Handel dergestalt, daß ich ihm die siebzig Flinten und etwas Munition anbot, wenn er dafür die Festmachertrossen bewachte. Er nahm das Geschenk an und gab daraufhin Befehl, die Festmachertrossen nicht aus den Augen zu lassen.

Der König äußerte den Wunsch, mit seinem Gefolge das Schiff zu besichtigen, und während ihm übersetzt wurde, daß es mir eine Ehre sein würde, ihn zu begleiten, übergab ich ihm einen Degen, den ich ihn bat anzunehmen, weil er ihm in Zukunft von Nutzen sein könne. Dieser Degen war ehemaliges US–Eigentum und stammte von einer Prise, die wir im Nordatlantik gekapert hatten. Seine Majestät hatte noch nie einen Degen gesehen und wußte nicht, was es damit auf sich hatte. Man bedeutete ihm, ihn um seine nackte Hüfte zu binden, und einer der Häuptlinge hängte ihn an seine rechte Seite, was mich zu der Frage veranlaßte, ob seine Majestät Linkshänder sei. Er blickte mißtrauisch auf die Waffe, und seine Zweifel, ob es sich für ihn ziemte, diesen Gegenstand so nahe am Körper zu tragen, waren so deutlich in seinem Gesichtsausdruck abzulesen, daß ich mich bemühen mußte, nicht in lautes Gelächter auszubrechen. Schließlich wollte er sich von dem Degen schon wieder trennen, als ich ihm zu verstehen gab, daß er ihn während der Schiffsbesichtigung unbedingt tragen müsse. Widerwillig akzeptierte er dies.

Wir hatten das Schott zum Maschinenraum erreicht, ich sah, daß die Beine des Königs sich beim Abstieg mit dem Degen verhedderten und der Erbprinz versuchte, dieses Problem zu beheben. Schließlich nahm er den Degen ab und übergab ihn dem Erbprinzen. Die Maschinen erregten sein Erstaunen und seine Verwunderung, die er mit einem Zungenschnalzen kundtat, was sein Gefolge ihm nachmachte.

Nach der Rückkehr in meine Kajüte lud der König mich zu einem Gegenbesuch in seine Residenz ein. Sie lag in der Nähe des Hafens und war aus Zuckerrohr gebaut, das durch wilden Wein verbunden war; das Dach bestand aus breiten Palmenblättern, und einige hölzerne Stufen führten zum Eingang. Ein Prinz mit Gefolge wartete auf mich am Landeplatz und führte mich zur königlichen Residenz, ohne sie selbst zu betreten. Die Residenz bestand nur aus einem etwa zehn Quadratmeter großen Raum, in dem die königliche Familie schlief, aß und ihre Besucher empfing. Das Bett seiner Majestät war eine in einer Ecke rechts vom Eingang ausgebreitete einfache Matte, und die Königin saß, Hände und Kinn auf die Knie gestützt, neben ihm. Der König stand nicht auf, als ich eintrat, und auch die Königin nahm von meiner Anwesenheit keine Notiz, es wäre gegen die Hofetikette gewesen. Doch der König winkte mir, mich zu setzen. Das Mobiliar bestand aus zwei Holzstühlen, einer Kiste und einem alten Koffer, der mir als Sitz angeboten wurde. Er war weich und im übrigen leer und schien offensichtlich wohl hauptsächlich als Ehrensitz für besondere Anlässe zum Einsatz zu kommen.

Die Königin war ausgesprochen häßlich, die erste wirklich häßliche Frau, die ich bisher in meinem Leben gesehen hatte. Der König hatte sie vor dem Tod der ersten Königin heiraten wollen, derer er überdrüssig geworden war. Doch die alte Königin wollte der Heirat nicht zustimmen und starb ganz unerwartet. Ihr Tod wurde nie untersucht. Erstaunlicherweise hatte der König seine jetzige Gemahlin noch am folgenden Tag geheiratet.

In der Mitte ruhte das Dach auf zwei Pfählen, zwischen denen Früchte und anderes Eßbares lagen. Der König begann unser Gespräch mit der Frage, wann unser Schiff die Insel verlassen würde und was ich beabsichtigte, mit meinen Gefangenen zu tun und er annehme, daß sie alle sterben müßten, denn es sei recht, so mit seinen Feinden umzugehen. Ich erklärte ihm, daß ihnen kein Haar gekrümmt würde und wir in einem zivilisierten Krieg nur Menschen töteten, die gegen uns bewaffneten Widerstand leisteten.

„Aber", sagte seine Majestät, „kein Krieg ist zivilisiert, und Menschen, die Krieg gegen andere Menschen führen, die ihnen nichts getan haben, sind schlechte Menschen und verdienen keinen Schutz."

Ich denke, diese Betrachtungsweise durch einen Wilden verdient Respekt.

Ich sagte dem König, daß wir am nächsten Tag in See stechen würden und ich unserem Präsidenten von der freundlichen Aufnahme der *Shenandoah* durch ihn berichten würde. Er sagte: „Sag ihm, ich bin sehr arm und daß unsere Stämme Freunde sind und wenn er mir ein Schiff schickt, ich ihn besuchen werde. Ich sende ihm zwei Hühner und einige Kokosnüsse, sie werden ihm schmecken."

Seine Majestät hatte keine Vorstellung von der Entfernung, die zwischen seiner Insel und Amerika lag, von dem er annahm, daß es eine Insel wie seine eigene sei und glaubte, daß die *Shenandoah* sie innerhalb weniger Tage erreichen könne.

Die Flinten lagen auf dem Hof herum, und einige Eingeborene waren dabei, sie zu ölen. Jetzt, wo er so viele Waffen besaß, schien der König sich vollkommen sicher zu fühlen. Als ich mich anschickte, ihn zu verlassen, stand er von seiner Matte auf und sagte, er würde mich zum Boot begleiten. Als ich am Boot ankam, fand ich dort die in Kokosnußblätter eingewickelten Hühner und ein Dutzend Kokosnüsse.

Der König war in seinem gesamten Verhalten immer kühl und reserviert. Er war ein selbstsüchtiger alter Fuchs, für den es nicht unter seiner Würde war, um Dinge zu bitten, die er begehrte, und sein Mißfallen zu zeigen, wenn eine solche Bitte abgelehnt wurde. Nur unter der Wirkung von Schnaps, und wenn er eine Pfeife rauchen konnte, taute er auf.

Inzwischen waren die Prisen auf Grund gesetzt worden, und die Eingeborenen hatten alles an Land transportiert, was nicht niet– und nagelfest war.

Zum Abschluß unseres Aufenthalts machte der König mir eine Prinzessin zum Geschenk, was ich, auch auf die Gefahr hin, für unhöflich zu gelten, mit dem (nicht der Wahrheit entsprechenden) Hinweis ablehnte, daß ich bereits verheiratet sei.

Gegen Mittag des 13. April verließen wir Ascension unter Dampf in östlicher Richtung, bis die Insel Südwest peilte, wonach wir unsere Reise unter Segeln fortsetzten.

Schuld ist ein weitherziges Wort

Die Kirche in der Commonwealth Avenue war ein schmuckloser roter Ziegelbau, der sich wenig von den Häusern in seiner Nachbarschaft unterschied. Die einzigen Dinge, die auf den sakralen Charakter des Gebäudes hinwiesen, waren das Eingangsportal mit dem gotischen Spitzbogen und die schwarze Anschlagtafel mit den goldenen Buchstaben, aus der zu entnehmen war, wann die Gottesdienste stattfanden.

Taylor Guthrie konnte sich nicht erinnern, wann er das letzte Mal eine Kirche betreten hatte, aber an dieser Kirche kam er fast jeden Tag vorbei, und an einem frostigen Februarmorgen blieb er vor ihr stehen und beschloß nach kurzem Zögern hineinzugehen, weil er aus der schwarzen Marmortafel entnahm, daß es die Zeit der Morgenandacht war. Natürlich war dies allein, wie er zugeben mußte, kein Grund, sich die alltagsphilosophischen Ermahnungen und guten Ratschläge eines Pfarrers anzuhören, die im übrigen wahrscheinlich weniger wissenschaftlich fundiert waren als die Therapie seines Psychiaters, bei dem er schon seit Jahren regelmäßige Sitzungen abonniert hatte. Eine Antistreß– und Antifrustrationstherapie, auf die er in der letzten Zeit jedoch nicht besonders positiv reagierte. Er sagte sich, daß sie sich abgenutzt hatte, wie sich alles abnutzte, es war nur eine Frage der Zeit.

Er stellte fest, daß es eine schmucklose Kirche war, und auf den Bänken entdeckte er nur einige wenige, die es an diesem sonnigen, aber kalten Morgen hierhergezogen hatte, um … Ja, weswegen war er eigentlich hier, gerade er? Es war wegen der Schuld, gestand er sich ein. „Schuld ist ein weitherziges Wort und in vielen Häusern zu Hause", hatte seine Mutter manchmal gesagt. Und damals hatte er nicht gewußt, was sie damit ausdrücken wollte. Heute glaubte er es zu wissen. Schuld war eigentlich immer die Schuld der anderen, zuerst suchte man sie bei den anderen. Sich selbst schuldig zu fühlen, war eine Last, ein Gefühl, das einen erdrücken konnte. Deswegen war es für den eigenen Seelenfrieden unverzichtbar, sich möglichst wenig schuldig zu fühlen. Man verteilte die Schuld auf Freunde, Gegner, Kollegen, die Öffentlichkeit, die Regierung, widrige Umstände und so fort.

An der Spitze der Bankreihen, neben dem Altar, stand ein weißhaariger Mann in einem schwarzen Talar und redete, aber Taylor Guthrie hörte nicht zu. Er war zu sehr damit beschäftigt, seine Schuld zu entdecken. Seine Schuld. Worin bestand sie? Bisher war es nur eine Gedankensünde. Er war bereit, seine Seele zu verkaufen, um seinen maßlosen Ehrgeiz zu befriedigen. Er war bereit, mangelndes Talent durch einen Pakt mit dem Teufel zu ersetzen. Für einen Menschen des einundzwanzigsten Jahrhunderts eigentlich eine groteske Vorstellung, dachte er. Mit den letzten Hexenprozessen und der anbrechenden Aufklärung hatte man auch den Teufel in die Rumpelkammer gesperrt, wo alles landete, was man nicht mehr brauchte oder sich als überflüssig und überholt erwiesen hatte. Und Taylor Guthrie konnte sich den Versicherungsvertreter, der Versicherungen gegen den Tod verkaufte und ihm als Gegenleistung für einen Gefallen die Erfüllung seiner Wünsche versprochen hatte, beim besten Willen nicht als Inkarnation des Teufels vorstellen. Was ihn aber irritierte, war die Selbstverständlichkeit, mit der dieser Mann ihm das Angebot gemacht hatte. Er war aufgetreten wie jemand, der sich seiner Sache vollkommen sicher ist. Selbst der geschickteste Taschenspieler hätte sich des Erfolges seiner Kunststücke nicht sicherer sein können. Doch schlimmer war, daß Taylor Guthrie sich schon entschieden hatte, das Angebot des Mannes anzunehmen und ihm den Gefallen zu tun, den er von ihm verlangte. Einen Gefallen, von dem er immer noch nicht wußte, wie er aussah.

Er saß in einer leeren Bankreihe und hatte die Hände gefaltet. Als die Stimme des Pfarrers plötzlich abbrach und die Gottesdienstbesucher ins Freie aufbrachen, schreckte er hoch und reihte sich in die kleine Schlange ein, die dem Ausgang zustrebte.

Draußen blinzelte er in den stahlblauen Himmel, den im Augenblick keine Wolke trübte, und er fragte sich, ob es tatsächlich reichte, daran zu glauben daß der Himmel immer blau ist, auch wenn ihn manchmal Wolken verhüllten, die düstere Gedanken bargen.

Spurensuche

Die bunten Bleiglasfenster des *Main* waren erleuchtet.

Theo Craven las in dem Buch über den Bürgerkrieg, das er eigentlich seinem Sohn John zu Weihnachten geschenkt hatte. In der Zwischenzeit hatte er sich noch weitere Bücher über jene für die amerikanische Geschichte so entscheidende Epoche besorgt. Noch immer war er auf Spurensuche. Sollte in irgendeinem dieser Standardwerke noch ein Hinweis auf die unrühmliche Rolle stehen, die sein Ahnherr Thomas T. Craven in jenem Krieg gespielt hatte, wollte er es jedenfalls wissen, um darauf gefaßt zu sein, daß irgend jemand, der ihm nicht wohlgesinnt war, diese Episode ausgrub, um seiner Karriere zu schaden. Karrieren wurden durch die Medien entschieden, und Theo Craven konnte nur hoffen, daß das Kriegsgerichtsverfahren gegen Thomas T. Craven ein zu unbedeutendes Ereignis gewesen war, als daß die Historiker es für nötig erachteten, es in die Geschichtsschreibung aufzunehmen.

Irgend jemand hatte gesagt, niemand sei mit seinen Lastern allein. Doch das Entscheidende war, wie gut es einem gelang, sie vor seinen Mitmenschen zu verbergen.

Er warf einen Blick auf die Uhr. Es war Zeit. Er hatte seiner Frau versprochen, sie heute abend zu einem Dinner bei Kerzenlicht in *Davio's Restaurant* auszuführen. In das Buch, das er gerade las, legte er ein Lesezeichen und legte es auf den Stapel der noch ungelesenen Bücher.

Und seine Laster? Er hatte eine Schwäche für Verkleidungen, und ein guter Psychologe würde daraus sicher eine Menge Schlußfolgerungen über sein Seelenleben ziehen. Aber diese Schwäche als Laster zu bezeichnen, wäre weiß Gott eine grobe Übertreibung. Nein, er hatte eine weiße Weste. Um so mehr ärgerte es ihn, daß es ausgerechnet einem Angehörigen seiner Familie nach beinahe hundertvierzig Jahren gelingen könnte, sie mit Schmutz zu besudeln.

Als er das Zimmer verließ, schaltete er das Licht aus.

Im Park brachen knackend einige tote Äste unter seinen Füßen. Der Sturm der letzten Tage hatte sie heruntergeweht. Auch die letzten verfaulten Äpfel hatte er von den Bäumen geschüttelt, und Theo Craven glaubte sie sogar noch zu riechen, als er auf dem Parkplatz stand und sein Auto aufschloß. Sie rochen süßsauer, wie der *Cidre*, den er vor vielen Jahren auf einer Reise durch Frankreich getrunken hatte.

Das gelobte Land

Es war der 17. März, St. Patrick's Tag, oder St. Pat's Day, wie die Bostonians sagten. Ganz Boston war in ein Meer von irischen Fahnen getaucht, und das irische Kleeblatt dekorierte jeden *Liquor Store*, jedes Restaurant und jede Bar. Seit 1737 wurde der St. Patrick's Tag hier gefeiert, und wahrscheinlich gab es außerhalb Irlands keinen zweiten Ort auf der Welt, wo sich zur St.–Patrick's–Tag–Parade bis zu sechshunderttausend Menschen versammelten.

Thomas Wagner hatte Jane Hopkins auf ein Bier im *Black Rose*, einem irischen Pub in der Nähe des Faneuil Markethall Place, überredet. Der Pub war überfüllt. Thomas Wagner kämpfte sich zum Tresen durch und bestellte für beide ein großes Guinness. Als es ihm gelang, mit den beiden vollen Gläsern, ohne einen Tropfen verschüttet zu haben, wieder zu Jane durchzustoßen, glänzten Schweißperlen auf seiner Stirn.

Sie stießen an.

„Auf die Iren!"

„Auf die Iren!"

Thomas wischte sich den Bierschaum von den Lippen und sah sich um.

Das Publikum war gemischt, es waren die üblichen Touristen vertreten, aber auch Einheimische, Jung und Alt, Männer und Frauen. Manchmal flammte ein Blitzlicht auf, wenn jemand der Gäste ein Erinnerungsfoto schoß.

Er wußte, daß auch seine Familie im Jahre 1850 der großen Hungersnot zu entfliehen versucht hatte und in das gelobte Land gekommen war.

Von 1841 bis 1891 hatte sich die Bevölkerung Irlands halbiert. Allein zwischen 1841 und 1851 ging die Bevölkerung von ungefähr acht Millionen auf sechseinhalb Millionen zurück, das heißt, um mehr als zwanzig Prozent. In diesem Zeitraum starben über eineinhalb Millionen Menschen, und eine geschätzte weitere Million wanderte aus, überwiegend nach Amerika. Direkte Ursache war der Totalausfall der Kartoffelernte in den Jahren 1845–1846 sowie ihr teilweiser Ausfall in beinahe jedem anderen Jahr des Jahrzehnts. Angeblich hatte Sir Walter Raleigh die Kartoffel aus Amerika schon 1586 in Irland eingeführt, wo sie allmählich zum ausschließlichen Gemüse der Landbevölkerung wurde. Um so schlimmer wirkte sich deswegen die Kartoffelseuche aus. Die Kartoffeln wurden von der Braunfäule befallen, einem Pilz, der die Blätter mit schwarzen Flecken und einem weißen Schimmel überzog und die Kartoffelfrucht in einen ungenießbaren Brei verwandelte. Im Gefolge der Kartoffelseuche kamen Cholera und Typhus. An diesen Krankheiten starben Hunderttausende, die schon vom Hunger geschwächt waren, Menschen, die überwiegend aus den ärmsten Schichten der Bevölkerung stammten. Im Sommer 1847 lebten drei Millionen Menschen, beinahe die Hälfte der gesamten Bevölkerung Irlands, von der öffentlichen oder privaten Wohlfahrt. Im Westen Irlands, wo sich seit den Zeiten Cromwells die Bevölkerung Irlands konzentrierte, war die Hungersnot am schlimmsten. Millionen Menschen wurden aus den öffentlichen Suppenküchen gespeist. Es war eine Katastrophe solchen Ausmaßes, daß die britische Regierung zeitweise von ihrer Laissez–faire–Politik abging und regulierend in den Markt der Agrarprodukte eingriff und zur Linderung der größten Not in Amerika sogar für hunderttausend Pfund Sterling Mais einkaufte.

Die wichtigste langfristige Folge der großen Hungersnot war die Auswanderung in die Vereinigten Staaten. Zwischen 1845 und 1855 emigrierten beinahe zwei Millionen Menschen nach Amerika und Australien und weitere 750.000 nach Großbritannien. Bis 1900 hatten mehr als vier Millionen Iren den Atlantik überquert. Jetzt lebten außerhalb Irlands so viele Iren wie in Irland selbst.

Thomas Wagner hatte in der Menge plötzlich Peter Levitt entdeckt. Er gestikulierte so lange, bis Peter sie endlich entdeckte und sich mühsam zu ihnen durchschlug.

Peter Levitt warf einen komisch entsetzten Blick auf die dichtgekeilten Umstehenden.

„Man glaubt es nicht", sagte er schließlich zur Begrüßung.

„Was gibt es Neues?" fragte Thomas Wagner.

Peter war immer bestens über den gerade aktuellen Campusklatsch informiert. „Oh, leider etwas Unerfreuliches. John Guthrie ist gestern bei mir gewesen. Er möchte aussteigen."

„Aussteigen?" Thomas Wagner glaubte, nicht richtig gehört zu haben.

„Er will seine Rolle zurückgeben. Er hat mir gesagt, daß seine Augen ihm immer noch erhebliche Probleme bereiteten. Sein Sehvermögen hat sich zwar allgemein gebessert, trotzdem kommt es immer wieder zu Rückschlägen. Außerdem verursacht ihm jede Überanstrengung der Augen heftige Migräneanfälle."

Thomas nippte gedankenverloren an seinem Guinness. „Und wie hast du reagiert?"

Peter Levitt hob resigniert die Achseln. „Ich habe versucht, ihm diese Idee auszureden. Bis zur Premiere, habe ich ihm klarzumachen versucht, sei noch ein langer Weg. Bis dahin würde sich die Situation bestimmt verbessern. Schließlich hat sie sich ja auch schon objektiv verbessert."

„Und?" fragte Thomas, als sein Freund nicht weiterredete.

„Nun, das Ende vom Lied war, daß er mir sagte, er wolle es sich noch einmal überlegen. Was keine Zusage zum Weitermachen ist, aber Gott sei Dank auch keine endgültige Absage. Wir müssen versuchen, ihm wieder mehr Zutrauen zu sich selbst einzuflößen."

Jane Hopkins nickte. „Ich kenne John nur oberflächlich. Aber vielleicht ist das jetzt das wichtigste, daß er wieder lernt, an sich zu glauben und sich überzeugen läßt, daß er wieder vollständig gesund wird."

Thomas Wagner schürzte seine Lippen. „An uns soll es nicht fehlen."

Peter schlug ihm kräftig auf die Schulter. „Trotzdem soll uns das nicht den St.–Patrick's–Tag verderben. Wer holt das nächste Guinness?"

Thomas Wagner stieß ihm den Zeigefinger gegen die Brust. „Immer der, der fragt."

Peter Levitt grinste. „Das habe ich mir schon beinahe gedacht", sagte er lachend und setzte sich zum Tresen in Bewegung.

Der Versuchung widerstehen

Als Chas Eytinge seinen „Käfer" startete, hörte der Motor sich an wie ein hechelnder Hund. Es brauchte drei Versuche, bis er endlich ansprang. Er war auf dem Weg zu Mary II, die mit ihrer Vorgängerin Mary I, wie er Mary Seward jetzt nur noch nannte, den Vorzug teilte, daß sie nicht auf dem Campus wohnte, sondern in einem Apartment im Süden Bostons, in der Gates Street, nicht weit vom Thomas Park. Mary Seward hatte er schon seit Wochen nicht mehr gesehen, es war, als hätte die Erde sie verschluckt.

Es war ein sonniger Märztag. Doch es war frisch, etwas von dem sich zögerlich zurückziehenden Winter lag noch in der Luft. Ein letztes Aufbegehren, bis der Frühling sich endgültig durchsetzte.

Während er über die Broadway Bridge fuhr, konnte er der Versuchung nicht widerstehen, weiter über die Unterschiede zwischen Mary I und Mary II nachzudenken. Mary II hatte blondes Haar und dunkelblaue Augen. Ihr Gesicht hatte etwas Ähnlichkeit mit dem Popstar Madonna. Im Vergleich zu Mary I war sie jedoch eine Auster. Chas bezeichnete so den introvertierten Typ Mensch, der sich dem Partner erst allmählich und zögernd öffnet und oft auf halbem Weg stehenbleibt. Auch dafür hatte Chas einen Ausdruck aus dem Bereich der Meeresfauna. Er nannte eine solche Beziehung eine Krebsgangbeziehung, einen Schritt vor und einen Schritt zurück. Auf der anderen Seite waren solche Menschen zu kompromißlosen Alles–oder–Nichts–Beziehungen fähig. Chas fand dies bei Frauen generell einen gefährlichen Wesenszug. Sie waren in der Regel erst dann zufrieden, wenn sie ihre Position als erste Dame des Herzens so gefestigt hatten, daß der Mann keine Entscheidung mehr zu treffen wagte, ohne sie vorher konsultiert zu haben.

Er bog in die Dorchester Street ein und mußte an einer roten Ampel halten. Abwesend betrachtete er die wenigen Fußgänger, die vor seinem Auto die Straße überquerten. Die Ampel war schon auf Grün gesprungen, als noch ein letzter Fußgänger mit eiligen Schritten über die Fahrbahn lief. Einzig dieser Umstand ließ ihn, wie er sich später eingestand, auf ihn aufmerksam werden.

Es war ein hoch aufgeschossener, hagerer Mann. Er trug einen schwarzen Gehrock zu schwarzweiß gestreiften Röhrenhosen und schwarzen Lackschuhen, dazu einen runden, steifen schwarzen Hut, wie ihn heute nur noch die Geschäftsleute der Londoner City tragen. Auf Chas wirkte er wie die Karikatur eines englischen Butlers. Während er anfuhr, sah er dem Mann hinterher, und erst in diesem Augenblick fiel ihm der Zeitungsbericht über den Mord an dem Magier ein, in dem von einem altmodisch gekleideten Besucher der *USS Constitution* die Rede gewesen war, der möglicherweise zur Aufklärung des Verbrechens beitragen konnte, weil er anscheinend der Letzte war, mit dem der Magier vor seinem Tod gesprochen hatte.

Chas Eytinge reagierte schnell, aber nicht schnell genug, wie sich herausstellen sollte. Er fand eine Lücke zwischen zwei parkenden Fahrzeugen und hielt seinen „Käfer" an. Doch als er aus dem Auto sprang und sich suchend umsah, war der Mann bereits verschwunden. Chas Eytinge fluchte innerlich. Er lief zu einer Frau, die gerade dabei war, die Fahrertür ihres Autos aufzuschließen.

„Haben Sie den Butler gesehen?" stieß er atemlos hervor.

Die Frau, die sich erschrocken umdrehte, sah ihn verständnislos an.

„Ich meine, einen Mann gekleidet wie ein Butler. Noch vor einer halben Minute war er auf der anderen Straßenseite."

Sie schüttelte den Kopf.

Chas Eytinge unternahm noch einen Versuch und lief bis zur nächsten Straßeneinbiegung. Umsonst, der „Butler" blieb verschwunden. Eine solche Gelegenheit, sagte er sich wütend, würde er kaum noch einmal bekommen. Im übrigen mußte er zugeben, daß es schon ein merkwürdiger Zufall war, der sie wieder zusammengeführt hatte, denn für Chas stand fest, daß der „Butler" und der Mann, der ihn im *Border Café* angesprochen hatte, ein und dieselbe Person waren.

Echo aus der Vergangenheit

Von der Rückseite des Hauses der Bruderschaft Kappa Sigma sah man auf den Charles River. Die Wellen reflektierten das Mondlicht als kleine silberne Blitze. Als Roger Young, der Vater von Gourdin Young, der Bruderschaft das Haus zur unentgeltlichen Nutzung überließ, hatte er seine besonderen Gründe für diese Entscheidung, von denen keiner außer ihm und dem Hausverwalter, Mr. Simpson, etwas wußte.

Mr. Simpson war ein kleiner Mann mit einer Brille, deren Gläser so dick waren, daß seine Augen dahinter seltsam verschwommen erschienen. Er war beinahe kahlköpfig und seit zwei Jahren verwitwet. Allerdings vermittelte er nicht wie viele relativ klein gewachsene Menschen den Eindruck kompakter Gedrungenheit, sondern wirkte eher asketisch. Er hatte die feingliedrigen Hände eines Pianisten, und sobald er die Brille abnahm, kamen die stechenden Augen eines Fanatikers zum Vorschein. Wobei seine engsten Freunde wußten, daß sich sein Fanatismus, wenn es überhaupt berechtigt war, dieses Wort zu benutzen, auf seine unverbrüchliche Treue zu den Boston Celtics und die Ergebenheit gegenüber der Familie Young beschränkte, der er bereits in der zweiten Generation diente – als Hausverwalter und „ein Mann für alle Jahreszeiten", wie Roger Young sich einmal in Anspielung auf den Film scherzhaft geäußert hatte.

Das rote Backsteinhaus hatte wie viele alte Townhäuser von Boston seine besondere Geschichte. Es hatte einem alten Kapitän gehört, der nach dem Bürgerkrieg nach Boston gezogen war. Nach seinem Tod war es in den Besitz der Familie Young übergegangen. Von diesem Kapitän hieß es, daß er darunter gelitten habe, daß seine beiden Söhne im Bürgerkrieg auf verschiedenen Seiten kämpften. Der jüngere war der Sache der Union treu geblieben, während der ältere den Befehl über ein konföderiertes Kriegsschiff übernommen hatte. Als der jüngere Sohn in der Siebentageschlacht vor Richmond fiel, brach der Vater jeden Kontakt zu seinem älteren Sohn ab, als wollte er ihn persönlich für den Tod seines Sohnes verantwortlich machen. Auch als eines Tages sein alter Freund William Sikes in einer verschlissenen Marineuniform vor der Tür stand und ihm mitteilte, daß sein ältester Sohn gefallen sei, als sein Schiff, die *Florida*, in einer Nacht– und Nebelaktion von einem US–Kriegsschiff in neutralen Gewässern vor der brasilianischen Küste aufgebracht wurde, brach der Bann nicht sofort.

Schwankend setzte er sich auf einen Stuhl und stützte stumm den Kopf in beide Hände.

„Und du, wo warst du, William?" fragte er endlich.

„Ich war bei ihm, als er starb."

„Und vorher?"

„Wie es passieren konnte, willst du wissen?"

Der alte Kapitän nickte.

„Die *Florida* wurde geentert. Eine Pistolenkugel hat seine Halsschlagader getroffen. Er war sofort tot."

Der Alte machte eine müde Handbewegung. „Geh, William, es ist alles zu Ende."

Zwei Tage später fand man den alten Kapitän in seinem Arbeitszimmer. Er hatte sich mit einem Armeerevolver erschossen.

Danach wurde das Haus verkauft. Seitdem hatte es keine Ruhe gegeben. Die Mieter hatten oft gewechselt. Das Gerücht von einem Gespenst ging um. Es hieß, es sei der alte Kapitän, der keine Ruhe finden könne.

Schließlich wurde das Haus an die Familie Young verkauft, und als Mr. Simpson seinen Dienst als Hausverwalter antrat, beschloß er, dem Spuk, wonach der alte Kapitän in Vollmondnächten durch alle Zimmer ging und nach seinem ältesten Sohn rief, endgültig auf den Grund zu gehen.

Entweder hatte Mr. Simpson kein Glück, oder der Spuk existierte (abgesehen von einer natürlichen Ursache, von der Mr. Simpson letzten Endes überzeugt war) nur in der lebhaften Phantasie der Mieter.

Heute war wieder Vollmond, und Mr. Simpson sah von seinem Fenster auf den Charles River. Plötzlich trat von links ein Schatten in sein Gesichtsfeld. Es war zwar dunkel, doch das Mondlicht reichte aus, um zu erkennen, daß es sich um einen Mann handelte, der sich mit weit ausgreifenden Schritten vom Ufer auf das Haus der Bruderschaft zubewegte. Mr. Simpson kniff die Augen zusammen. Seine Brille war nicht mehr so gut wie früher, er hatte bisher nur keine Zeit gefunden, sich eine neue verschreiben zu lassen. Der Mann war groß und hager, er sah weder alt noch jung aus. Was Mr. Simpson jedoch am meisten an ihm verwunderte, war sein uniformähnlicher Aufzug. Er trug einen dunklen Rock, helle Gamaschen, und auf seinem Rock glänzten im Mondlicht silberhelle Tressen. Mr. Simpson fiel ein, daß in seinem Arbeitszimmer ein kleines Fernglas lag, das er ab und zu benutzte, um die Boote auf dem Fluß zu beobachten. Er ging schnell in das andere Zimmer, fand das Fernglas auch sofort, und als er zurückkam, war der seltsame Mann verschwunden.

Daraufhin richtete Mr. Simpson sein Fernglas schließlich auf den Mond, der als weiße Scheibe hoch über ihm stand, und sagte sich, er müsse sich getäuscht haben. Im übrigen war es am besten, diesen Vorfall zu vergessen. Glauben würde ihm sowieso niemand.

Wer die Vergangenheit kontrolliert ...

Als Taylor Guthrie den Hörer abhob, klang die Stimme am anderen Ende so unpersönlich wie die Telefonansage des Wetterberichts oder des Veranstaltungskalenders für die nächste Woche.

„Wer die Vergangenheit kontrolliert, kontrolliert die Zukunft, wer die Gegenwart kontrolliert, kontrolliert die Vergangenheit."

Taylor Guthrie war einen Moment so verblüfft, daß er nur „Hallo!" in den Hörer hineinrief. Dann hatte er die Stimme erkannt.

„Sie haben recht, ich bin der Mann, der sie vor einiger Zeit aufgesucht hat. Ich hoffe, Sie sind mir nicht böse, daß ich Sie mit einem Zitat aus

1984 überfallen habe." Die Stimme des Anrufers wurde plötzlich leise, so daß Taylor Guthrie sich furchtbar anstrengen mußte, die Worte, die über die Leitung zu ihm drangen, zu verstehen.

„Sie werden sich daran erinnern, daß ich Ihnen gesagt habe, daß ich Sie eines Tages um einen Gefallen bitten würde."

„Ja, ich erinnere mich", erwiderte Taylor Guthrie gedehnt. „Es stimmt, Sie hatten gesagt, Sie würden mich um einen Gefallen bitten, einen *kleinen* Gefallen, und Sie würden mich dafür belohnen."

„Ich sehe, Sie haben unser Gespräch nicht vergessen."

„Und die Belohnung?" fragte Taylor Guthrie.

„Seien Sie unbesorgt. Ich stehe zu meinem Wort. Sie werden bekommen, was Sie sich am sehnlichsten wünschen: Sie werden zu einem hellleuchtenden Stern am literarischen Firmament, niemand wird heller strahlen als Sie."

Taylor Guthrie räusperte sich. Er hatte den ironischen Unterton nicht überhört. „Und wie soll das geschehen?"

„Ich werde Sie dazu machen. Ich habe natürlich einen Plan, überlassen Sie seine Durchführung ruhig mir. Doch lassen Sie uns jetzt von dem kleinen Gefallen sprechen, den ich von Ihnen erwarte. Es ist soweit."

Taylor Guthrie glaubte förmlich zu hören, wie sein Herz schneller schlug. Angespannt sagte er: „Gut, schießen Sie los."

„Oh, es ist wirklich nichts Besonderes. Sie werden geradezu erleichtert sein, wenn Sie wissen, worum es geht. Sie werden viel bekommen und nur wenig dafür tun müssen."

„Ich warte." Taylor Guthrie wurde ungeduldig.

„Ich habe gehört, Sie könnten Probleme mit der Aufführung Ihres Stückes bekommen."

„Probleme, inwiefern?"

„Nun, mir ist zu Ohren gekommen, daß einer Ihrer Hauptdarsteller, Ihr Bruder John, ernsthaft daran denkt, aus gesundheitlichen Gründen aus dem Projekt auszusteigen."

Taylor Guthrie fragte sich, woher der Anrufer diese Information hatte. Er selbst war darüber erst heute von Peter Levitt informiert worden. „Das ist richtig. Mein Bruder hat immer noch Probleme mit seinen Augen. Die Folge eines Unfalls. Seine Sehkraft ist immer noch beeinträchtigt."

„Das ist die Situation, richtig. Eigentlich erwarte ich nur etwas, das in Ihrem eigenen Interesse liegt. Sie sollen Ihren Bruder davon überzeugen, nicht aufzugeben. Ich wünsche, daß er seine Rolle in *1984* weiterspielt."

Einerseits war Taylor Guthrie erleichtert. Was von ihm erwartet wurde, war wirklich in seinem Interesse. Andererseits war er sich nicht darüber im klaren, warum dem Anrufer so viel daran lag, daß John nicht aufgab. Er hatte nicht einmal eine Vermutung über seine Motive. Das störte ihn. Und dann war da immer noch John selbst. Er war sich nicht sicher, ob es ihm wirklich gelingen würde, ihn umzustimmen, gleichwohl es sicher kein unlösbares Problem war. Mehr nagte an ihm, daß er über die Gründe im Dunkeln tappte, die den Versicherungsvertreter, der angeblich Versicherungen gegen den Tod verkaufte, dazu bewogen, sich so für seinen Bruder und seine Rolle in *1984* zu interessieren.

„Warum liegt Ihnen eigentlich so viel daran, daß mein Bruder nicht aus dem Stück aussteigt?"

„Ich glaube nicht, daß Sie darauf eine Antwort erwarten. Ich bezweifle sogar, daß Sie darauf wirklich Wert legen. Doch Sie können versichert sein, ich habe meine Gründe. Genauso wie Sie Ihre Gründe haben, meinen Vorschlag anzunehmen. Denn das tun Sie doch?"

Taylor Guthrie schluckte und schwieg.

„Betrachten Sie es als ein ganz normales Geschäft, Mr. Guthrie. Sie erbringen eine Leistung, und ich bezahle Sie dafür – mit der Erfüllung Ihrer Träume."

Dann hörte er ein Knacken in der Leitung. Der geheimnisvolle Anrufer hatte aufgelegt.

Eine (un)erhebliche Tatsache

Der gesamte Campus war vernetzt. Praktisch jeder Student hatte Zugriff auf die Segnungen des Internet, und als Charles Eytinge einen Suchbegriff eingab, dachte er, daß die Segnungen gleichzeitig ein Fluch waren. Die anonyme und schrankenlose Kommunikation der Gegenwart war nützlich, aber trotzdem verkörperte sie das Böse schlechthin. Sie kannte weder Scham noch Verantwortung, und ihr Angebot zeigte, wie umfassend die Teilnehmer der globalen Kommunikation bereit waren, im Schutz der Anonymität bedenkenlos ihre niedrigsten Instinkte auszuleben. Doch Charles wußte, daß dieser Schutz auch im Internet nicht grenzenlos war. Mußte man früher mühsam im Müll des Nachbarn stöbern, um etwas über seine geheimen Laster zu erfahren, genügte heute ein Blick in seine Internet–Kontakte.

Plötzlich sprang ihm sein eigener Name vor die Augen. Perplex starrte er auf den Bildschirm. Zufällig fing der von ihm gesuchte Begriff mit „C" an, und der Computer zeigte automatisch eine Liste der schon einmal eingegebenen Suchbegriffe, die mit dem Buchstaben „C" begannen. Charles Eytinge war sich sicher, daß diese Eingabe nicht von ihm stammte. Doch der Computer war einer von mehreren Terminals, die zur allgemeinen Nutzung bereitstanden, und das Paßwort für den Internetzugriff war deswegen kein Geheimnis.

Noch immer starrte er auf seinen eigenen Namen. Schließlich zuckte die Schultern und sagte: „Gut, dann zeig mir mal, was du über mich weißt."

Er klickte auf seinen Namen und startete den Suchlauf. Nach wenigen Sekunden waren die Suchspinnen fündig geworden.

Gleich der erste Eintrag war eine Webseite des US–Marinearchivs. Er klickte mit der linken Maustaste auf den Titel. Zuerst erschien der amerikanische Adler und danach eine Namensliste unter der Überschrift: **Offiziere der *CS–Marine*.** Als er einen Eintrag mit seinem Namen fand, klickte er auf den Link, worauf sich eine neue Seite öffnete:

Charles Eytinge (6.8.1846–7.10.1864)
Letzter Rang: Leutnant
Letzte Dienststellung : Kommandant CSS *Florida* – gefallen
am 7.10.1864 im Gefecht mit *US Wachusett*.

Wenige, nackte Daten über ein bewegtes, kurzes Leben. Jetzt wußte er, was aus seinem Namensvetter geworden war, dessen Spur er als Kommandant des Kaperkreuzers *Shenandoah* verloren hatte.

Doch welche Bedeutung hatten die Daten heute, außer für jemanden, der das Bedürfnis verspürte, Familienforschung zu betreiben?

Für ihn persönlich hatten sie jedenfalls keine Bedeutung.

Charles Eytinge sah auf die Uhr. Er hatte eine Verabredung mit Susie, die er erst vor wenigen Tagen kennengelernt hatte. Er klickte mit der Maus auf „zurück", bis der Eröffnungsbildschirm erschien, und meldete sich aus dem System ab.

Ostereier suchen

Gourdin Young las die Regieanweisungen für den Auftritt des wegen eines Gedankendeliktes verhafteten Dichters Ampleforth, dessen Rolle er in *1984* übernommen hatte:

Ampleforth torkelt in die Zelle, dreht sich mit unsicheren Bewegungen nach allen Seiten, als suche er die zweite Tür, die wieder hinausführt, beginnt dann, in der Zelle auf und ab zu gehen; er hat Winston noch nicht bemerkt; sein verwirrter Blick starrt etwa einen Meter über Winstons Kopf auf die Wand; er trägt keine Schuhe, große, schmutzige Zehen ragen aus den Löchern in seinen Socken hervor; er ist unrasiert, sein Kinn bedecken Bartstoppeln, die ihm ein verwildertes Aussehen verleihen; seine Bewegungen sind fahrig.

Groß war seine Rolle nicht gerade, trotzdem oder gerade deswegen legte Gourdin Young Wert darauf, den Part des in Ungnade gefallenen Parteipoeten möglichst glaubwürdig zu spielen, eines Mannes, der weiß, warum ihn die Gedankenpolizei verhaftet hat, und sich einerseits als Opfer fühlt, aber andererseits bereit ist zuzugeben, daß er – wenn auch vielleicht nur unbewußt – in Gedanken gesündigt hat.

Er konzentrierte sich auf seinen Teil des Dialogs zwischen Winston Smith und Ampleforth.

„So was kann schon mal vorkommen. Eine Sache ist mir eingefallen, die könnte es gewesen sein. Zweifellos eine Unbesonnenheit. Wir erstellten eine definitive Ausgabe von Kiplings Gedichten, und ich ließ das Wort *Gott* am Ende einer Verszeile stehen. Ich konnte doch nicht anders! Man konnte die Zeile unmöglich ändern. Der Reim endete auf *Komplott*. Wissen Sie, daß es in unserer Sprache nur ganz wenige Reime auf *Komplott* gibt? Ich habe mir tagelang den Kopf zerbrochen. Es paßte einfach kein anderer Reim. Ist Ihnen eigentlich schon mal der Gedanke gekommen, daß die ganze Entwicklung der englischen Dichtkunst dadurch beeinflußt wurde, daß die englische Sprache nicht genug Reime aufweist?"

An dieser Stelle wurde er durch ein energisches Klopfen an der Tür unterbrochen.

Unwirsch rief er „Ja!" und legte das Buch beiseite.

Als sich die Tür öffnete und er dahinter das grinsende Gesicht von Thomas Wagner erkannte, hatte er seine momentane Verärgerung schon wieder vergessen. „Hallo, Mr. Charrington!"

„Mr. Ampleforth, nehme ich an", sagte Thomas Wagner. „Ich sehe, du bist beschäftigt."

„Na ja, kommt darauf an, was du mir vorzuschlagen hast."

Thomas Wagner steckte die Hand zwischen den Knopf, der seine Jeans schloß, und seinen flachen Bauch. „Hier ist noch Platz. Ich hatte gedacht, wir könnten eine Kleinigkeit zu uns nehmen."

„Aber nicht schon wieder im Restaurant zu den goldenen Bögen", sagte Gourdin mit gespieltem Entsetzen.

„Was denkst du von mir? *McDonald's* ist out. Ich bin auch noch flüssig, schließlich ist heute erst der zehnte, und morgen werde ich Ostereier suchen gehen. Nein, ich hatte gedacht, wir gehen ins *Sevens.* Das ist gleich um die Ecke, und das Chili ist gut; auch der Kartoffelsalat mit Würstchen ist nicht schlecht und sättigt obendrein. Nicht zu vergessen das edle Guinness vom Faß."

Gourdin Young stand auf und reckte sich. „Du hast mich wie immer überredet. Gut, gehen wir."

Das *Sevens* war ziemlich voll, aber sie fanden noch am Tresen Platz.

Sie gaben ihre Bestellung auf, und als die zwei großen Guinness kamen, leckte sich Gourdin Young genießerisch die Lippen. „Also dann", sagte er und nahm einen kräftigen Schluck von der braunen, schäumenden Flüssigkeit. „Was gibt es Neues?"

Thomas Wagner überlegte einen Augenblick. „Oh, das weißt du vielleicht noch nicht. John hat geäußert, daß er aussteigen will. Er ist etwas deprimiert. Die Wiedererlangung seiner Sehkraft macht übrigens Fortschritte. Aber es gibt auch immer wieder Rückschläge. Vor allem klagt er über starke Migräneanfälle, wenn er einen längeren Text liest, und dann ist es natürlich mit der Konzentration vorbei."

„Was sagt Peter dazu?"

„Nun, er hat mit John schon geredet. Ob es was genutzt hat, werden wir ja sehen."

Gourdin Young schüttelte den Kopf. „Ich weiß nicht, aber immerhin ist es das Stück seines Bruders. Meinst du, er würde Taylor so einfach im Stich lassen?"

Thomas Wagner nickte. „Ja, das ist die Hunderttausenddollarfrage. Ich weiß nur, daß die beiden keinen engen Kontakt zueinander haben, obwohl der eine am College studiert und der andere dort unterrichtet. Seltsam, nicht wahr?"

Gourdin steckte die Nase in die Schüssel mit dampfendem Chili, die die Bedienung gerade vor ihm hingestellt hatte. „Na ja, so seltsam vielleicht auch wieder nicht. Die beiden sind sehr verschieden."

„Das ist wohl wahr. Aber, wie heißt es doch? Blut ist dicker als Wasser." Gourdin Young zog die Augenbrauen hoch, als sollte diese Geste ein Fragezeichen ersetzen. „Ich habe das Gefühl, daß Peter trotzdem Taylor einspannen wird, damit John seinen Entschluß noch einmal überdenkt. Er wird sich sagen, daß es einen Versuch wert ist. Ich tippe darauf, daß letzten Endes bei John, sagen wir es so, sein soldatisches Pflichtbewußtsein siegen wird."

Er bemerkte Thomas fragenden Blick.

„Oh, ich, oder besser mein Vater, haben etwas Ahnenforschung betrieben", fuhr er fort. „Dabei hat sich herausgestellt, daß Johns Familie in den letzten hundertfünfzig Jahren so viele Mitglieder nach Westpoint und Annapolis geschickt hat, daß man sich wundert, warum gerade John und Taylor mit dieser Tradition gebrochen haben."

Dreizehnte Lesung

An Bord *CSS Shenandoah*

In meinem ganzen Leben auf See habe ich nie ein angenehmeres Wetter erlebt. Die Sonne strahlte, und der Mond stand an einem dunkelblauen Himmel und spiegelte sich in dem großen Ozean darunter.

Der Schiffahrtsweg von San Francisco und der Westküste Südamerikas nach Hongkong liegt zwischen 17° und 20° nördlicher Breite, denn hier ist der Wind günstiger als auf einer nördlicheren Route. Der Weg von China dagegen nach San Francisco und anderen Häfen an der Westküste liegt zwischen 39° und 45° Nord, weil hier Westwinde vorherrschen.

Ich verbrachte mehrere Tage damit, diese Routen zu durchkreuzen, aber ohne auch nur ein einziges Segel zu sichten. Diese Muße hatte jedoch auch ihr Gutes, konnte der Bootsmann das Schiff doch auf schlechtes Wetter vorbereiten. Nachdem wir 43° Nord erreicht hatten, wurde das Wetter kalt, neblig, bei unterschiedlich starken Winden aus westlicher Richtung, und der zuverlässige Freund des Seemanns, das Barometer, breitete uns auf eine Wetteränderung vor, die auch nicht lange auf sich warten ließ. Der Ozean kochte vor Erregung, und eine schwarze Wolke näherte sich uns von Nordost und legte sich so tief auf das Wasser, als ob sie das Schiff auslöschen wollte. Mit der Wolke kam ein furchtbarer Wind, der das Schiff auf die Seite zwang. Woge auf Woge brach über der *Shenandoah* zusammen, und die Planken ächzten, wenn das Schiff wie ein nasser

Pudel sich schüttelnd wieder aus dem Wellental auftauchte. Es war ein Taifun. Der Ozean war weiß wie Schneetreiben. Der Sturm blies so stark, daß ein neues gerefftes Toppsegel in Fetzen gerissen wurde.

Zwei Tage danach gerieten wir erneut in einen Taifun, der aus der gleichen Richtung kam, aber er war weniger bedrohlich und dauerte nicht so lange. Das Wetter war weiter furchterregend. Ich hatte das Gefühl, der wolkenverhangene Himmel und die bewegte See würden es dem Schiff nie erlauben, seinen Weg über den 45. Breitengrad hinaus fortzusetzen. Wie der Sturm davor zog auch dieser nach Westen ab, und das Schiff machte wieder Fahrt nach Norden; am 17. Mai passierten wir den 45. Breitengrad Nord, und das Wetter, obgleich kalt, sah friedfertiger aus. Am 20. Mai kamen die mit Schnee bedeckten Kurileninseln in Sicht, und am Vormittag des 21. dampfte ich unter Stagsegeln in das Ochotskische Meer und kreuzte vor der Küste von Kamtschatka. Auf der Pazifikseite der Kurileninseln herrscht eine starke Strömung, die die Ausdehnung des Ochotskischen Meeres nach Nordosten unterstützt.

Am 29. Mai kaperten und verbrannten wir die Bark *Abigail* aus New Bedford. Als die *Abigail* entdeckt wurde, befand sich die *Shenandoah* am Rand eines ausgedehnten Treibeisfeldes, hinter dem das fremde Schiff auftauchte. Ich wartete, bis es herangekommen war, und erfuhr von seinem Kapitän, daß er uns fälschlicherweise für ein russisches Versorgungsschiff gehalten hatte, das zweimal im Jahr das Gebiet von Ochotsk aufsucht, um die Siedlungen dort mit Nahrungsmitteln zu versorgen. Mehrere Mitglieder der Besatzung der *Abigail* schlossen sich uns an. Ihr Kapitän konnte sein Unglück kaum fassen, war er doch schon einmal in die Hände eines konföderierten Kaperschiffes gefallen und sein Schiff zerstört worden. Und obgleich er sich diesmal in einem so entlegenen Winkel der Erde aufgehalten hatte, hatte man sein Schiff wieder aufgebracht. Als wir die *Abigail* abfingen, war er schon drei Jahre nicht mehr zu Hause gewesen. Einer der Maate sagte zu ihm: „Sie haben mehr Glück darin, einem konföderierten Kriegsschiff über den Weg zu laufen als einen Wal zu fangen. Nie wieder werde ich unter Ihnen fahren. Wenn hier draußen ein Kaperschiff ist, laufen Sie ihm garantiert in die Arme."

Wir setzten unsere Fahrt bis zur Mündung der Ghijibsky–Bucht fort, die jedoch so vereist war, daß das Schiff nicht hineinlaufen konnte. Dann hielt ich das Schiff auf Kurs entlang der Küste Ostsibiriens, bis zur Tausk–Bucht, wo uns das Eis zwang, auf anderen Kurs zu gehen. Ich beabsichtigte, die Shantaski–Insel anzusteuern, aber bevor wir den 105. Längengrad Ost erreichten, zwang uns das Eis, einen südlichen Kurs einzuschlagen. Eis war beinahe überall, seine Stärke schwankte zwischen einem halben und neun Metern, und obgleich es nicht allzu fest war, hätte es das Schiff doch schwer beschädigen können.

In zwanzig Tagen waren wir von den Tropen in Schnee und Eis geraten, von übermäßiger Hitze in übermäßige Kälte, und doch gab es unter der Besatzung keine witterungsbedingten Ausfälle.

Der Schiffsarzt hatte alle aufgefordert, sich warm anzuziehen und trokken zu halten. Außerdem wurden regelmäßig Extrarationen Grog und heißer Kaffee ausgeteilt.

Nördlich des 40. Breitengrades sind Stürme in den Sommermonaten häufig, wenngleich ihre Gefahr geringer ist als die, vom Treibeis erdrückt zu werden. Den ersten dieser Stürme wetterten wir 20 Meilen in Luv von der Treibeisgrenze ab. Um dem Eis nicht zu nahe zu kommen, nahmen wir Kurs auf das offene Wasser. Das Eis blieb in Luv von uns und wirkte gegen den Sturm wie ein Wellenbrecher. Auf seiner Leeseite dagegen türmten sich die Brecher bis zu sechs Meter hoch. Nachdem das Schiff der größten Gefahr entkommen war, mußten wir verhindern, daß der feine Regen und der Hagel, den der Sturm vor sich hertrieb, die *Shenandoah* in einen Eisklotz verwandelten. Der Wind ließ den Regen zu Eis gefrieren, das Decks und alles laufende Gut mit einer zentimeterdicken Schicht überzog. Eiszapfen hingen überall und machten den Aufenthalt an Deck zu einer gefährlichen Angelegenheit. Der Sturm dauerte neun Stunden, danach wurde es ruhig. Die Wolkendecke öffnete sich, und die Sonne kam durch. Die *Shenandoah* glitzerte im Sonnenlicht wie ein mit tausend Diamanten besetztes Diadem. Die Besatzung machte sich mit Holzbohlen daran, überall das Eis loszuschlagen, das wir im übrigen gut als Trinkwasser gebrauchen konnten.

Eine Weiterfahrt nach Norden war unter diesen Umständen zu gefährlich, ich legte das Schiff daher auf östlichen Kurs. Wie verließen das Ochotskische Meer und erreichten bei Durchgang des 50. Breitengrads den Pazifik.

Am 23. Juni erbeuteten wir die Brigg *Susan Abigail* aus San Francisco, die nicht nur kalifornische Zeitungen an Bord hatte, sondern auch einige Depeschen. Aus ihnen ging hervor, daß die Regierung der Konföderation ihren Sitz nach Danville verlegt hatte und der größere Teil der Armee von Virginia zu der Armee von General Johnston in North Carolina gestoßen war, wo es zu einem unentschiedenen Kampf gegen die Armee von General Sherman gekommen war. In Danville hatte Präsident Davis auch eine Proklamation erlassen, in der er neue Anstrengungen angekündigt und den Süden aufgefordert hatte, sich heroisch dem Feind entgegenzustellen. Ich befragte den Kapitän der *Susan Abigail* nach seiner Meinung, er sagte: „Die Meinungen sind geteilt, was das endgültige Ergebnis des Krieges betrifft. Im Augenblick ist der Norden im Vorteil, aber wie es enden wird, vermag keiner genau zu sagen. Und was die Zeitungen sagen, nun, darauf kann man sich nicht verlassen."

Drei Besatzungsmitglieder der Brigg schlossen sich der *Shenandoah* an, was zumindest bewies, daß auch sie nicht glaubten, daß der Krieg schon zu Ende war.

Der 28. Juni sollte als der Tag unserer reichsten Beute in die Annalen unserer Kreuzfahrt eingehen. Innerhalb von elf Stunden brachten wir elf Schiffe auf. Neun davon verbrannten wir, die anderen zwei wurden gegen ein Lösegeld freigelassen. Eines der Schiffe war der Walfänger *James Maury*, dessen Kapitän auf dieser Reise gestorben war. An Bord befand sich auch seine Witwe mit zwei kleinen Kindern, während die sterblichen Überreste ihres Mannes in einem Whiskyfaß konserviert wurden.

Pollenflug

Einige Segel tauchten auf dem Charles River auf. Die Bäume trieben die ersten Knospen aus, und auch die Temperaturen hatten frühlingshafte Werte erreicht. Die Proben zu *1984* machten gute Fortschritte.

Taylor Guthrie war es leichter gefallen als er gedacht hatte, seinen Bruder John davon zu überzeugen, nicht aufzugeben. Dabei war ihm allerdings ein glücklicher Zufall zur Hilfe gekommen. In den letzten Tagen hatte John Guthrie fast zu seiner normalen Sehkraft zurückgefunden. Der Schleier, der vorher auf seinen Augen wie ein schmieriger, öliger Film gelegen hatte, war plötzlich verschwunden. Auch seine Migräneanfälle plagten ihn nur noch selten. Taylor Guthrie hatte einen stillen Seufzer der Erleichterung ausgestoßen. Ein Stolperstein auf seinem Weg zum Erfolg war damit aus dem Weg geräumt, und das in doppelter Hinsicht. Die Aufführung von *1984* war nicht mehr gefährdet, und seiner Karriere als Autor stand nichts mehr im Wege.

Jeder folgt seinem eigenen Stern, dachte er, wenn er sich manchmal auch hinter Wolken versteckt. Aber daran mußte man glauben. Glaube war zwar nicht Wissen, aber vielleicht war Glaube wichtiger als Wissen.

Er stand vor dem Spiegel im Badezimmer und betrachtete sorgenvoll seine schwarz gefärbten Haare. Wenn er gewisse Stellen nicht sorgfältig kämmte, waren die dünnen Stellen nicht mehr zu übersehen. Es hieß bald, ganz von der Jugend Abschied zu nehmen. Jedenfalls wurde der

Konkurrenzdruck im Wettbewerb um die Gunst des weiblichen Geschlechts immer stärker, und bald würde er sich nur noch auf seine Dozentenstellung als Lockmittel verlassen können und natürlich auf seinen Ruhm als aufsteigender Stern am literarischen Sternenhimmel. Dabei zog ein Lächeln über sein pausbäckiges Gesicht.

Das Kamel, das das Gras abfrißt

Theo Craven bereitete sich auf die Sitzung des Ältestenrates der Bruderschaft Kappa Sigma vor.

Er war nervös. Den Vorsitz führte Roger Young, der Vater von Gourdin Young, und dieser hatte ihn in einem Telefonat auf den Drogenvorfall auf dem Campus angesprochen. Sein Sohn hatte ihm außerdem von dem Traum erzählt.

„Ein seltsamer Traum. Ich meine nicht allein sein Inhalt, sondern die Tatsache, daß es sich um vier Träume handelte, die alle einen gemeinsamen Nenner haben. Daraufhin habe ich Nachforschungen angestellt."

Roger Young war nicht nur der Mann, dessen Stimme den Ausschlag über die Geschicke der Bruderschaft gab, sondern auch der Vorsitzende des Wahlausschusses der republikanischen Partei. Bei der Aufstellung der Kandidaten hatte er ein gewichtiges Wort mitzureden.

Theo Craven konnte nur hoffen, daß seine Nachforschungen in verstaubten Archiven nicht auch zu ihm führten oder, besser gesagt, zu seinem Vorfahren, der die Familienehre mit Schande bedeckt hatte. In den Augen jedes aufrechten Patrioten würde sein Verhalten zumindest so beurteilt werden.

Der Ältestenrat, der insgesamt fünf Mitglieder hatte, tagte heute zu Ehren des ältesten Mitglieds John O'Brien, der aus diesem Anlaß aus Los Angeles eingeflogen war, im *Bostonian*.

Die Sitzungen fanden alle drei Monate statt. Heute standen im übrigen nur Routineangelegenheiten auf der Tagesordnung und die Verabschiedung des Haushaltsentwurfs für das nächste Finanzjahr.

Sie hatten einen Tisch reserviert, von dem man einen guten Blick auf Faneuil Hall hatte. Das Essen war so gut, wie Theo Craven es vom letzten Mal her in Erinnerung hatte, wenngleich das *Bostonian* in einer Preisklasse lag, die Theo Craven nicht oft hierherführte.

Nach dem Essen begann die eigentliche Sitzung, deren Tagesordnung sie jedoch in einer guten Stunde erledigt hatten.

Auf Vorschlag von Roger Young wurde beschlossen, den Abend in der Bar ausklingen zu lassen.

Hier fügte es sich, daß Theo Craven neben Roger Young saß, der zu Theo Cravens Leidwesen ihr letztes Telefonat nicht vergessen hatte und jetzt wieder daran anknüpfte, während er an seinem zwölf Jahre alten *Chivas Regal* nippte. „Übrigens, Theo, etwas hat mich bei unserem letzten Telefonat davon abgebracht. Du erinnerst dich, wir hatten über den Traum von Gourdin gesprochen und daß es in Wirklichkeit, wie du ja weißt, vier Träume waren, die als gemeinsamen Nenner den Umstand hatten, daß er im Bürgerkrieg spielte."

Theo Craven spürte ein seltsames Prickeln auf der Haut. Irgendwie fühlte er sich verfolgt, er mußte auf der Hut sein. Auf der anderen Seite durfte Roger Young unter keinen Umständen merken, daß das Gesprächsthema ihm nicht behagte. Deswegen gab er sich höflich interessiert. „Ich erinnere mich, natürlich. Aber gibt es außer dieser Tatsache noch mehr, was diese Träume verbindet? Du hörst dich an, als wolltest du so etwas behaupten."

Roger Young nickte. „Ja, eine sehr seltsame Verbindung. Die anderen drei hatten Namensvettern, die alle auf dem konföderierten Kriegsschiff *Florida* Dienst taten, das am 7. Oktober 1864 in einem Handstreich von einem Schiff der US–Marine gekapert wurde. Und …" Er blickte abwesend auf sein Glas und drehte es mit der Hand hin und her, daß die bernsteinfarbene Flüssigkeit darin in Schwingung geriet. „Alle drei sind dabei umgekommen."

„Wirklich, das ist schon mehr als seltsam", stimmte Theo Craven zu. „Aber all das liegt beinahe hundertvierzig Jahre zurück. Ich glaube nicht, daß wir uns heute noch darüber Gedanken machen müssen."

Roger Young nickte. „Du hast wahrscheinlich recht. Cheers. Was ich dich fragen wollte: Wie geht es eigentlich Stephanie und den Kindern?"

Theo Craven dankte dem Schöpfer für diesen willkommenen Themenwechsel und beeilte sich, die neuesten Nachrichten aus seiner Familie zu verbreiten.

Wenn die Worte ihre Bedeutung verlieren

„Sprache ist das Auge des Schriftstellers", dozierte Taylor Guthrie bei einem seiner eher seltenen Treffen mit seinem Bruder, um zu feiern, daß er wieder normal sehen konnte. „Aber Worte haben keine absolute Bedeutung, darin liegt das Problem. Sie sind den Änderungen des Zeitgeistes und ihrer Epoche unterworfen. Und gerade jetzt leben wir in einer Zeit, die dazu neigt, Ambiguität an die Stelle von Eindeutigkeit zu setzen. Nehmen wir nur einmal das Wort *Liebe*. Was gibt es nicht alles: Nächstenliebe, Affenliebe, Mutterliebe, Elternliebe, eheliche Liebe, gleichgeschlechtliche Liebe, Tierliebe, Menschenliebe, Eigenliebe, bis hin zur reinen und wahren Liebe, was impliziert, daß es auch eine unreine und eine nicht wahre, geheuchelte Liebe geben muß." Taylor Guthrie bedauerte, daß keine Möglichkeit bestand, seine Worte ad hoc aufzuzeichnen. „Aber zurück zu dir." Plötzlich hatte er sich an den eigentlichen Anlaß seines Besuchs erinnert. „Jetzt kannst du dich um so mehr deinem Bühnenengagement widmen. Und ich bin darüber natürlich nicht nur als dein Bruder, sondern auch als der spiritus rector von *1984* froh." Das Wort „Autor" hatte Taylor Guthrie in diesem Zusammenhang nicht in den Mund zu nehmen gewagt. Denn eine Romanvorlage als Ausgangspunkt für ein Bühnenstück zu benutzen, rechtfertigte diesen Anspruch wohl kaum, wie er selbst zugeben mußte.

John Guthrie kannte seinen Bruder gut genug, um keinen Versuch zu machen, seinen Redeschwall zu unterbrechen. Er war auch viel zu glücklich darüber, daß ein Alptraum vorbei war und er jetzt im wahrsten Sinne des Wortes wieder in die Zukunft blicken konnte.

Aber Chas hatte noch eine letzte „Lesung" mit ihm verabredet, und diesen Termin würde er auf alle Fälle einhalten, um auch auf diese Art und Weise ein Kapitel seines Lebens abzuschließen.

Der Besuch

Eigentlich hatte Mr. Simpson schon alle Vorbereitungen getroffen, um ins Bett zu gehen. Der Fernseher war ausgeschaltet, und das letzte Glas eines kalifornischen *Cabernet* geleert. Er hatte sich gerade erhoben, um noch einmal einen Rundgang durch das Haus zu machen, wie er es jeden Abend tat, als es an der Eingangstür klingelte. Er sah auf die Uhr. Es war einige Minuten nach zehn. Wer konnte um diese Zeit noch etwas von ihm wollen? Da er jedoch bei seinem Rundgang sowieso an der Eingangstür im Erdgeschoß vorbeikommen würde, beschloß er nachzusehen.

Als er die Tür öffnete, stand ein Mann vor ihm, den er auch in seinem veränderten Aufzug wiedererkannte. Heute abend trug er einen dunklen

Mantel und einen breitkrempigen weichen Hut. Aber es waren seine hagere, hoch aufgeschossene Gestalt und das düstere, fahle Gesicht, das jeden Zweifel ausschloß. Es war der Mann, den er vor einigen Wochen mit dem Fernglas beobachtet hatte. Doch er ließ sich nichts anmerken, daß er ihn erkannt hatte. Etwas barsch sagte er: „Ja, bitte. Wissen Sie eigentlich wie spät es ist?"

Der Fremde verneigte sich entschuldigend. „Ja, natürlich. Aber es ist mein Arbeitsrhythmus, der daran schuld ist. Und ich vergesse manchmal, daß andere Menschen einen anderen Rhythmus haben. Sie müssen nämlich wissen, ich bin Vertreter."

Mr. Simpson war bereits etwas gnädiger gestimmt. Jemand, der noch so spät von Tür zu Tür ging, um seine Produkte anzupreisen, hatte es wahrscheinlich nötig. „Was verkaufen Sie denn?" fragte er.

„Oh, Versicherungen."

„Lebensversicherungen?" fragte Mr. Simpson.

„Nein, nein. Wo denken Sie hin. Ich verkaufe Versicherungen gegen den Tod."

Mr. Simpson musterte den Mann etwas genauer. Ihm war schon etliches in seinem Leben untergekommen. Aber bisher hatte ihm noch niemand Versicherungen gegen den Tod angeboten.

„Das Leben der Toten ist das Gedächtnis der Lebenden. Cicero. Übrigens, ich habe den alten Kapitän noch gekannt, dem dieses Haus einmal gehört hat. Ich glaube, ich bin der letzte, das heißt, die anderen sind schon lange tot. Schließlich ist auch der alte Kapitän schon lange tot, und wenn ich eines Tages nicht mehr bin, wird sich keiner seiner mehr erinnern."

Mr. Simpson kam die Wendung, die ihr Gespräch genommen hatte, reichlich unmotiviert vor, und plötzlich war er nicht mehr sicher, tatsächlich einen Vertreter vor sich zu haben. Er suchte deswegen nach einer Möglichkeit, den ungebetenen Besucher zu verabschieden. Nur konnte er ihm nicht gut die Tür vor der Nase zuschlagen, überlegte er. Dann kam ihm eine Idee. „Entschuldigen Sie, aber mir ist gerade eingefallen, daß ich vergessen habe, die Kaffeemaschine auszuschalten. Sie müssen wissen, vor dem Schlafengehen trinke ich immer noch einen Cappuccino. Alte Angewohnheit. Andere würden danach nicht einschlafen können, aber mir macht es nichts aus. Ich bin gleich zurück." Er schloß die Tür und ging in den ersten Stock. Vom Fenster aus beobachtete er den Hauseingang. Doch er sah nur noch einen im Licht der Straßenlaterne verschwindenden Schatten. „Also doch kein Vertreter", murmelte Mr. Simpson vor sich hin. „Aber was dann?"

Die letzte Lesung

7. Oktober 1864, Im Hafen von Bahia

Bei Einlaufen Bahia US–Schiff *Wachusett* vor Anker liegend angetroffen. Habe nach Vereinbarung mit dem brasilianischen Admiral einen Ankerplatz zwischen seinem Schiff und dem Ufer gesucht, um jede Aggression durch die *USS Wachusett* zu verhindern.

Heute abend die Steuerbordwache an Land geschickt. Landgang von 12 Stunden für jede Wache. Gestern war die Backbordwache an der Reihe. Wer weiß, wann wir uns das nächste Mal wieder etwas Müßiggang leisten können?

Es ist eine sternklare Nacht, ich bewundere das Kreuz des Südens. Denke auch an die Heimat und die Leiden und Entbehrungen meiner Kameraden an der Front und unserer Zivilbevölkerung. Hätte dieser Krieg doch bald ein Ende! Aber der Norden wird nichts unversucht lassen, den Süden wieder zurück in das Joch der Föderation zu zwingen, und manchmal glaube ich, daß wir gegen einen übermächtigen Gegner kämpfen.

Alles ist ruhig, habe die Wache an den zweiten Offizier übergeben. Doch um ungefähr 3.00 Uhr morgens werde ich vom diensttuenden Deckoffizier geweckt, der mir aufgeregt zuruft, daß die *Wachusett* ihren Ankerplatz verlassen hat und mit voller Fahrt auf uns zudampft.

Als ich oben an Deck stehe, sehe ich sie nur noch zwanzig Meter von unserer Steuerbordseite entfernt. Augenblicke später wird die *Florida* in Höhe des Mittelmasts gerammt. Der Mast zerbricht in drei Teile. Ich höre Holz splittern. Der Bug der *Wachusett* schiebt sich in den Rumpf der *Florida*, das achterliche Beiboot wird unter der Wucht des Aufpralls zertrümmert, das Steuerrad zerbricht. Gleichzeitig werden wir von der *Wachusett* beschossen. Zuerst ist es Gewehrfeuer, dann feuert sie zweimal ihre Geschütze ab. Es ist, als ob das Inferno ausgebrochen ist. Die Hälfte der Besatzung ist an Land, trotzdem erwidern wir das Feuer. Mündungsfeuer erhellt die Nacht. Ich frage mich, warum die brasilianische Flotte diesen Zwischenfall nicht verhindert hat. Plötzlich sehe ich, wie der zweite Offizier getroffen zusammenbricht. Das Feuer des Gegners wird heftiger. Auf dem Vorschiff der *Wachusett* steht die Mannschaft bereit, um die *Florida* zu entern. Im Schein von Fackeln funkelt der blanke Stahl der Entermesser. Ich sehe die ersten Männer an Bord der *Florida* springen. Ich zeige mit dem Degen auf sie. „Kreuzfeuer!" rufe ich dem zweiten Offizier zu, der seinen blutenden rechten Arm hält, aber anscheinend weniger schwer verwundet ist, als ich zuerst angenommen habe. Mir ist klar, daß unsere Lage mit jeder Minute, die verstreicht, unhaltbarer wird.

Die Geschütze zu bemannen, war die Zeit nicht, der Gegner hat uns vollkommen überrascht, obendrein ist die Hälfte der Besatzung an Land; wir werden uns dem Feind kaum noch lange erwehren können.

Neben mir steht der erste Offizier, William Sikes. Wir blicken uns an.

„Es sieht schlimm aus, Sir!" schreit er mir zu.

Ich nicke nur.

Inzwischen haben sich die ersten Entertrupps schon bis zum Achterdeck vorgearbeitet, an ihrer Spitze ein junger Offizier in der Uniform des Nordens. Langsam hebe ich meine Pistole. Wenn man einer Schlange den Kopf abhackt, schießt es mir durch den Kopf, ist sie keine Gefahr mehr. In diesem Augenblick sehe ich, wie William den Angreifern entgegenläuft. Warum tut er das? frage ich mich. Er läuft mir direkt in das Schußfeld. Es ist mein letzter Gedanke, bevor mich ein Schlag am Hals trifft, direkt über den Uniformknöpfen. Noch einmal sehe ich nach oben, wo das Kreuz des Südens leuchtet.

Vorbereitungen für das Finale

Mrs. Kendall war die Sekretärin im Verwaltungsgebäude, die, grob gesagt, für die ordnungsgemäße Durchführung des Lehrbetriebs verantwortlich war. Das bedeutete, sie mußte zerstreute Professoren und Dozenten an ihre Termine erinnern, den Veranstaltungskalender auf dem neuesten Stand halten, Einladungen aussprechen, lästige Termine höflich und überzeugend absagen, Besucher empfangen oder sie vertrösten, weil der Herr Professor nicht abkömmlich war, Überschneidungen zwischen Lehrplanveranstaltungen und anderen wichtigen Ereignissen, an denen ein Mitglied des Lehrkörpers teilnehmen mußte, antizipieren und vermeiden, kurz und gut, sie war für die „Faculty" das, was beim Militär der Spieß war, der von den Soldaten halb im Ernst und halb scherzhaft auch als die Mutter der Kompanie bezeichnet wurde.

Als sie Taylor Guthrie entdeckte, winkte sie ihm deswegen mit einem Zettel in ihrer rechten Hand. „Eine Nachricht für Sie", sagte sie und gab ihm den Zettel.

Taylor Guthrie faltete den Zettel auseinander.

Anruf von Mr. Sikes hatte Mrs. Kendall säuberlich an den Rand geschrieben.

Anruf von Mr. Sikes:
Er läßt Ihnen ausrichten, daß er Ihnen dafür dankt, daß Sie
Ihren Teil der Vereinbarung eingehalten haben, und daß Sie
sich darauf verlassen können, daß er auch seinen Teil einhalten wird.

Immer wieder hatte sich Taylor Guthrie gesagt, daß es keinen Grund gab,
diesem Mann zu glauben. Aber er hatte auch keinen Grund, seinem Ho-
roskop zu glauben, und trotzdem warf er jeden Morgen einen Blick darauf, wenn er die Zeitung las.

Der Kreis schließt sich

Sie waren alle anwesend: Winston Smith, O'Brien, Julia, Mr. und Mrs. Parsons und ihre Kinder, Ampleforth, der Alte, Mr. Charrington, Tillotson
und Syme, die von zwei Studenten gespielt wurden, die Theo Craven für
diese kleine Rolle hatte begeistern können.

Es war ein warmer Frühlingsabend, und unter den gleißenden Schein-
werfern wurde es schnell unerträglich warm.

Der Regisseur, Peter Levitt, saß auf einer Art Hochsitz und hielt ein
Megaphon in der Hand.

Es war die Szene an der Reihe, in der sich Tom Parsons und Winston
Smith im Ministerium für Liebe wiedertreffen.

Chas Eytinge und John Guthrie saßen sich genau gegenüber, auf einer
grau gestrichenen Holzbank.

„Sie hier! Weshalb sind Sie hier?""

„Gedankendelikt! Sie glauben doch nicht, daß sie mich erschießen werden, alter Junge, oder? Die erschießen einen doch nicht gleich, wenn man
eigentlich gar nichts angestellt hat – bloß in Gedanken, und da kann man
doch nichts für? Ich weiß, daß man eine faire Verhandlung kriegt. Oh, da
hab ich vollstes Vertrauen zu ihnen. Die kennen doch garantiert meine
Personalakte, was? Smith, Sie wissen doch, was ich für ein Kerl gewesen
bin. Kein übler Bursche. Nicht gerade schlau, aber eifrig. Ich hab mich
doch immer bemüht, für die Partei mein Bestes zu tun, stimmt's? Ich werde sicher mit fünf Jahren davonkommen, glauben Sie nicht? Oder vielleicht auch mit zehn? Ein Kerl wie ich könnte sich in einem Arbeitslager
recht nützlich machen. Die werden mich doch nicht erschießen, bloß weil
ich einmal auf die schiefe Bahn geraten bin?

„Sind Sie schuldig?"

Chas Eytinge schüttelte plötzlich den Kopf und wandte sich Peter Levitt zu. „Peter, die Einstellung der Scheinwerfer ist eine Katastrophe. Kein Kernschatten. Ich werde ständig geblendet. Das muß geändert werden."

Peter Levitt sah sich um. „Okay. Am besten, du machst es selbst. Du weißt schließlich, was dich stört."

Chas Eytinge nickte und verschwand hinter den Kulissen. Nach einigen Minuten tauchte er auf dem schmalen Gang wieder auf, von dem aus die Scheinwerfer bedient wurden. Er justierte zwei Scheinwerfer, die an einem ausfahrbaren Galgen montiert waren und sich bei der Szene, die sie probten, direkt über ihm und John Guthrie befanden. Er verstellte Winkel und Ausfahrweite so lange, bis er zufriedengestellt war. Schließlich gab er Peter Levitt mit der Hand ein Zeichen und begab sich wieder auf seinen Platz.

Peter Levitt hatte die Gelegenheit benutzt, eine allgemeine Pause zu verkünden, doch jetzt gab er ein Zeichen, die Probe fortzusetzen.

„Natürlich bin ich schuldig! Sie glauben doch nicht etwa, die Partei würde einen Unschuldigen verhaften lassen? Gedankendelikt ist eine schreckliche Sache, alter Junge. Heimtückisch. Es kann einen sogar erwischen, ohne daß man etwas merkt. Wissen Sie, wie es mich erwischt hat? Im Schlaf! Ja, Tatsache. Da lebte ich also und schuftete und versuchte, mein Teil zu leisten – und ahnte die ganze Zeit nicht, daß ich schlimme Dinge im Kopf hatte. Und dann begann ich im Schlaf zu reden. Wissen Sie, was ich gesagt haben soll? NIEDER MIT DEM GROSSEN BRUDER! Ja, das hab ich gesagt, und zwar mehrmals. Unter uns, alter Junge, ich bin froh, daß sie mich geschnappt haben, ehe es noch schlimmer werden konnte. Wissen Sie, was ich ihnen sagen werde, wenn ich vor dem Tribunal stehe? ‚Danke', werde ich sagen, ‚danke, daß ihr mich gerettet habt, bevor es zu spät war'".

„Wer hat Sie angezeigt?"

„Meine kleine Tochter. Sie hat am Schlüsselloch gehorcht. Hörte, was ich da sagte, und ist gleich am nächsten Tag zur Polizeistreife marschiert. Ganz schön gerissen für eine siebenjährige Göre, wie? Ich bin ihr deshalb nicht böse. Eigentlich bin ich sogar stolz auf sie. Es zeigt jedenfalls, daß ich sie im richtigen Geist …"

Ein lautes quietschend–knirschendes Geräusch, wie Stahl, der auf Stahl reibt, unterbrach Chas Eytinge. Er blickte nach oben, gerade noch rechtzeitig, um dem herunterfallenden Scheinwerfer auszuweichen. Aber noch in dem rettenden Augenblick, in dem er sich zur Seite warf, sah er, wie der

Scheinwerfer auf den Hinterkopf von John Guthrie aufprallte und die Schädeldecke aufbrach – wie eine Nuß, die von einem Nußknacker zusammengepreßt wird. Glas splitterte. Einem der Situation seltsam unangemessenen Moment lautloser Stille folgte ein Schrei des Entsetzens aus den Kehlen der Umstehenden. Blut spritzte über die Bühne, und wie aus einer totenähnlichen Starre erwachend, stürzten sich alle auf die reglos am Boden liegende Gestalt von John Guthrie. Chas Eytinge hatte sich aufgesetzt. Er war benommen und konnte keinen zusammenhängenden Gedanken fassen. Sein Kopf schien von allen Nervenzentren abgeschnitten, sein Gehirn reagierte nicht.

Er sah die Szene zwar, die sich vor ihm abspielte, aber er versuchte vergeblich, ihren Sinn zu erfassen. Erst nach einigen Minuten kehrte die Erinnerung zurück. Er schlug die Hände vor dem Gesicht zusammen, und ein konvulsivisches Zucken warf seinen Körper hin und her.

Er registrierte das Eintreffen des Notarztes wie eine Marionette, die alle Bewegungen in Zeitlupe ausführt.

Bis das Schreckliche zur Gewißheit wurde und zu ihm durchdrang: John Guthrie war tot.

„Es war meine Schuld", sagte er tonlos. „Meine Schuld!" schrie er verzweifelt. „Allein meine Schuld!"

Mary Seward zerrte ihn von der Bühne. „Es war ein Unfall, Chas, ein furchtbarer Unfall, aber es war ein Unfall."

Chas schüttelte nur den Kopf. Er konnte nicht klar denken, noch war das Drama, das sich gerade vor seinen Augen abgespielt hatte, irgendwie unfaßbar. Aber schon jetzt wußte er eins ganz sicher: Dieser Augenblick würde ihn für den Rest seines Lebens nicht mehr loslassen.

Das Bild würde ständig vor seinen Augen stehen, Tag und Nacht: Johns zertrümmerte Schädeldecke, sein Körper, der halb von dem Scheinwerfer verdeckt war, und er würde die Geräusche hören: das Splittern von Glas, die Schreie und die schreckliche Stille. Er würde mit dem Bewußtsein leben müssen, daß er es war, der den Scheinwerfer manipuliert hatte, der seinen besten Freund erschlagen hatte. Es wäre besser gewesen, das Schicksal hätte sich ihn ausgesucht. Vielleicht würde er dies eines Tages anders sehen, jeder wollte schließlich zu allererst überleben. Selbst wenn es die traf, die einem am nächsten standen, war man – sobald man die Geschehnisse mit dem nötigen Abstand sah – wahrscheinlich froh, daß der Kelch an einem vorübergegangen war.

Doch noch war er nicht so weit, noch zermarterten ihn Schuldgefühle, und vielleicht würden sie ihn nie ganz verlassen.

Epilog

Das Begräbnis von John Guthrie war gestern gewesen. Die kleine Kapelle, in der der Trauergottesdienst abgehalten wurde, hatte sich für die Anzahl der Trauergäste als zu klein erwiesen. Sein Grab säumten eine unübersehbare Anzahl Kränze und Blumen. Es war einer der schönsten Frühsommertage, die Boston bisher in diesem Jahr erlebt hatte, jedenfalls behauptete dies der *Boston Globe*. Die letzten, die den Friedhof verließen, waren die, die ihm in den letzten Monaten am nächsten gestanden hatten, Chas Eytinge und seine Freunde vom College, Thomas Wagner, Gourdin Young, Peter Levitt, Charles Eytinge, Mary Seward und seine Schwester Nancy.

Die polizeiliche Untersuchung, die nach dem Vorfall durchgeführt wurde, kam zu dem Ergebnis, daß es sich um einen Unfall ohne Fremdverschulden gehandelt hatte. Chas Eytinge wurde mehrmals vernommen. Doch auch seine Vernehmung konnte kein Licht in die Angelegenheit bringen. Erst der technische Sachverständige stellte fest, daß eine Verschraubung des Scheinwerfers gebrochen war und der Scheinwerfer sich deshalb aus seiner Verankerung lösen konnte. Materialfehler oder Materialermüdung war sein Urteil.

Eine Woche nach dem schrecklichen Tod von John Guthrie, die Wellen der Erregung hatten sich schon wieder etwas geglättet, stieß Taylor Guthrie mehr oder weniger zufällig auf eine Notiz in der Zeitung.

Ein Mann zwischen 40 und 50 Jahren ist am Bootshaus des Harvard Yachtclubs angespült worden. Er wurde als William Sikes, Versicherungsvertreter, identifiziert. Die Polizei geht von einem Unfall oder Selbstmord aus und schließt ein Fremdverschulden aus.

Taylor Guthrie faltete die Zeitung zusammen. Er wollte gar nicht wissen, ob es jener William Sikes war, der ihm Versicherungen gegen den Tod verkaufen wollte und versprochen hatte, ihm literarische Unsterblichkeit zu verschaffen. Nach dem, was passiert war, glaubte er sowieso nicht mehr an Mr. Sikes' Worte. Aber sowohl Justitia als auch Fortuna waren bekanntlich blinde Gottheiten, und deshalb bestand immer noch Hoffnung.